Inhalt

© 2024 A Jackson
Verlag: BoD · Books on Demand GmbH, In de Tarpen 42,
22848 Norderstedt, bod@bod.de
Druck: Libri Plureos GmbH, Friedensallee 273,
22763 Hamburg
ISBN: 978-3-7693-0832-7

Kapitel 1: Die Hoffnung stirbt zuletzt

War dies endlich der lang ersehnte Brief? Welche Worte würde er bergen, und könnte sie nun endlich ihre Mutter ausfindig machen? Nach all den Qualen, die sie durch Joshua hatte ertragen müssen – den Mann, der sie einst aus einem trostlosen Kinderheim gerettet hatte, nur um sich als ihr schlimmster Albtraum zu entpuppen –, nachdem sie sogar ihren Namen in Christine geändert hatte, bestand nun doch die Möglichkeit, ihre Mutter wiederzufinden und ein glückliches Leben zu führen?

Drei Wochen zuvor:

Christine war mittlerweile achtzehn Jahre alt und hatte ihren Umzug nach Mexiko hinter sich gebracht. Sie fand Arbeit in einem Hotel und arbeitete als Kellnerin. Es waren bereits drei Monate vergangen, und sie hatte sich in dieser Zeit ein eigenes Leben aufgebaut. Sie genoss ihr neues Dasein in vollen Zügen und konnte endlich all die Dinge tun, die junge Mädchen in ihrem Alter gerne taten: Ausgehen und sich mit neuen Freunden treffen. Das Leben erschien ihr wunderschön, und sie hatte nicht die Absicht, ihre frisch gewonnene Freiheit jemals wieder aufzugeben.

Christine war eine äußerst fleißige junge Frau, die ihre Arbeit gerne verrichtete. Doch an diesem Morgen fühlte sie sich nicht wohl und rief im Hotel an, um sich krank zu melden. Bereits den gesamten Morgen plagte sie Übelkeit, und sie vermutete, dass es sich nur um eine einfache bakterielle Infektion handeln könnte. Nachdem sie einen Arzttermin vereinbart hatte, legte sie sich erneut hin.

Am späten Nachmittag war es endlich so weit, und Christine hatte ihren Arzttermin. "Herzlichen Glückwunsch, Sie befinden sich im fünften Monat Ihrer Schwangerschaft! Aber wie kommt es, dass Sie zuvor nichts bemerkt haben?", erklärte der Arzt. Christine wusste nicht, wie sie darauf reagieren sollte. Wie konnte das sein? Im sechsten Monat? Zu dieser Zeit war sie immer noch bei Joshua. Plötzlich verblasste ihr Gesicht. Das durfte nicht sein – nein.

"Sind Sie sicher?", fragte sie den Arzt.

"Ja, Sie befinden sich zwischen dem fünften und sechsten Monat", bestätigte dieser.

"Ich ... ich danke Ihnen, Doktor", sagte Christine und
verließ die Praxis. Sie war schockiert. Ein großer Kloß
hatte sich in ihrem Hals gebildet, und Tränen stiegen in
ihre Augen. Wie konnte das passieren? Und
ausgerechnet von Joshua? Der Mann, der sie jahrelang
vergewaltigt hatte. Ihr Kopf fühlte sich auf einmal leer an
und ihr wurde schwindelig. Sie schien nicht mehr klar
denken zu können. Was sollte sie nun tun? Sie war
bereits zu weit fortgeschritten, um sich gegen das Baby
zu entscheiden.

Sie setzte sich auf eine Parkbank, ihre Unterlippe zitterte,
und die Tränen schossen einfach aus ihr heraus. Sie
weinte bitterlich, und einige Passanten schienen besorgt
zu ihr herüberzublicken, gingen aber schließlich weiter.
Christine war erleichtert, denn sie wollte jetzt nicht
sprechen, aber sie sehnte sich danach, dass Michael bei
ihr wäre. Er hätte sie in den Arm genommen, ihr
versichert, dass alles gut werden würde und sie in jeder
Hinsicht unterstützt. Doch er war nicht hier, denn sie
befand sich allein in Mexiko. Er war immer da gewesen,
wenn sie ihn brauchte, und jetzt, da sie ihn wirklich
brauchte, war er nicht da. Sie hätte nie gedacht, wie sehr
sie ihn vermissen würde.

Ihr gingen viele Gedanken durch den Kopf, vor allem, wie
sie es ihrem Chef erklären sollte. Sie war so glücklich
gewesen, diesen Job in einem angesehenen Hotel zu
bekommen. Sollte das jetzt alles vorbei sein? Zwar
könnte sie immer wieder Arbeit finden, aber sie wollte
nicht gehen. Sie hatte sich gut mit dem Personal
verstanden, und auch der Chef war wirklich nett. Er hatte
ihr die Möglichkeit gegeben, ein normales Leben zu
führen, indem er ihr eine Anstellung anbot und sie zuerst
in seinem Hotel unterbrachte, bis sie sich eine kleine
Wohnung besorgte. Sie war ihm so dankbar, und das
durfte jetzt nicht enden, nur weil sie schwanger war.

Nach einer gefühlten Ewigkeit stand Christine auf und
begab sich nach Hause. Sie musste sich vorerst
ablenken und einen klaren Kopf bekommen, bevor sie
erneut über die gesamte Situation nachdenken konnte.

Was sollte sie nun tun? Sie hatte zwar bemerkt, dass sie
in letzter Zeit öfter Magenprobleme und etwas
zugenommen hatte, aber sie hatte es eher auf Stress
geschoben, nicht auf eine Schwangerschaft. Es war
bereits zu spät für eine Abtreibung, aber sie fühlte sich
noch nicht bereit für ein Kind. Sie hatte erst selbst so viel
durchgemacht und musste das alles verarbeiten, und
nun sollte sie auch noch die Verantwortung für ein Kind

übernehmen. Die Angst überwältigte sie, und sie war unsicher, wie sie damit umgehen sollte.

„ic Ich bin doch erst achtzehn", murmelte sie immer wieder vor sich hin, als sie die Haustür öffnete und sich erst einmal setzte. Das alles musste sie zuerst verdauen. Sie holte sich ein Glas Wasser und legte die Hand auf ihre Stirn. "Was soll ich jetzt tun?", sagte sie wiederholt und begann zu weinen. Zum ersten Mal seit langer Zeit fühlte sie sich wieder richtig allein. Hier hatte sie niemanden, dem sie so sehr vertraute, dass sie mit ihm über ihre Schwangerschaftsängste sprechen konnte. Sicherlich hatte sie ein paar Freundschaften geschlossen, aber sie war mit niemandem so eng verbunden, dass sie ihre Sorgen teilen wollte. Und was würde ihr Chef dazu sagen? War sie jetzt ihren Job los? Wie sollte sie dann ihre Rechnungen bezahlen? Unzählige unbeantwortete Fragen wirbelten in ihrem Kopf herum, und sie starrte eine Weile auf etwas Unbestimmtes, da sie so in ihren Gedanken versunken war. Plötzlich schrillte ihr Telefon, und sie erschrak.

"Hallo!" stammelte Christine etwas hilflos in den Hörer, als sie das Telefon abrupt abhob.

"Senhorita, wo bleiben Sie? Sie sollten sich bei mir melden!"

"Senor Martinez!" Ihr stockte der Atem. Es war ihr Hotelchef. Sie hatte ihm doch gesagt, dass sie sich melden würde. Warum rief er sie jetzt an? Hätte er nicht warten können?

"Senor Martinez, es tut mir leid. Ich werde mich umgehend auf den Weg machen."

"Was hat der Arzt bei Ihrem Termin gesagt Christine?"

"Senor Martinez, bitte kündigen Sie mich nicht. Ich brauche das Geld und liebe meinen Job, aber ich bin schwanger!", flehte sie ihn an und legte auf, um sich zurück zur Arbeit zu begeben.

Als sie vom Tisch aufstand, fiel ihr Blick erneut auf das, was die ganze Zeit vor ihr gelegen hatte. Sie war so sehr in ihre Gedanken vertieft gewesen, dass sie es zuvor nur verschwommen wahrgenommen hatte. Doch nun erkannte sie, was es war: eine Postkarte, die sie von Michael erhalten hatte. Darauf stand: "Viel Glück bei der Suche nach deiner Mutter. Ich liebe dich!" Das Bild auf der Postkarte zeigte eine Frau mit einem Baby. War das ein Zeichen? Sollte sie nun nach ihrer Mutter suchen, oder sollte sie das Baby behalten? Sie hatte Michael damals gesagt, dass sie nach ihrer Mutter suchen wollte, als sie noch bei ihm wohnte. Sie dachte kurz darüber nach, schüttelte die Gedanken dann vorerst aus ihrem Kopf und machte sich auf den Weg zur Arbeit. Die Priorität lag jetzt darin sicherzustellen, dass ihr Chef sie nicht gleich wegen der Schwangerschaft kündigen würde. Nicht irgendeine Postkarte, die möglicherweise ein Zeichen sein sollte. Möglicherweise waren es nur Hirngespinste.

"Christine, bitte kommen Sie in mein Büro!" Herr Martinez forderte sie auf, als er sie am nächsten Morgen im Flur des Personaleingangs des Hotels sah. Christine nickte und folgte ihm. Ihr Kopf war voller Gedanken. Was würde er jetzt sagen? Immerhin hatte er, als er sie angesprochen hatte, einen ziemlich strengen Gesichtsausdruck und seine Stimme klang ernster als gewöhnlich.

"Christine, Sie sind eine hervorragende Mitarbeiterin, und ich möchte Sie nicht verlieren. Bitte setzen Sie sich", sagte Senior Martinez, als sie in sein Büro eintrat. Er schien zu wissen oder zumindest zu ahnen, dass sie nervös und besorgt über seine Reaktion war. Sie nahm auf einem der Stühle Platz, die vor seinem Schreibtisch standen. Es war das erste Mal seit vier Monaten, dass sie hier war, als sie sich noch bei Michael versteckt hatte, nachdem sie ihren Tod vorgetäuscht hatte, um Joshua zu entkommen. Damals hatte sie ihr Vorstellungsgespräch gehabt, bevor sie überhaupt nach Mexiko gezogen war. Sie hatte sicherstellen wollen, dass sie einen Job hatte, bevor sie den Umzug wagte.

Ihr Blick schweifte durch den Raum. Er war sehr hell, und die pastellblaue Tapete schien perfekt zum hellen Parkettboden zu passen. Die dunklen Möbel hoben sich deutlich ab. Sie fragte sich, ob Herr Martinez das Büro selbst eingerichtet hatte oder ob jemand anderes dafür verantwortlich war. Wie auch immer, sie fand es schön.

"Christine, Sie arbeiten nun seit einigen Monaten für mich, und ich kenne Ihre Geschichte. Sie waren immer ehrlich zu mir, und das schätze ich sehr an meinen Mitarbeitern. Sie sind stets die Erste, die mit der Arbeit beginnt, und die Letzte, die nach Hause geht. Ich mag Sie, sowohl als Mitarbeiterin als auch als Mensch. Nun haben wir eine gewisse Herausforderung. Sie sind schwanger!" Herr Martinez sprach das Problem offen an.

"Senior Martinez, mit allem Respekt, aber ich werde mein Bestes geben, damit meine Schwangerschaft meine Arbeit nicht beeinträchtigt!", erklärte Christine entschlossen.

"Christine, hören Sie mir bitte zu. Ich werde Sie nicht entlassen. Ich brauche Sie hier. Sie haben Urlaub

beantragt, den ich genehmige. In dieser Zeit möchte ich,
dass Sie alles Weitere klären. Haben Sie mich
verstanden?"

"Ja, Senior ich werde versuchen, meine Mutter zu finden,
und hoffentlich wird sich alles Weitere klären. Sie wird
mir bestimmt helfen. Ich danke Ihnen, Senior Martinez."
Christine stand auf und ging zur Tür.

"Warten Sie, Christine", rief Senior Martinez ihr nach. "Sie
wollen Ihre Mutter finden? Wo werden Sie suchen?"

"Ich muss zuerst zurück nach Amerika. Ich muss zum
Einwanderungsbüro. Die müssten Unterlagen von mir
haben, schließlich habe ich einen Reisepass erhalten.
Dort muss es etwas geben, das mir weiterhilft."

"Entschuldigen Sie, aber ich finde das etwas riskant,
besonders in Ihrem Zustand und angesichts Ihrer Gründe
für die Flucht nach Mexiko. Wollen Sie wirklich dorthin
zurück? Ich werde es nur erlauben, wenn Sie aus
Sicherheitsgründen meine Tochter begleiten. Sie ist in
Ihrem Alter, und ich denke, Sie werden gut miteinander
auskommen. Kommen Sie heute Abend zum Essen zu
uns, dann können Sie sich erst einmal kennenlernen. Sie
haben noch einige Tage, bevor Ihr Urlaub beginnt. Nutzen
Sie diese Zeit, um sich anzufreunden."

Christine schaute Herrn Martinez überrascht an. Konnte
er das wirklich verlangen? Ihr Urlaub unter dieser
Bedingung? Sie zögerte, aber letztendlich wollte sie ihn
nicht enttäuschen und das Risiko eingehen, ihren Job zu
gefährden. Also nickte sie freundlich und machte sich
auf den Weg, um ihre Schicht zu beginnen. Im Grunde
war sie erleichtert, dass er sie nicht gekündigt hatte und
die Idee, seine Tochter kennenzulernen, schien
vernünftig. Als alleinstehende, schwangere Frau zu
reisen, war durchaus riskant, und sie schätzte sein
Angebot, mit seiner Tochter zu reisen.

Den restlichen Tag über führte sie ihre Arbeit
gewissenhaft aus und konnte ausnahmsweise pünktlich
Feierabend machen. Normalerweise verließ sie das
Hotel immer spät, aber an diesem Tag verlief alles ruhig
und angenehm, sodass sie rechtzeitig nach Hause gehen
konnte. Auf dem Heimweg konnte sie nur daran denken,
dass sie zu einem Essen im Haus ihres Chefs eingeladen
war. Sie fragte sich, was sie anziehen würde. Sollte sie in
ihrer gewöhnlichen Alltagskleidung gehen oder ein Kleid
wählen? Die Unsicherheit wuchs. Wie würde seine
Familie auf die Idee reagieren, dass er seine Angestellte
mit nach Hause brachte? Wie würden sie auf sie

reagieren? Was, wenn sie und seine Tochter sich nicht verstanden?

Schließlich entschied sie sich dafür, ein Kleid anzuziehen und begann, sich darauf vorzubereiten. Das Treffen sollte um achtzehn Uhr stattfinden, und sie wollte keinesfalls unpünktlich sein. Das entsprach nicht ihrem Naturell. Da sie die Zeit aus den Augen verloren hatte, rief sie rasch ein Taxi, denn Herr Martinez wohnte am anderen Ende der Stadt, und sie hatte nur noch zwanzig Minuten, um pünktlich zu sein.

"Christine, da bist du ja endlich. Meine Frau ist schon ungeduldig. Sie hat das Essen fast fertig!", rief Herr Martinez ihr zu, als sie aus dem Taxi stieg.

"Es tut mir leid, Herr Martinez. Wir standen im Stau", erwiderte Christine, obwohl sie wusste, dass er es nicht ernst meinte. In Mexiko legte man außerhalb der Arbeit nicht allzu viel Wert auf Pünktlichkeit. Sie betrat sein Anwesen, das sie zum ersten Mal sah. Es war ein großes weißes Haus, umgeben von einem wunderschönen Garten und einer riesigen Einfahrt. Sie war überrascht, denn anhand dessen, wie sie Herrn Martinez täglich im Hotel sah, hätte sie nicht gedacht, dass er so wohlhabend war. Offenbar verheimlichte er seine finanzielle Situation.

Christine fühlte sich etwas schüchtern, als sie ins Haus geführt wurde. "Buenos Dias, Senorita", begrüßte er sie höflich.

Herr Martinez führte sie zu seiner Frau. "Christine, das ist Lupita, meine Frau." Christine lächelte höflich, nickte und begrüßte sie. Dann stellte Herr Martinez seine Tochter Maria vor. Maria war eine attraktive junge Frau in ihren frühen Zwanzigern mit langen dunklen Haaren und einer schlanken, wohlgeformten Figur.

"Ich habe bereits viel von dir gehört. Du suchst deine Mutter? Ich möchte dir helfen", sagte Maria mit einem starken Akzent. Herr Martinez unterbrach sie jedoch und bat sie, das Thema beim Essen zu besprechen und Christine erst einmal essen zu lassen.

"¡Ven a comer!" rief Lupita in die Runde. Christine schaute Maria fragend an, und Maria erklärte, ohne dass Christine nachfragen musste: "Komm essen, hat sie gesagt!"

"Oh, das sieht wunderbar aus. Was ist es?", fragte Christine höflich.

"Das sind traditionelle Gerichte aus unserer Heimat", erklärte Herr Martinez, "meine Frau hat es für dich gekocht. Es gibt Chicharrón con Salsa Verde und

Tortillas." In seinen Augen glänzte Vorfreude. Er schien sich sehr auf das Essen zu freuen.

Das Mahl war köstlich, und Christine nutzte die Gelegenheit, um sich mit Maria zu unterhalten. Maria schien nett und höflich zu sein und hatte offensichtlich eine gute Erziehung genossen. Ihr äußeres Erscheinungsbild ließ auf Selbstbewusstsein schließen, aber dieser Eindruck täuschte, sobald man sie näher kennenlernte.

Der Abend neigte sich dem Ende zu und es wurde spät. "Es war ein wunderbarer Abend, Herr Martinez", sagte Christine, als sie bemerkte, wie spät es schon war.

"Christine, setzen Sie sich. Wir wollten noch über Ihre Suche sprechen."

"Natürlich, Senior. Aber es ist sehr spät, und wie Sie wissen, muss ich morgen arbeiten."

"Keine Sorge, wir bringen Sie nach Hause. In vierzehn Tagen können Sie Ihre Reise antreten, aber Sie nehmen Maria zu Ihrem Schutz mit. Ich habe gesehen, dass Sie gut miteinander auskommen, nicht wahr?"

Christine schaute ihn an, und insgeheim hoffte sie, dass er seine Meinung ändern und sie alleine fahren lassen würde. Sie war kein Kind und konnte für sich selbst sorgen. Oder hatte er Angst, dass sie nicht zurückkommen würde?

"Christine, haben Sie mir zugehört?" Herr Martinez schien bemerkt zu haben, dass ihre Gedanken abgeschweift waren.

„Ja, natürlich", sagte sie etwas erschrocken. Sie musste nur gerade daran denken, was sie machen und wie sie reagieren würde, wenn sie ihre Mutter endlich gegenüberstehen würde. „Ich nehme Maria mit", sagte sie so, als hätte sie es gerade auswendig gelernt.

„Sehr gut, dann sind wir uns ja einig. Es ist auch nur zu ihrer eigenen Sicherheit. Ich könnte es mir gar nicht verzeihen, wenn ich Sie auf diese Reise gehen lasse, wenn sie doch ein Kind erwarten. Wer weiß, was ihnen alles passieren könnte."

Christine wollte jetzt aber wirklich aufbrechen und Maria wurde aufgefordert, sie nach Hause zu fahren. Irgendwie mochte sie diese ganze Situation nicht, in der sie gerade steckte. Aber Herr Martinez war ihr Chef und sie war sich nicht sicher, ob, wenn sie sein Angebot abschlagen würde, ob es dann auch Einwirkungen auf ihren Arbeitsplatz haben würde. Das letzte, was sie jetzt gebrauchen konnte, war es, keine Arbeit mehr zu haben aufgrund einer schlechten Entscheidung.

Während der Fahrt sprachen beide nicht viel miteinander, was aber mehr damit zu tun hatte, dass es auch schon ziemlich spät war und beide ziemlich müde waren. Maria verabschiedete sich mit einem Lächeln von ihr, als sie Christine vor ihrer Haustür absetzte und fuhr zurück.

Der nächste Morgen verlief wie immer auf der Arbeit. Sie hatte schon die Befürchtung gehabt, dass Herr Martinez sie noch einmal wegen der Fahrt ansprechen würde, aber es geschah nicht. Die Tage vergingen und sie versuchte immer wieder, nach irgendwelchen Hinweisen zu suchen, irgendetwas musste es doch geben, was ihr weiterhelfen würde. Vielleicht kannte eine Behörde eine Adresse von ihrer Mutter. Ob das Kinderheim vielleicht irgendwelche Informationen haben würde, bezweifelte sie, aber sie wollte es trotzdem versuchen. Sie ging zum Telefon und plötzlich schossen ihr alle möglichen Fragen wieder durch den Kopf. Was ist, wenn das Kinderheim sie gar nicht mehr kannte? Was ist, wenn sie keine Informationen hatten? Was würde sie dann tun?
Das Telefon klingelte. Michael war an der anderen Leitung. Sie war froh, seine Stimme zu hören. Sie hatte lange nichts mehr von ihm gehört.
"Hey, Chrissi. Wie geht es dir? Ich bin froh, dass ich dich mal ans Telefon bekomme. Es ist momentan hektisch bei mir!", begann Michael zu erzählen. Sie blieben eine Weile am Telefon.
"Michael, bevor ich's vergesse, ich habe in zwei Wochen Urlaub und komme zurück in die Staaten, um meine Mutter zu finden!"
"Das ist ja prima. Wir sollten uns sehen, Christine. Du weißt doch bestimmt, wie sehr ich dich vermisse, oder?"
"Michael, da gibt es noch etwas, das ich dir sagen muss. Ich bin schwanger!"
"Wie, du bist schwanger? Von wem?"
"Joshua!"
"Bist du sicher, Christine?"
"Ja, natürlich bin ich sicher. Ich hatte sonst keinen Freund außer, naja, das, was zwischen uns war. Aber das war ja nur ein Kuss. Aber ich bin im sechsten Monat, und es ist zu spät, um irgendwelche Maßnahmen zu ergreifen, und ich werde nicht, wie meine Mutter es getan hat, mein eigenes Kind in ein Heim geben, um es seinem Schicksal zu überlassen, das verstehst du doch, oder?"
"Natürlich, du weißt, ich bin immer für dich da!", sagte er. Christine hatte Tränen in den Augen, als er es sagte. Sie

verspürte Herzschmerz und erinnerte sich plötzlich an den ersten Kuss, den er ihr gegeben hatte. Es war in seiner Wohnung, und sie hatte ihm damals deutlich gemacht, dass sie nicht mehr als nur Freundschaft von ihm wollte. Warum hatte sie das damals getan? Ja, sie war damals nicht bereit dafür, nicht nach der Geschichte mit Joshua. Aber er war so ein lieber Mann, hatte sie immer mit Respekt behandelt und war immer für sie da. Langsam wurde ihr klar, dass sie doch mehr für Michael empfand, als sie sich vielleicht eingestehen wollte.

"Ich muss mich hinlegen, Michael. Bis bald!" sagte sie und legte auf. Sie wischte sich eine Träne aus dem Gesicht und ging, um sich einen Tee zu machen. Sie musste sich beruhigen und sich hinlegen. Ihre Gefühle überwältigten sie. Vielleicht war sie auch nur so sentimental, weil sie schwanger war, versuchte sie sich einzureden, aber die Bilder in ihrem Kopf erzählten immer wieder die Geschichte, als sie bei Michael war. Sie fühlte eine Leere in sich. Das letzte Mal, als sie sich so gefühlt hatte, war bei Joshua. Dort durfte sie nie das Grundstück verlassen und fühlte sich einsam. Doch als sie endlich dort herauskam, fühlte sie sich herrlich frei. Sie genoss das Leben und wollte sich nur noch eine neue Existenz aufbauen. Das Leben, das sie jetzt hatte, war das, was sie wollte. Sie war jetzt frei, konnte ihr Leben selbst bestimmen und hatte einen Job. Aber jetzt überkam sie wieder dieses Gefühl – das Gefühl der Leere. Ein paar Tränen liefen über ihre Wangen, als sie sich hinlegte. Sie wollte sich ausruhen. Die Schwangerschaft machte sie müde, und sie wollte nur etwas schlafen, bevor sie sich an ihren Laptop setzte, um noch mehr Recherchen anzustellen.

Michael rief in den nächsten Tagen immer häufiger an. Es schien ihm wichtig zu sein, dass es ihr gut ging und dass sie sich nicht überforderte.

„Du solltest mal darüber nachdenken, ob du nicht deinen Job wechseln willst. Wie lange willst du das machen, etwa bis zur Geburt? Das kann doch nicht gut sein!", ermahnte er sie immer wieder, und es schien Christine langsam etwas zu nerven, denn sie machte ihm immer wieder klar, dass sie ihren Job nicht aufgeben würde, da sie das Geld brauchte.

"Oh mein Gott, oh mein Gott!", rief sie eines Morgens, als sie den Briefkasten leerte. Nach sehr langen und anstrengenden Telefonaten mit Behörden und ihrem alten Kinderheim hatte sie endlich eine Rückmeldung. Sie schaute immer wieder auf den Brief. Aber erst einmal musste sie arbeiten.

Am späten Nachmittag kam sie von der Arbeit nach
Hause. Nachdem sie sich etwas ausgeruht hatte, wollte
sie den Brief endlich öffnen. Den ganzen Tag konnte sie
an nichts anderes denken, und nun war sie unsicher. Sie
wollte unbedingt wissen, was darin stand, doch wusste
nicht, ob sie den Mut aufbringen konnte, es wirklich zu
tun. Sie schaute den Brief noch einmal an und sie spürte,
wie die Neugier immer stärker wurde. Und doch
wünschte sie sich genau in diesem Moment, dass sie
jemanden hier hätte, um diesen besonderen Moment zu
teilen, die Freude sowie auch den Schmerz. wenn sie
wusste, was genau in diesem Brief stand. Auf einmal
kam ihr der Gedanke, dass sie Michael anrufen sollte.
Aber vielleicht war er noch bei der Arbeit oder außer
Haus. Eventuell sogar mit einer Frau?! Da war es wieder,
dieses beklemmende Gefühl in ihrer Brust. Als würde
man ihr den Atem rauben, dazu kam eine Art von
Traurigkeit und Ängstlichkeit. Sie war sich noch nie so
bewusst gewesen, wie viel ihr Michael eigentlich
bedeutete, wie in diesem einen Moment. Das Gefühl,
dass er mit einer anderen zusammen sei , machte sie
wahnsinnig, auch wenn sie wusste, dass das
wahrscheinlich nur ein Hirngespinst war. Sie konnte es
nicht verstehen. Sie hatte bei ihm gewohnt und hatte
immer Kontakt zu ihm, und nie kam ihr in den Sinn, dass
es mehr werden könnte als eine Freundschaft. Doch
jetzt, wo sie in Mexiko war, fing sie an, ihn zu vermissen,
aber nicht wie einen Freund, sondern wie einen Partner.
Vielleicht brauchte sie einfach diese Zeit, um wieder zu
sich selbst zu finden.

Plötzlich klingelte ihr Telefon. Sie erschrak und merkte,
dass sie so tief in Gedanken war, dass sie gar nicht mehr
an den Brief dachte. Sie schaute auf das Display und
wurde wieder leicht nervös, als sie Michaels Nummer
darauf sah.

"Hey, Christine, wie geht es euch? Also dir und dem
Baby?" fragte Michael.

"Michael, ich wollte dich gerade anrufen. Uns geht es
gut. Ich habe hier einen Brief vor mir liegen. Du wirst nie
erraten, von wem er ist." Sie schwieg ein paar Sekunden,
vielleicht hatte sie gehofft, dass eine Antwort von ihm
kam, aber Michael wartete nur darauf, dass sie es ihm
sagte.

"Vom Kinderheim, Michael. Vom Kinderheim!"

"Und was steht drin? Mach es nicht so spannend. Haben
sie Informationen für dich?" fragte Michael.

"Ich habe den Brief noch nicht geöffnet, ich wollte, dass
du bei mir bist, wenn ich es tue. Auch wenn es nur
telefonisch ist."

Michael war etwas sprachlos, zumindest war sprachlos,
zumindest schwieg er. Vielleicht wartete er auch nur
darauf, dass sie den Brief öffnete. Christine wollte ihn
erst darauf ansprechen. Sie mochte es gar nicht, wenn er
sie so anschwieg, aber sie tat es nicht und öffnete den
Brief.

"Michael, bist du noch dran? Also hier steht, sie hatten
eigentlich keine Informationen gehabt, aber als ich
abgegeben wurde, merkte sich eine Schwester das
Autokennzeichen, und so konnte man herausfinden, wer
mich abgegeben hatte. Sie sagen, das Kennzeichen an
dem Auto war damals gemeldet auf eine Frau mit Namen
Elisabeth. Ihr Name ist Elisabeth Ryder. Michael, ich
habe einen Namen, ich kann endlich anfangen, sie zu
suchen. Hier steht, sie war zu der Zeit in Idaho
gemeldet."

Als Christine aufwachte, war es bereits dunkel. Sie
schaute auf die Uhr und stellte fest, dass sie viel länger
geschlafen hatte, als sie wollte. Sie rieb sich den Schlaf
aus den Augen und stand auf. Ihr Abendessen war
mittlerweile kalt geworden, aber sie hatte auch keinen
großen Appetit mehr. Die Erschöpfung der letzten Tage
schien sie endlich eingeholt zu haben. Sie fühlte sich
müde .

Christine entschied sich, sich ins Bett zu legen und früh
am nächsten Morgen aufzustehen. Die Gedanken an die
bevorstehende Reise nach Idaho und die Suche nach
ihrer Mutter hatten sie emotional aufgewühlt. Sie lag im
Dunkeln und versuchte, sich zu beruhigen. Ihre Hand
legte sich sanft auf ihren Bauch und sie konnte die
Bewegungen ihres ungeborenen Kindes spüren. Das
erinnerte sie daran, dass sie nicht allein war und dass sie
für ihr Baby und sich selbst sorgen musste.

Die Gedanken an Michael kamen ihr erneut in den Sinn.
Die Nähe und Unterstützung, die er ihr in den letzten
Wochen gegeben hatte, bedeuteten ihr mehr, als sie es
sich eingestehen wollte. Sie fragte sich, ob sie es jemals
schaffen würde, die Vergangenheit hinter sich zu lassen
und ein neues Leben mit ihrem Kind aufzubauen.

Christine war aufgeregt und nervös wegen ihrer
bevorstehenden Reise nach Idaho. Die Gedanken an die
Suche nach ihrer Mutter beherrschten ihre Gedanken,
und sie hoffte, dass sie endlich Antworten finden würde.
Gleichzeitig konnte sie nicht anders, als an Michael zu

denken. Seine Unterstützung und seine Freundschaft
bedeuteten ihr viel, und sie wusste, dass sie ihn
vermissen würde, wenn sie weg war.

Ihr Chef, Herr Martinez, hatte Maria, seine Tochter, schon
gebeten, sich um sie zu kümmern und sie sicher nach
Idaho zu begleiten. Maria schien nett und
zuvorkommend zu sein, aber Christine wusste nicht, wie
ihre Beziehung während dieser Reise sein würde.

Der Tag ihrer Abreise kam immer näher und Christine war
hin- und hergerissen zwischen Aufregung und Sorgen. Sie
hoffte, dass die Reise zu neuen Erkenntnissen über ihre
Herkunft führen würde, aber gleichzeitig machte ihr die
Ungewissheit Angst. Als sie ihre Koffer für die Reise
packte, fühlte sie, wie sich die Anspannung in ihrem
Bauch verstärkte. Ihre Reise nach Idaho würde ein neuer
Schritt in ihrem Leben sein und sie wusste, dass sie für
sich und ihr ungeborenes Kind die bestmöglichen
Entscheidungen treffen musste.

Christine ging ins Schlafzimmer, legte sich auf ihr Bett
und griff nach ihrem Handy, um Michael anzurufen. Das
Gespräch mit ihm war ihr in den letzten Tagen sehr
wichtig geworden, und sie schätzte seine Unterstützung
und seine Freundschaft in dieser aufregenden, aber auch
herausfordernden Zeit.

Michael nahm den Anruf entgegen, und sie begannen,
über ihre bevorstehende Reise nach Idaho zu sprechen
und wie sie hoffte, endlich Antworten über ihre Mutter zu
finden. Michael war besorgt wegen ihrer Gesundheit, da
sie schwanger war, aber er versicherte ihr seine
Unterstützung und sagte, dass er immer für sie da sein
würde.

Sie sprachen auch über ihre Freundschaft und ihre
Gefühle füreinander. Christine fand es schwer, ihre
eigenen Emotionen zu verstehen, da sie sich zu Michael
hingezogen fühlte, aber gleichzeitig über ihre
Vergangenheit nachdachte und sich auf die Suche nach
ihrer Mutter konzentrierte.

Michael ermutigte sie, stark zu sein und für sich und ihr
ungeborenes Kind die besten Entscheidungen zu treffen.
Er versicherte ihr, dass er auf sie warten würde, wenn sie
zurückkehrte, und sie könnten dann gemeinsam über
ihre Zukunft sprechen.

Nach dem Gespräch legte Christine ihr Handy zur Seite
und schloss die Augen, um sich etwas auszuruhen. Die
kommende Reise und die Suche nach ihrer Mutter
würden sicherlich nicht einfach werden, aber sie fühlte
sich entschlossen und hoffnungsvoll.

Am nächsten Tag nach der Arbeit ging sie mit Maria zum
Busbahnhof der Reisebusse und sie reservierten beide
ihre Fahrkarten. Der Bus fuhr erst einmal nach Las
Vegas. Das müsste erst einmal reichen, und vielleicht
würde Michael Zeit haben sie abzuholen. Sie hatte zwar
ein unwohles Gefühl, wieder dorthin zu fahren, wo sie
einst wohnte, wo auch Joshuas Anwesen war, aber sie
wusste ja auch, dass er noch in Haft war, und das
beruhigte sie schon wieder etwas. Es waren nur noch
zwei Tage bis zur Abreise und sie wollte nur noch nach
Hause, um Michael anzurufen. Es durften keine
unnötigen Schwierigkeiten auftreten und Michael musste
über alles Bescheid wissen, sodass er auch pünktlich vor
Ort war, um sie zu empfangen. Sie begleitete Maria erst
einmal wieder nach Hause und ging dann auch wieder.
Sie wollte nicht unnötig aufgehalten werden von Marias
Mutter und brachte sie deshalb nicht bis ganz vor der Tür.

Sie wollte nicht unhöflich erscheinen und Marias Familie
war wirklich nett, aber sie fühlte sich gerade sehr müde
und wollte nicht, dass Lupita sie aufhalten würde, denn
Lupita redete sehr gerne und auch sehr viel.

Als sie zuhause ankam, war sie sehr müde und wollte
sich hinlegen. Sie überlegte kurz, denn eigentlich wollte
sie ja zuerst Michael anrufen und entschied sich dann,
das zu machen. Beim letzten Mal, als sie sich nur mal
kurz hinlegen wollte, wachte sie zwei Stunden später erst
wieder auf und dann wollte sie nicht mehr anrufen, da es
dann schon ziemlich spät sein würde.

Der bevorstehende Urlaub und die Reise nach Idaho
hatten sie emotional und physisch erschöpft. Zudem
spielten ihre Schwangerschaft und die vielen Gedanken
über ihre Mutter eine große Rolle in ihrem
Gemütszustand.

Sie entschied, sich kurz hinzulegen, bevor sie Michael
anrief. Sie hoffte, sich etwas frischer und klarer zu
fühlen, wenn sie das wichtige Gespräch mit ihm führte.

Christine schloss die Augen und versuchte, ihren Geist
zu beruhigen. Sie dachte über all die Dinge nach, die in
ihrem Leben passiert waren und über die vielen
Veränderungen, die bevorstanden. Das vielleicht
bevorstehende Treffen mit ihrer Mutter war eine
Gelegenheit, nach der sie ihr ganzes Leben lang gesucht
hatte. Doch es war auch mit Unsicherheit und Ängsten
verbunden.

Nach einer kurzen Ruhepause nahm Christine ihr Handy
und rief Michael an. Sie wollte sicherstellen, dass er über
alles Bescheid wusste und sich keine Sorgen um sie
machen musste, wenn sie auf der Reise war. Es war

wichtig, dass sie offen miteinander sprachen und sich
gegenseitig unterstützten. Michael war ein wichtiger Teil
ihres Lebens geworden, und sie vertraute darauf, dass er
für sie da sein würde.

„Michael, es bedeutet mir wirklich viel, dass du uns
aufnimmst und hilfst. Maria, die Bekannte, ist übrigens
die Tochter meines Chefs in Mexiko. Es war seine
Bedingung, dass ich nicht alleine reise, weil ich
schwanger bin. Sie ist nett, und ich denke, ihr werdet
euch gut verstehen." Christine hoffte, dass Michael nicht
eifersüchtig oder verärgert darüber war, dass sie
jemanden mitbrachte.

Michael schien verständnisvoll zu sein und sagte: „Kein
Problem, Christine. Ich freue mich darauf, euch beide zu
sehen. Und du weißt, dass ich für dich da bin und dich
unterstütze, egal was passiert. Ich mache mir keine
Sorgen wegen Maria. Du solltest dich ausruhen und auf
die Reise vorbereiten. Wir sprechen, wenn du in Vegas
angekommen bist, okay?"

Christine atmete erleichtert auf und war dankbar für
Michaels Unterstützung und Verständnis. Sie wusste,
dass sie einen wichtigen Menschen an ihrer Seite hatte,
der für sie da war, selbst wenn ihre Situation kompliziert
war.

"Christine? Hörst du mir noch zu?", fragte er plötzlich,
und sie wurde ruckartig aus ihren Gedanken gerissen.

"Entschuldige, ich war in Gedanken. Ich bin sehr müde
und denke, es wäre besser, wenn ich schlafen gehe. Du
verstehst das doch, oder?"

"Natürlich. Melde dich, wann genau du ankommst, dann
hole ich euch ab, okay? Gute Nacht."

Sie legte auf und spürte die Schwere in ihrem Herzen
beim Gedanken an ihn. Und doch freute sie sich so sehr,
ihn nach so langer Zeit wiederzusehen. Wenn sie genug
Geld hätte, würde sie gerne ein Hotelzimmer nehmen.
Sie wollte nicht zur Last fallen und gleichzeitig eine
fremde Frau mitbringen. Aber das Geld brauchte sie für
ihre Reise nach Idaho, wo sie niemanden kannte. Sie
fragte sich, ob es unangenehm werden würde, wenn sie
wieder in seiner Nähe war. Es waren nicht nur die
schönen Gefühle, die sie hatte, wenn er da war, sondern
auch die Erinnerungen daran, wie sie Zuflucht bei ihm
gesucht hatte, als sie vor Joshua geflohen war. Vielleicht
würde es aber gar nicht so schlimm sein, wie sie dachte,
wenn sie sich einfach auf das Wesentliche konzentrierte:
die Suche nach ihrer Mutter. Immerhin war es nicht mehr
dasselbe Apartment. Jetzt musste sie aber erst einmal
schlafen. Es war bereits spät, und sie sehnte sich nach

Ruhe. Morgen hatte sie sich von der Arbeit freigenommen, um zum Gynäkologen zu gehen und dann den letzten Rest zu packen, bevor sie am nächsten Abend mit dem Bus nach Las Vegas fuhr.

„Sie wollen also zurück in die USA?", fragte der Arzt, als sie zum Ultraschall hereingerufen wurde.

„Ja, aber nur für ein paar Wochen. Ich mache nur Urlaub dort."

„Das ist ja wunderbar. Ich hoffe, Sie genießen es." Amy drehte sich in Richtung Bildschirm, sie wollte einen Blick erhaschen von ihrem Baby. Etwas aufgeregt war sie schon, als sie den Herzschlag hörte und auf dem Bildschirm etwas erschien.

„Sehen Sie schon etwas, Doktor?"

„Es ist ein Junge. Sie bekommen einen Jungen. Er scheint gut zu wachsen und gesund zu sein. Es ist alles in Ordnung."

Sie spürte eine Freude in sich aufsteigen. Zum ersten Mal in ihrer Schwangerschaft spürte sie, dass sie sich auf dieses Kind freuen konnte. Warum freute sie sich? War es die Erleichterung, dass es kein Mädchen war, dem dasselbe widerfahren könnte, wie sie es damals erlebt hatte? Oder hatte sie endlich Muttergefühle entwickelt und sich damit arrangiert, dass sie alles auch alleine schaffen würde? Was auch immer diese Freude in ihr auslöste, sie war da.

„Ich möchte, dass Sie diese Tabletten einnehmen, Christine. Sie sind nur zur Förderung Ihrer Gesundheit, okay? Ich werde Ihnen etwas Schriftliches mitgeben, damit Sie sie bei sich führen können, da in den USA bei den Kontrollen oft Medikamente nicht durchkommen."

„Warum sollten sie denn nicht durch die Kontrolle kommen?"

„Das ist nur eine Routinemaßnahme. Es sollte eigentlich alles in Ordnung sein, aber nur für den Fall, dass es zu irgendwelchen Vorfällen kommt, haben Sie eine Bescheinigung."

Sie nahm die Medikamente, ließ sie in ihre Handtasche verschwinden und verließ die Praxis.

Sie kam am Park vorbei und setzte sich auf die Parkbank. Hier saß sie schon das erste Mal, als ihr klar wurde, dass sie schwanger war. Nun saß sie noch einmal hier, aber diesmal war sie nicht verzweifelt. Diesmal hielt sie die Hand auf ihren Babybauch und streichelte ihn. „Nur du und ich, mein Sohn. Nur du und ich", flüsterte sie. Sie saß da und genoss einfach nur die frische Luft und das

Gefühl der Freiheit. Sie hatte heute nichts Weiteres zu tun, außer die restlichen Sachen in ihrer Tasche zu verstauen. Sie überlegte noch kurz, aber sie hatte wirklich nichts Weiteres zu tun. Also entschied sie sich, etwas zu essen zu holen und sich nur noch zu Hause zu entspannen, denn morgen sollte es losgehen und das würde mit Sicherheit anstrengend für sie werden.

Sie machte gerade die Tür auf, als das Telefon klingelte.

„Hola, Christine, soll ich dich morgen abholen oder treffen wir uns am Bus?" fragte Maria.

„Maria, hallo. Entschuldige, ich bin gerade nach Hause gekommen. Ich denke, es wäre gut, wenn wir gemeinsam fahren, meinst du nicht auch?"

„Okay, mein Vater fährt uns dann hin. Um halb zehn abends fährt der Bus ab. Wir holen dich um acht Uhr ab, okay?"

Sie war so froh, dass sie nicht mit ihrem Gepäck auch noch ein Taxi nehmen musste. Obwohl sie es sich hätte denken können, dass Maria gefahren wird, und sie hätte sich auch etwas Besseres vorstellen können, als dass sie von ihrem Chef zum Busbahnhof gefahren wird. Aber sie war einfach nur dankbar, denn zurzeit war jegliche Anstrengung sehr ermüdend, und sie war immer froh, wenn sie Hilfe bekam.

Der nächste Tag war sehr ruhig, da sie so gut wie alles vorbereitet hatte. Sie verstaute noch schnell den Brief in ihrer Tasche, der zumindest die Stadt nannte, wo ihre Mutter lebte, und war so gut wie fertig. Sie räumte noch etwas auf und gab ein paar Lebensmittel zu ihrer Nachbarin. Sie wollte ja nicht zurückkommen und alles wegschmeißen müssen, was sie im Kühlschrank hatte. Auch nahm sie sich noch die Zeit für ein Bad. Schließlich würde sie die nächsten eineinhalb Tage in einem Bus verbringen.

Am frühen Abend klingelte es an der Tür. Es war Herr Martinez. Aber er war zu früh dort, was wollte er?

„Lupita hat gesagt, dass ich dich abholen sollte. Nimm schon mal dein Gepäck mit. Lupita hat gekocht und sie will, dass ihr beide noch etwas Ordentliches zu essen bekommt." Sie schaute ihn an. Er sah aus, als wäre er gerade aus dem Bett gekommen, aber es war schon abends.

„Geht es Ihnen gut, Herr Martinez? Sie sehen etwas müde aus."

„Es war eine lange Nacht. Die Verwandtschaft war gestern Abend noch da", sagte er nur ganz stumpf, nahm ihren Koffer und ging wieder zum Auto.

Lupita hatte wieder viel zu viel vorbereitet, und es schien auch ein paar Überreste von gestern noch dabei zu sein. Es war wieder sehr schön, mit ihnen zu essen, aber sie hatte zu viel gegessen. Gott sei Dank blieb noch etwas Zeit, bis sie aufbrechen mussten, denn sie fühlte sich, als hätte sie einen Stein verschluckt und wollte sich einfach nicht bewegen.

Sie sahen den Bus schon von Weitem, als Herr Martinez sie zum Busbahnhof fuhr. Aber sie hatten ja noch gut eine halbe Stunde, bis er abfuhr. Sie hatten also genug Zeit, sich zu verabschieden. Christine holte schon einmal ihre Reisetasche aus dem Auto und schaute noch einmal zu Maria herüber. Sie umarmte liebevoll ihren Vater und hatte Tränen in den Augen. Sie flüsterte noch etwas Spanisches und küsste ihn noch einmal auf die Stirn. Sie hatten anscheinend ein sehr inniges Verhältnis. Wie sehr hatte Christine sich so etwas für sich selbst gewünscht. Nicht nur einen Vater zu haben, sondern auch einen, der wirklich liebevoll war. Eine Mutter hätte diesen Job bestimmt auch gut machen können, und doch hatte sie nichts von beidem gehabt, als sie aufwuchs. Doch sie wollte sich bemühen, ihrem eigenen Kind diesen Luxus geben zu können. Ihr Kind sollte ein Zuhause haben und eine Mutter, die es liebte, eventuell sogar auch einen Vater an seiner Seite. Sie wusste, wie es war, abgeschoben zu werden. Schließlich war sie in einem Heim gewesen bis zu ihrem sechsten Lebensjahr, und das war kein Zuckerschlecken gewesen.

Maria holte ihre Tasche und sie gingen zum Bus. Christine machte noch einmal halt, schaute zurück in Richtung Auto, atmete tief durch und stieg die Stufen zum Bus hoch.

„Ist alles in Ordnung?" Maria schaute sie etwas besorgt an.

„Ja, es ist alles in Ordnung, Maria. Nur mein Mut hatte mich kurz verlassen, mehr nicht. Aber jetzt ist alles wieder gut", versicherte sie und schenkte ihr ein Lächeln.

Im Bus war es eng und die Fenster waren dreckig, was den Anschein gab, als wäre es dunkel im Bus. Es war nur der Dreck an den Fenstern, der es unmöglich machte, etwas Helleres zu sehen. Aber nicht nur die Fenster waren dreckig, die Sitze hätten auch mal eine Reinigung vertragen können, und im Allgemeinen roch es im Bus sehr muffig. Der Geruch glich einer Mischung aus Schweiß und altem Essen. Und es gab nicht mal ein Fenster, das man öffnen könnte, nur die beiden Türen, wovon die Tür im mittleren Teil des Busses geschlossen war, wahrscheinlich damit die Fahrgäste nicht einfach

einsteigen konnten, ohne ihren Fahrschein vorzeigen zu
können.

Endlich fand Christine einen Sitzplatz, der einigermaßen
sauber aussah, und setzte sich. Es war ein Fensterplatz,
so dass sie während der Fahrt wenigstens etwas nach
draußen schauen konnte, auch wenn sie nicht die
perfekte Sicht hatte. Maria nahm den Sitzplatz neben ihr
und half Christine, ihre Tasche nach oben zu verstauen.
Nur eine mittelgroße Handtasche wollte sie bei sich
behalten, denn darin war alles, was sie brauchte. Auch
ein Buch und ein kleines Kissen hatte sie dabei. Das
Buch hatte sie sich vor ein paar Tagen gekauft. Es
handelte von Schwangerschaft und Babys. Sie hatte nie
gedacht, dass sie eine der Mütter sein würde, die sich ein
Buch zu dem Thema kaufen würde. Doch nun sah sie
sich immer wieder bei solchen Themen halt machen, um
doch etwas nachzulesen. Die Fahrt würde lang werden,
und sie musste sich ja beschäftigen können, da würde
das Buch nützlich sein.

Es schien noch eine Ewigkeit zu dauern, bis die letzten
Passagiere eingestiegen waren und die Motoren des
Busses starteten. Endlich setzten sich die Räder in
Bewegung, und die Reise begann. Plötzlich überkam
Christine eine kleine Panikattacke. Ihr Blick schweifte
hektisch durch den Bus. Was machte sie hier? Was,
wenn ihre Mutter sie gar nicht sehen wollte? Was würde
passieren, wenn sie den ganzen Weg umsonst gemacht
hätte? Doch nun war es zu spät. Sie saß im Bus, und er
war bereits unterwegs. Es gab kein Zurück mehr. Sie
versuchte, an etwas Schönes zu denken, und sofort kam
ihr Michael wieder in den Kopf. Sie hoffte nur, dass er da
sein würde, wenn sie ankamen. Sie konnte es kaum
erwarten, ihn endlich wiederzusehen.

Sie ließ ihren Blick durch den Bus schweifen. Er war
düster gestaltet. Ein wenig freundliche Farbe hätte
sicherlich nicht geschadet, aber vielleicht war das so
beabsichtigt, damit man die Schmutzflecke nicht so
leicht erkennen konnte. Während sie in Gedanken
versunken war, musste der Bus sich mit weiteren
Fahrgästen gefüllt haben, denn erst jetzt bemerkte sie,
wie voll es geworden war. Der Geruch im Bus war
ebenfalls unangenehmer geworden, seitdem so viele
Menschen an Bord waren. Zuvor war es schon nicht
angenehm, aber jetzt roch es noch stärker nach
Schweiß, und ein Hauch von altem Zigarettenrauch hing
in der Luft. Sie wusste, dass sie das für eine Weile
ertragen musste, aber vielleicht würde der Fahrer
gelegentlich anhalten und die Türen länger offenlassen.

Schließlich war die Reise sehr lang. Ihr Blick wanderte zu Maria, die neben ihr saß, die Augen geschlossen und entspannt wirkte. Sie hatte Kopfhörer in den Ohren und schien sich von der Umgebung nicht stören zu lassen. Christine beschloss, sich ebenfalls abzulenken, denn je mehr sie über den Zustand des Busses nachdachte, desto unwohler wurde ihr. Sie nahm ihr kleines Kissen aus der Tasche, lehnte sich an die Fensterscheibe und versuchte, etwas Schlaf zu finden.

Christine öffnete die Augen. Sie musste eingeschlafen sein, denn der Bus stand an einem Rastplatz, und im Bus waren lautstarke Männer, die die übrigen Passagiere weckten. Bei genauerem Hinsehen bemerkte sie, dass es Grenzschutzbeamte waren. Sie schienen jeden Ausweis zu überprüfen und wollten sogar in die Handtaschen sehen. Es schien, als suchten sie jemanden oder etwas Bestimmtes. Maria war ebenfalls wach und suchte in ihrer Tasche nach ihrem Ausweis. Die Grenzschutzbeamten waren laut und etwas grob, aber anscheinend war alles in Ordnung, und sie verließen den Bus bald wieder. Sie winkten dem Busfahrer zu, dass er weiterfahren durfte. Christine blickte neugierig aus dem Fenster und sah, dass alle Fahrzeuge durchsucht wurden. Was war hier los? Wen oder was suchten sie? Es waren nicht nur die Grenzschutzbeamten zu sehen, sondern auch bewaffnete Polizisten. Es musste irgendetwas Ernstes vorgefallen sein, aber diese Frage blieb unbeantwortet, denn der Bus setzte seine Fahrt fort. Die Situation beschäftigte Christine weiterhin.

„Maria, was um Himmels willen ist gerade passiert?", fragte sie.

„Vor ein paar Tagen haben sie hier einen Transporter gestoppt. Er war mit Menschen ohne Papiere besetzt, die das Land verlassen wollten. Es wurden Drogen und minderjährige Mädchen gefunden. Ich denke, sie haben jetzt schärfere Kontrollen als gewöhnlich durchgeführt, aber nichts Ernstes. Es war jedoch aufregend, nicht wahr? So etwas sieht man nicht alle Tage", erklärte Maria und legte Christine beruhigend die Hand auf den Schoß. Christine war zwar verunsichert, lächelte aber zurück. So eine Situation hatte sie bisher nur im Fernsehen gesehen, war aber noch nie wirklich dabei gewesen.

Die Weiterfahrt zog sich langsam dahin, und Christine lehnte ihren Kopf an das Fenster. Draußen gab es einen riesigen Stau, und es schien, als käme der Bus kaum voran. Die Sonne war bereits aufgegangen, und es wurde im Bus langsam aber sicher unangenehm warm. Sie saß bereits seit Stunden fest und sehnte sich nach einer

Rast. Ihr Bedürfnis nach einer Toilette wurde immer drängender, aber sie wollte keinesfalls die Toilette im Bus benutzen. Sie fand die Vorstellung nicht nur unangenehm, angesichts des ohnehin unsauberen Zustands des Busses wollte sie sich gar nicht vorstellen, wie schmutzig die Toilette sein könnte.

Der Busfahrer kündigte an, dass sie an der nächsten Raststätte eine Frühstückspause einlegen würden, aber es würde noch etwa dreißig Minuten dauern. Doch Christine konnte nicht so lange warten. Das Baby drückte auf ihre Blase, und sie musste jetzt gehen. Sie quetschte sich durch den viel zu schmalen Gang. Das WC war kaum größer als eine winzige Abstellkammer und sehr dunkel. Der beißende Gestank überwältigte sie fast, und sie war froh, dass sie sich nicht lange hier aufhalten musste. Schnell kehrte sie zum Gang zurück und atmete tief durch. Sie sollte wirklich versuchen, während der Fahrt am besten gar nicht auf die Toilette zu müssen, da es ansonsten unangenehm werden könnte. Sie kehrte zu ihrem Platz zurück, wo Maria vertieft in ihr Buch saß und ihr nur ein schwaches Lächeln schenkte, als sie sich setzte.

Christine lehnte ihren Kopf an die kühle Fensterscheibe und genoss die Erfrischung. Die Klimaanlage schien nicht wirklich zu funktionieren und es war viel zu warm im Bus. Sie träumte kurz vor sich hin und versuchte, für einen Augenblick der Realität zu entfliehen. In diesem einen Moment war ihre Welt wieder in Ordnung. Sie befand sich nicht in diesem schmutzigen Bus, und der alte Mann hinter ihr, der nach Zigarren und Tequila roch und schnarchte, existierte nicht. Stattdessen saß sie mit Michael in dem Park, wo sie ihn damals getroffen hatte. Sie teilten eine Parkbank, die Luft war angenehm warm, es roch nach frisch gemähtem Rasen und Vögel zwitscherten im Hintergrund.

"Señorita, Senorita, möchten Sie nicht aus dem Bus aussteigen und frühstücken?"

Christine bemerkte überhaupt nicht, dass sie bereits an der Haltestelle angekommen waren. Natürlich wollte sie aus diesem Bus aussteigen, und zwar schnell. Maria war ebenfalls eingeschlafen, und Christine versuchte, sie so sanft wie möglich zu wecken.

"Komm, lass uns etwas zu essen holen, Maria. Ich habe langsam Hunger." Auf dem Weg nach draußen fragten sie noch einmal den Busfahrer, wie lange sie hier Halt machen würden.

"Wir fahren in genau dreißig Minuten weiter!"

Dreißig Minuten waren wirklich nicht viel Zeit. Sie würden wie im Flug vergehen, wenn sie noch etwas essen wollten. Wenn sie Glück hatten, würden sie gerade genug Zeit haben, um etwas zu kaufen, denn an der Kasse des Bistros war bereits eine Schlange zu sehen, und sie mussten sich beeilen. Sie gingen zügig zum Rastplatz-Bistro, und obwohl die Schlange davor nicht gerade kurz war, gab es zwei Mitarbeiter, daher hofften sie, dass es schnell vorangehen würde. Und sie hatten recht, sie waren gefühlt in fünfzehn Minuten fertig und konnten sich vor der Weiterfahrt etwas die Beine vertreten. Sie liefen herum, und Christine erzählte Maria noch ein wenig über Michael, während sie die anderen Fahrgäste beobachteten, die sich auf unterschiedliche Weisen eine Pause gönnten. Der Mann hinter ihr holte eine Flasche Schnaps aus seiner Jackentasche, ein anderer genoss genüsslich ein mit Zucker überzogenes Stück Kuchen, während ein anderer am Telefon sprach, und es klang wichtig, vielleicht ein Geschäftsgespräch. Plötzlich quietschten Reifen und Christine erschrak. Ein Auto hätte sie beinahe erfasst. Hätte der Fahrer nicht abrupt gebremst, wäre es nicht gut ausgegangen. Der Mann im Auto schaute sie nur an und fuhr dann weiter. Etwas an dieser Situation und daran, wie er sie ansah, kam Christine seltsam vor. Es war, als ob er sie ansah, aber irgendwie auch durch sie hindurch. Vielleicht war er verrückt, dachte Christine. Der Schreck saß noch tief und ihr Körper zitterte noch leicht. Sie rannte zurück zum Bus, ihr Atem zitterte immer noch.

Christine kehrte zurück zu ihrem Platz und dachte erneut über das soeben Geschehene nach. Hatte sie sich das alles nur eingebildet, oder hatte der Autofahrer sie tatsächlich angestarrt? Und wenn ja, warum? Kannte sie ihn? Nein, das konnte nicht sein. Das musste einfach ein Zufall gewesen sein, oder er hatte vielleicht herübergeschaut, während er im Auto etwas sagte. Sie wartete darauf, dass sich die Bus-Türen schlossen und sie weiterfahren würden. Dann versuchte sie, nicht mehr darüber nachzudenken und hoffte, etwas Schlaf zu finden. Sie hatte nur noch wenige Stunden vor sich, bevor sie endlich in Kalifornien ankommen würden. Dort würde sie Michael wiedersehen und endlich aus diesem verdreckten Bus aussteigen.

Tatsächlich gelang es ihr diesmal, tief und fest zu schlafen. Als sie erwachte, war es bereits später Nachmittag und Maria schlief immer noch. Der Busfahrer informierte die Passagiere über das Mikrofon, dass sie in einer Stunde ankommen würden. Christine versuchte,

Maria zu wecken, und nach dem dritten oder vierten
Versuch schien sie langsam aufzuwachen. Obwohl
Christine wusste, dass sie ihr erstes Ziel erst am Abend
erreichen würden, fühlte sie eine gewisse Traurigkeit. Sie
hätte gerne den Tag genutzt, um Maria die Gegend zu
zeigen und mit Michael in ein Diner zu gehen. Doch
Michael würde wahrscheinlich direkt nach der Arbeit
kommen und keine Lust haben, mit zwei Frauen
spazieren zu gehen. Oder vielleicht doch? Wie lange war
es her, seit sie Michael zuletzt gesehen hatte? Die
Vorfreude wuchs und auch die Nervosität stieg. Dieser
Ort war der Anfang von allem, was mit Joshua geschah.
Wie würde sie reagieren, wenn sie diesen Ort nach so
langer Zeit wiedersehen würde? Würden all die
Erinnerungen und Emotionen wieder hochkommen?
Würden all die negativen Gefühle, die sie so gut
unterdrückt hatte, jetzt wieder hochkommen?

"Michael, wir sind in einer Stunde da!" Sie hörte durch
das Telefon, wie aufgeregt er war, sie endlich
wiederzusehen.

"Ich werde da sein, keine Sorge, aber ich muss jetzt erst
meine Schicht zu Ende machen. Bis später."

Maria telefonierte auch mit ihrer Familie und teilte ihnen
mit, dass sie bald ankommen würden. Die letzte Stunde
im Bus verging sehr schnell und man konnte bereits den
Busbahnhof sehen. Viele der Reisenden wurden
ungeduldig und begannen, ihre Taschen zu holen, um
sicherzustellen, dass sie alles wieder eingepackt hatten,
was sie während der Fahrt ausgepackt hatten. Die
Stimmung im Bus wurde unruhig und es war spürbar, wie
jeder im Bus es kaum erwarten konnte, auszusteigen. Je
näher der Busbahnhof kam, desto mehr Menschen
erhoben sich von ihren Sitzplätzen. Eine Schlange bildete
sich bereits im engen Gang und es schien, als könne es
ein Problem werden, auszusteigen.

Endlich hielt der Bus und die Türen öffneten sich. Es war
schwierig, zwischen den vielen Menschen im Gang
hinauszukommen, und Christine und Maria verloren sich
kurz aus den Augen. Es wurde geschubst und gedrängelt,
und einige Passagiere begannen zu schimpfen. Der
Busfahrer schien sich nicht darum zu kümmern und
zündete sich draußen eine Zigarette an. Er zog ein paar
Mal daran, bevor er die Zigarette ausdrückte und den
Kofferraum öffnete, um das große Gepäck auszuladen.

Endlich kamen auch die beiden Mädchen draußen an.
Christine wollte nur kurz frische Luft schnappen und ging
ein paar Schritte zur Seite, wo es weniger Menschen gab,
die ihr die Luft zum Atmen raubten. Sie atmete ein paar

Mal tief durch, froh darüber, dass die drückende
Atmosphäre des Busses vorbei war. Maria staunte, als
sie die vielen Lichter der Stadt sah. Alles schien für sie so
unendlich groß zu sein, und Christine hatte bereits
vergessen, wie belebt die Straßen hier immer waren. Als
sie sich nach Michael umschaute und ihn nicht finden
konnte, wurde sie nervös. In Mexiko, zumindest in ihrer
Gegend, war es meistens ruhiger gewesen. Ab und zu
gab es Nachbarn, die sich gestritten haben, aber dann
kehrte wieder Frieden ein. Hier schienen die Menschen
zu jeder Tages- und Nachtzeit auf den Straßen zu sein.

Sie schaute sich erneut um und entdeckte eine winkende
Hand. Dort war er. Michael sah genauso gut aus wie
damals, als er sie auf Joshuas Geburtstagsfeier
angesprochen hatte. Christine griff nach Marias Hand
und zog sie hinter sich her, um sicherzustellen, dass sie
nicht verloren ging, als sie auf Michael zulief.

"Michael, Michael!", rief sie immer wieder. "Ich bin so
froh, dass du hier bist."

"Oh, mein Gott, Chrissy! Wie habe ich dich vermisst!" Er
drückte sie fest an sich. Diese herzliche Begrüßung hatte
sie nicht erwartet, aber sie genoss sie und legte die Arme
um ihn. Für einen Moment schien die Welt stillzustehen,
als er tief in ihre Augen sah. Es war fast so, als würde er
sie küssen wollen, denn sein Mund kam ihrem sehr nahe.

"Christine, wann gehen wir? Und wohin gehen wir? Ist es
noch weit?" Maria hatte wahrscheinlich nicht bemerkt, in
welche Situation sie plötzlich geraten war. Doch jetzt
wurde der Zauber des Moments unterbrochen. Genau in
diesem Moment erinnerte sich Christine daran, warum
sie alleine reisen wollte – um solche Zwischenfälle zu
vermeiden. Musste sie ausgerechnet jetzt
dazwischenreden?

Michael lächelte verlegen und ließ dann von Christine ab.
Schnell drehte sich auch Christine zu Maria und stellte
sie ihm vor.

"Das ist also deine Freundin. Komm, wir gehen jetzt erst
einmal nach Hause. Da könnt ihr eure Taschen
loswerden." Sofort nahm er Christine ihre Tasche ab und
hakte sich bei ihr ein. Sie schaute ihn verlegen an. Noch
nie war ihr sein Lächeln so ins Auge gefallen, oder
vielleicht hatte sie es nur vergessen. Sein Lächeln war
traumhaft schön, auch dank seiner strahlend weißen
Zähne. Es hatte etwas Verlegenes, aber gleichzeitig,
wenn sie in seine Augen sah, erkannte sie, dass er doch
etwas Dominantes an sich hatte. Er wusste genau, was
er wollte und wie er es bekommen könnte, und genau
das machte ihn so anziehend für Christine. Aber so, wie

sie ihn kannte, war er nicht der Typ Mann, der das schamlos ausnutzen würde. Sie gab Maria ein Zeichen, ihr zu folgen, und genoss die Aufmerksamkeit, die Michael ihr schenkte, während sie zu seinem Haus zurückgingen.

"Du hast das Haus also behalten?" Eine gewisse Nostalgie kam in ihr hoch, und sie schaute sich sofort um, um zu sehen, ob noch alles an seinem Platz war, als er die Tür öffnete. Sie war erstaunt, denn er hatte wirklich nichts verändert. Im Schlafzimmer lag immer noch das Buch auf dem Nachttisch, das sie angefangen hatte zu lesen, als sie noch mit ihm hier wohnte.

"Ich wollte es mal lesen, aber du kennst mich. Ich bin nicht so ein Bücherwurm wie du", sagte er, als sie darin herumblätterte.

"Wo kann ich auspacken?" Maria wurde langsam ungeduldig und interessierte sich nicht für die Unterhaltung, die die beiden gerade führten. Sie sprachen hauptsächlich darüber, warum er nichts in der Wohnung verändert hatte und wie sehr sie sich gewünscht hatte, wieder hier zu sein. Schon am Busbahnhof war Maria klar geworden, dass zwischen den beiden mehr war, als Christine zugegeben hatte. Und obwohl sie sich freute, die Gelegenheit zu bekommen, nach Amerika zu reisen, fragte sie sich doch, warum sie jetzt hier war. Sie wollte nicht das dritte Rad am Wagen sein, aber sie hatte ihrem Vater versprochen, mitzufahren. Da musste sie jetzt durch und nur darauf hoffen, dass die beiden nicht ewig nur herumturteln würden.

"Maria, entschuldige. Du kannst deine Sachen hier in meinem Büro ablegen. Auf den letzten Drücker habe ich noch ein Schlafsofa besorgt, das habe ich dir dort reingestellt. Ich hoffe, das ist in Ordnung?"

"Gracias, das ist sehr freundlich!"

Das Zimmer war schlicht eingerichtet und könnte sicherlich eine Auffrischung gebrauchen. Die Schlafcouch hatte schon bessere Tage gesehen. Aber was sollte sie schon von ihm erwarten? Er war schließlich nur ein Mann, und sie war nur eine Begleitung für die Mitarbeiterin ihres Vaters und gleichzeitig, wie es schien, auch Michaels Freundin. Immerhin hatte sie einen Schlafplatz, und wenn sie ehrlich war, hätte es schlimmer kommen können. Zumindest waren sie nicht mehr im Bus. Sie versuchte, ihren Frust über das Zimmer, das eher wie eine Abstellkammer aussah als ein Büro, herunterzuschlucken und redete sich ein, dass sie nur übermüdet sei. Schließlich hatte sie im Bus zwar gelegentlich ein Nickerchen gemacht, aber in einem übelriechenden Bus konnte man nicht wirklich gut schlafen.

"Es ist so schön, dich wieder lachen zu sehen. Das habe ich wirklich vermisst!" Christine saß mit Michael im Wohnzimmer und schwelgte in alten Erinnerungen. Wie viel Spaß hatte sie doch immer mit Michael gehabt. Ja, der Anfang war holprig und nicht immer einfach gewesen, aber es gab auch sehr schöne Zeiten und viele lustige Geschichten. "Erinnerst du dich daran, als wir aus der Bar kamen und ein Taxi uns beim Vorbeifahren von oben bis unten nass spritzte? Wir waren klatschnass, so sehr hat es geregnet an diesem Tag!" Er sah sie vergnügt an und genoss es, ihr zuzuhören, besonders wenn sie voller Begeisterung von ihrer gemeinsamen Zeit sprach. Er hatte sich diesen Moment so sehr gewünscht, den Moment, in dem sie wieder bei ihm sein würde, und jetzt, da er sie endlich wieder hier hatte, konnte er nichts anderes tun, als sie anzustarren. Sie war wunderschön, selbst nach der langen Fahrt, ungepflegt und ungeschminkt, und mit ihrem kleinen Bauch sah sie immer noch perfekt aus.

"Michael, hörst du überhaupt zu?", fragte sie.

"Em - ja, natürlich. Entschuldige, ich war gerade ... in Gedanken", antwortete er. Langsam rutschte er näher zu ihr und strich mit seiner Hand über ihr Gesicht, während er tief in ihre Augen blickte. Ihre Blicke trafen sich kurz, und Christine begann sichtlich nervös zu werden. Sie strich sich eine Haarsträhne aus dem Gesicht und stand schnell auf. "Entschuldige, ich denke, ich sollte mich hinlegen. Es war eine lange Fahrt, und es hat mich doch etwas mitgenommen." Er hielt ihr die Hand entgegen, als würde er hoffen, sie aufhalten zu können, zog sie jedoch schnell wieder zurück. "Was habe ich mir nur gedacht?", dachte er immer wieder, als er ihr hinterher schaute, als sie ins Schlafzimmer ging. Er beschloss, noch zu warten, bis sie einschlief, bevor er sich dazu legte. Er wollte nicht den Eindruck erwecken, dass er die Situation ausnutzen wollte, obwohl er sehr gerne jetzt ihre Nähe gespürt hätte. Immer wieder schaute er zum Schlafzimmer rüber – er war einfach nur froh, dass sie wieder da war.

"Guten Morgen. Ich habe Frühstück besorgt!", rief Michael am nächsten Morgen Christine zu, die noch im Bett lag.

"Danke, Michael, du bist ein Engel. Aber ich bin noch nicht ganz wach!"

"Komm schon, weck Maria auf!"

"Musst du nicht arbeiten?", fragte sie noch ganz verschlafen.

"Ich habe mir freigenommen. Ich werde bei dir sein, solange du mich hier brauchst."

Endlich hob sie ihren Kopf vom Kissen und lächelte ihm zu. "Das ist nicht dein Ernst! Das hast du wirklich für mich getan?"

Er zwinkerte ihr zu, und da war es wieder, dieses wunderschöne Lächeln, das sie so mochte, und das er ihr schenkte, als er den Raum verließ. "Ja, ich habe mir Urlaub genommen. Ich kann dich doch nicht einfach alles allein machen lassen. Das ist doch alles viel zu viel für dich gerade."

"Dann stehe ich jetzt mal auf, und dann können wir alles Weitere besprechen, okay?"

"Michael, perdón. Wo ist ein Internetcafé?", fragte Maria.

"Maria, guten Morgen. Du kannst auch gerne meinen PC benutzen."

"Nein, das ist zu viel, und ich muss an meiner E-Mail arbeiten. Da brauche ich etwas Ruhe, okay?"

"Okay, es gibt eins die Straße runter. Wir gehen da nachher hin, dann weißt du, wo es ist."

"Es ist okay, ich finde das schon. Ich gehe nach dem Frühstück, gracias."

Etwas irritiert schaute Michael Christine an. Christine zuckte nur mit den Schultern und biss genüsslich in ihren Toast. Michael hatte noch Pancakes von einer Bäckerei mitgebracht und verschlang eins nach dem anderen. Nur Maria hielt sich etwas zurück und wollte nur ihren Kaffee.

Als Maria ging, holte Christine den Brief aus ihrer Tasche. "Schau, Michael, das ist der Brief, von dem ich gesprochen habe. Viel sagt er nicht gerade aus, aber ich weiß, dass sie Elisabeth Ryder heißt und in Idaho ist. Zumindest war sie da noch gemeldet, als sie mich abgegeben hatte."

"Da hast du aber Glück. Nicht jeder muss sich in Idaho anmelden, da muss schon ein Grund dafür sein. Vielleicht ist sie ja berühmt oder so?"

"Michael, spinn nicht rum! Sie wird zwar bestimmt ihren Grund gehabt haben, mich abzugeben, aber berühmt - nein, das glaube ich nicht. Vielleicht ist sie ja nur Anwältin oder so."

"Aber sag mal, Christine, was ist mit Maria? Hat sie etwas gegen mich oder warum habe ich das Gefühl, dass sie mir aus dem Weg geht?"

"Lass ihr etwas Zeit. Wir sind doch gerade erst eine Nacht hier. Sie kennt dich ja nicht. Ich denke, das wird sich legen, glaub mir."

Christine setzte sich an Michaels PC. Er war wohl etwas teurer gewesen, denn so ein Modell hatte sie noch nicht gesehen, aber er brauchte es bestimmt für seine Arbeit. Schließlich hatte er die verschiedenen Tonprogramme als Floppy Discs herumliegen, und ein paar Kritzeleien lagen verstreut auf dem Schreibtisch. Vielleicht hatte er eine neue Idee oder einen Auftrag zu erledigen. Was auch immer es war, es sah wichtig aus. Sie legte alles auf einen Stapel zur Seite und fuhr den PC hoch. "Wir müssen schauen, wie ich nach Idaho komme, okay? Das kann man doch bestimmt im Internet herausfinden, oder?"

"Wir schauen mal, warte. Ich muss erst das Modem starten – ich benötige es selten, bin ja kaum zuhause."

"Was sind das hier für Papiere, planst du etwas Neues?"

"Es ist für ein Musical, ich fummle immer noch an der perfekten technischen Einstellung für den besten Sound herum, verstehst du?" Er erzählte noch etwas von seinem Vorhaben und als das Internet endlich verfügbar war, suchten sie nach einem Weg, nach Idaho zu gelangen.

Etwas später kam auch Maria wieder. Sie hatte etwas Ausgedrucktes in der Hand. "Hast du alles gut gefunden? Du warst ja ziemlich lange weg."

"Si, alles war gut. War nicht weit weg!" sagte sie und ließ das Stück Papier in ihrer Tasche verschwinden. Sie nickte nur und huschte sehr schnell vorbei.

"Verstehst du, was ich jetzt gerade meinte?"

"Ja, das ist wirklich etwas seltsam. Aber wer weiß, vielleicht ist es hier alles nur etwas ungewohnt", meinte Christine.

"Ach, Christine, hör auf. Wie lange kennst du sie? Vielleicht sollte sie hierherkommen, um etwas zu tun, von dem du nichts wissen sollst. Drogen oder so, verstehst du?", erwiderte Michael besorgt.

In diesem Moment betrat Maria wieder das Zimmer. "Perdón, ich hatte gerade meine Bluse mit Kaffee verschüttet. Ich musste mich umziehen."

"Wirklich? Wo denn, das habe ich dann wohl übersehen", bemerkte Michael in einem schnippischen Ton und schaute sie kopfschüttelnd an.

„Wollen wir etwas die Stadt erkunden? Ich dachte, wir wollen Spaß haben, bevor es weitergeht?", schlug

Christine vor, ging, um ihre Tasche zu holen, und flüsterte dabei im Vorbeigehen "Jetzt ist aber mal gut, Michael."
Er schaute zu ihr rüber und bemerkte ihren strengen Blick. Michael wollte sie nicht verärgern und beschloss, das Thema vorerst nicht mehr anzusprechen, obwohl er sich doch fragte, wer diese Maria war, die er in sein Haus gelassen hatte und warum sie sich seit ihrer Ankunft so seltsam verhielt. Was verbarg sie? Sollte er wirklich recht haben und sie handelte möglicherweise mit Drogen oder war ein Mittelsmann für irgendeine kriminelle Sache? Auf jeden Fall würde er sie im Auge behalten. Er war überzeugt, dass irgendetwas mit ihr nicht stimmte. Aber vorerst würde er einfach Ruhe bewahren. Früher oder später würde er sicherlich mehr herausfinden.
Das Erste, was Christine Maria zeigen wollte, war das Caesars Palace. Es befand sich direkt am Las Vegas Boulevard, und der Weg dorthin war für sie bereits ein beeindruckendes Erlebnis. Sie war fasziniert von den zahlreichen Gebäuden, den bunten Lichtern und vor allem von der Vielzahl der Menschen, die sich auf der Straße aufhielten. Hier gab es Menschen aller Art, von Obdachlosen bis zu Leuten, die so aussahen, als müssten sie sich nie Sorgen um Geld machen. An nahezu jeder Ecke gab es Straßenkünstler. Je dunkler es in den Straßenecken wurde, desto heller und lebendiger waren die Straßen. Die Beleuchtung in der Stadt war schlichtweg atemberaubend, und so etwas hatte sie in Mexiko noch nie gesehen.
Das Caesars Palace war ein Anblick, den sie sich in ihren kühnsten Träumen nicht hatte vorstellen können. Es war schlichtweg wunderschön. Bereits im Foyer konnte sie ihr Staunen nicht zurückhalten. Alles war in cremefarbenen und goldenen Tönen gehalten, was dem gesamten Ambiente einen sehr noblen Touch verlieh. Die gewundenen Treppen führten zu einer Etage mit zahlreichen Geschäften, von denen jedoch alle außerhalb ihres Budgets lagen. Wie gerne hätte sie hier etwas gekauft – schließlich handelte es sich um die angesagtesten Geschäfte. Um sich jedoch hier etwas leisten zu können, hätte sie wohl die Kreditkarte ihres Vaters benötigt. Ihr Vater war jedoch recht sparsam, wenn es um das Ausgeben seines hart verdienten Geldes ging, vor allem, wenn es um Kleidung ging. Ihre Mutter, Lupita, war arm aufgewachsen und hatte nur ein besseres Leben, weil sie einen Mann geheiratet hatte, der aus einer Familie stammte, die mehrere Hotels besaß. Genau das wollte Maria auch erreichen. Sie wollte jemanden finden, wie es ihre Mutter getan hatte,

der ihr alles bieten konnte, was sie sich wünschte. Allerdings war sie bei Weitem nicht so bescheiden wie ihre Mutter. Maria liebte den Luxus und fühlte sich hier wohl. Hier war alles luxuriös. Hier gehörte sie hin.

Michael und Christine begaben sich zum Buffet, und Maria folgte ihnen, während sie sich Zeit zum Essen nahmen.

„Denkst du, wir haben vielleicht noch Zeit, ins Casino zu gehen? Schließlich sind wir gerade hier, was hältst du davon, Michael?", fragte Christine.

„Christine, es ist deine Zeit, du musst entscheiden, wie du sie nutzen möchtest!", erwiderte er und lächelte sie an, als ob er denselben Gedanken gehabt hätte.

„Maria, warst du schon mal in einem Casino?", fragte Christine.

„Nein, mein Vater sagt immer, dass ich mein Geld zusammenhalten und es nicht in solche Teufelssachen stecken sollte!", antwortete Maria.

„Dann möchtest du es nicht einmal ausprobieren?", fragte Christine mit einem verschmitzten Lächeln.

„Ich denke, es wird nicht so schlimm sein, oder? Mein Papa ist ja nicht hier, und es sieht wirklich gut aus!", gab Maria zu.

Zwei Stunden später verließen sie das Casino und machten sich auf den Weg in die Innenstadt. Christine wollte unbedingt noch einige Hygieneartikel für die weitere Reise besorgen.

„Ich muss nochmal weg, ist das in Ordnung, oder? Es wird nicht lange dauern", erklärte Maria.

Christine schaute Maria ziemlich verdutzt an. „Wohin willst du denn, Maria? Ich dachte, wir wollten noch zusammen in den Park gehen."

„Ich komme einfach später wieder zu Michaels Apartment, okay? Es ist wirklich wichtig!", erklärte Maria.

„Aber …", begann Christine, doch Maria ging bereits in die entgegengesetzte Richtung.

„Was denkst du darüber?", fragte Christine.

„Du kennst meine Meinung, Christine. Es ist ziemlich eindeutig, dass sie Dreck am Stecken hat. Sieh es endlich ein", erwiderte Michael.

„Ich weiß nicht, Michael. Vielleicht ist es auch etwas ganz anderes", gab Christine zurück.

Michael verstand sie nicht. Wollte sie es wirklich nicht einsehen? War sie tatsächlich so naiv? Es war doch eindeutig, wie sich Maria verhielt. Er musste es beweisen können, irgendwann würde sie sich schon verraten. Je mehr er Maria betrachtete, desto mehr wurde er verunsichert. Und es wäre wirklich schade, wenn er recht haben sollte und sie Drogen nahm, denn sie war eine bemerkenswert hübsche Frau. Sie hatte langes Haar und eine beeindruckende Figur, die sie durch ihren eleganten Kleidungsstil gut zur Geltung brachte. Wenn er keine Art Beziehung zu Christine hätte, wäre sie genau sein Typ.

Michael besorgte sich etwas zu essen von einem nahegelegenen Imbisswagen, und sie setzten sich auf eine Bank in einem schattigen Bereich. Die Mittagssonne strahlte bereits intensiv, und es war ziemlich warm.

Der De Long Pré Park war wunderschön. Christine hatte fast vergessen, wie schön er war. Sie genoss den Anblick grüner Wiesen und spielender Kinder. Währenddessen dachte sie daran, wie sie bald mit ihrem Kind auf den Spielplatz gehen würde, vielleicht sogar mit einem Mann, vielleicht sogar mit Michael. Und da war es wieder – das Herzflattern, das sie schon in Mexiko spürte, wenn sie an ihn dachte.

„Chrissy, träumst du?", fragte Michael.

„Entschuldige, ich war kurz in Gedanken. Es wird nicht mehr lange dauern, bis ich mein Kind habe, und dann komme ich vielleicht wieder hierher", antwortete Christine.

„Vielleicht kommen wir gemeinsam mit dem Baby hierher. Was meinst du?", schlug Michael vor.

Sie schaute ihn etwas verlegen an und lächelte. Er schien es ernst zu meinen und erwartete eine Antwort, doch sie lächelte nur. Es war alles gerade überwältigend, und sie wollte keine überstürzten Entscheidungen treffen, auch wenn sie sich sicher war, dass er die richtige Wahl wäre.

Nachdem die Hotdogs aufgegessen waren und sie die Sonne genossen hatten, machten sie sich auf den Weg.

„Michael, ich bin etwas müde. Ich denke, ich möchte nach Hause, um mich auszuruhen. Aber wenn wir gleich in der Hudson Street sind, gibt es dort ein Reisebüro, oder?", fragte Christine.

„Ja, aber ...", begann Michael.

„Wir sollten dort hineingehen um zu fragen, wie ich am günstigsten nach Idaho komme. Ich habe nicht viel Geld übrig, und ich habe noch einen weiten Weg vor mir", erklärte Christine.

„Da werden uns schon Lösungen einfallen, mach dir keine Sorgen. Aber sprechen wir von Sorgen – Schau mal, da ist Maria", bemerkte Michael.

Christine rief nach ihr und ging etwas schneller, um sie einzuholen.

„Maria, wo warst du? Warum bist du so schnell gegangen?", fragte Christine.

„Perdón, aber ich habe meinem Papa versprochen, ihn anzurufen. Er mag es nicht, wenn er warten muss, okay?", erklärte Maria.

Christine schaute sie verständnisvoll an und blickte dann zu Michael, der ziemlich ungläubig aussah. Kopfschüttelnd wandte sie sich wieder Maria zu, um zu hören, wie es ihrer Familie ging.

„Aber warum rufst du nicht von meinem Telefon aus an? Das hättest du auch heute Morgen machen können. Du hättest bestimmt noch viel von der Stadt sehen können, wenn du bei uns geblieben wärst", bemerkte Christine.

„Es tut mir leid, dass ich gegangen bin, aber ein Anruf nach Mexiko ist teuer. Ich mache das lieber von einem Internetcafé. Dann musst du das nicht bezahlen, okay?", erklärte Maria.

Diese Antwort war durchaus einleuchtend für Christine, und sie wollte nicht weiter auf das Thema eingehen. Doch Michael schien ihr kein Wort zu glauben, sein fragender Blick und die Art, wie er sie musterte, verrieten es, auch wenn er nicht weiter nachbohrte.

Sie bogen in die Hudson Street ein und gingen auf das Reisebüro zu, wo Christine Informationen zur Weiterreise einholen wollte.

„Guten Tag, wie kann ich Ihnen helfen?", begrüßte die Dame hinter dem Schreibtisch die drei, während sie sie etwas skeptisch, aber dennoch freundlich musterte.

„Guten Tag. Ich muss nach Idaho. Was ist die günstigste Verbindung?", fragte Christine.

Die Dame, Mitte fünfzig, mit blonden Haaren und bestimmt zwanzig Kilo zu viel auf den Hüften, hatte ein rundliches und leicht aufgedunsenes Gesicht mit einer kleinen Nase. Sie sah insgesamt etwas heruntergekommen aus, aber die Hudson Street war auch keine gehobene Gegend. Hier lebten viele arme Menschen, und manche verbrachten ihre Abende lieber in Bars als zu Hause. Die Dame sah zwar nicht arm aus, aber ihre Haut wirkte grobporig, was nicht nur an ihrem Gewicht liegen könnte, sondern vielleicht auch an gelegentlichem Alkoholkonsum. Sie setzte sich eine Brille auf die Nase und begann, in ihrem Computer zu tippen.

„Nach Idaho. Einen Moment, bitte. Hier habe ich etwas,"
sagte sie, schaute über ihre Brille hinweg und musterte
die drei erneut skeptisch. „Für einen Flug sind es
zweihundertfünfzig Dollar pro Person, und mit dem Zug
oder Bus liegt der günstigste Preis bei neunzig Dollar.
Möchte Sie etwas buchen? Für wie viele Personen?"
„Danke, aber nicht jetzt. Ich werde später noch einmal
wiederkommen. Vielen Dank, Miss", erwiderte Christine
höflich.

Die drei verließen das Reisebüro, und als sie die Tür
hinter sich schlossen, rief die Dame ihnen noch
hinterher: "Warten Sie nicht zu lange; die Preise ändern
sich heutzutage fast täglich!"

Die Tür fiel zu, und sie begaben sich erneut auf den Weg
zurück zu Michaels Apartment. Christine sagte auf dem
gesamten Weg kein Wort. Sie war durcheinander,
niedergeschlagen und den Tränen nahe. Wie sollte sie so
viel Geld auftreiben? Sie hatte bereits viel für die
Busfahrt hierher bezahlt, und nun zwischen neunzig und
zweihundertfünfzig Dollar zusätzlich aufzubringen,
schien unmöglich. Sie hätte sich vielleicht informieren
sollen, bevor sie hierherkam. Sollte sie jetzt scheitern?
War all das umsonst gewesen, und würde sie ihre Mutter
doch nicht finden? Sie musste sich stark
zusammenreißen, um nicht sofort in Tränen
auszubrechen. Sie war einfach frustriert und müde, sehr
müde. Das war nicht die beste Mischung, besonders,
wenn man auch noch schwanger war.

"Leg dich erst einmal hin. Ich sehe, dass dich die ganze
Sache mitnimmt. Aber wir werden einen Weg finden,
okay?" sagte Michael, strich ihr über den Kopf und
schloss die Tür hinter sich. Christine konnte sich endlich
hinlegen. Ihre Beine fühlten sich schwer wie Blei an, und
ihre Stimmung war im Keller. Sie musste jetzt etwas
Schlaf bekommen, um sich wieder zu sammeln. Ihre
Gedanken kreisten die ganze Zeit darum, wie sie die
Weiterreise bezahlen würde, bis sie schließlich
einschlief.

Michael ging in sein Büro und sortierte ein paar
Unterlagen. Währenddessen durchsuchte er das Internet
nach günstigen Reisemöglichkeiten nach Idaho. Als er
kurze Zeit später aufstand, um sich einen Tee zu machen,
bemerkte er Maria. Sie hatte Papiere auf dem Schlafsofa
verteilt, offensichtlich mehrere Ausdrucke, und sie
schien nach etwas zu suchen. Er riskierte einen weiteren
Blick ins Zimmer auf dem Weg zur Küche, doch Maria war
so vertieft, dass sie ihn gar nicht bemerkte. Sie überflog
jeden Ausdruck nur flüchtig und sortierte sie scheinbar

nach einem bestimmten Schema. Es schien, als suche sie nach etwas, aber was? Einen Moment lang überlegte er, ob er sie darauf ansprechen sollte, doch dann verwarf er den Gedanken. Er wollte Christine nicht noch mehr aufregen und misstrauisch machen, indem er sich in Marias private Angelegenheiten einmischte. Vielleicht hatte er ja Unrecht, aber ihr Verhalten wirkte merkwürdig, und er fragte sich, was es mit den vielen Ausdrucken auf sich hatte und was genau sie suchte. Waren es Informationen, die sie für Christine gefunden hatte? Und wenn ja, warum gab sie diese dann nicht Christine?

Kapitel 2: Die Reise ins Ungewisse

"Ich gebe dir den Wagen unbeschädigt zurück und tanke ihn noch einmal voll!"

"Hey, Michael, das kannst du nicht machen. Das ist mein Auto!"

"Natürlich kann ich das, du schuldest mir etwas! Oder soll Mr. Donovan erfahren, wer seine Tochter wirklich schwanger gemacht hat? Das kostet dich deinen Job, und ich erhalte eine Beförderung, Carl. Du hast die Wahl!"

Carl starrte Michael schockiert an und reichte ihm widerwillig die Autoschlüssel.

Michael schaute ihn an, nahm die Schlüssel und grinste. "Ich sehe, wir sind uns einig." Dann stieg er in den grünen, etwas heruntergekommenen Land Rover und fuhr vom Grundstück. Er wusste, dass er früher oder später etwas von Carl für seine Verschwiegenheit erwarten konnte, wenn es darum ging, die Affäre zwischen ihm und der Tochter seines Chefs geheim zu halten. Jetzt, wo sie schwanger war - und nicht von ihrem Verlobten -, würde die Wahrheit nicht nur seinen Job, sondern auch seine eigene Familie gefährden.

"Christine, ich habe eine Überraschung für dich!"

"Warum bist du so aufgeregt, Mike? Was hast du?"

"Schließ deine Augen und gib mir deine Hand."

Sie folgte seinen Anweisungen und er führte sie vor die Tür.

"Oh mein Gott, Michael! Wo hast du das her?" rief sie aus, als sie die Augen wieder öffnen durfte.

"Ein Arbeitskollege schuldet mir noch etwas. Ich habe ihn mir geliehen, bis wir wieder zurück sind. Jetzt musst du dir keine Sorgen mehr machen, okay?" Er lächelte und gab ihr einen Kuss auf die Stirn.

"Möge dieser Wagen bis nach Idaho halten und vor allem auch die Rückfahrt überstehen", bemerkte Maria aus dem Hintergrund. Ihre Begeisterung für das Auto hielt sich in Grenzen. Die beiden schauten sie verwundert an. Warum war sie immer so negativ eingestellt? Ja, das Auto war alt und sah schon ziemlich mitgenommen aus, aber zumindest war es vorerst eine Lösung für ihr Problem.

"Ich erinnere mich nicht daran, dass du eine bessere Lösung hattest", sagte Michael und warf Maria einen abwertenden Blick zu.

Warum musste sie immer alles schlechtreden? Was hatte sie davon?

"Du bist großartig. Was würde ich nur ohne dich tun?" Christine war überglücklich. Sie strahlte, klatschte in die Hände und umarmte Michael so fest, dass er dachte, er bekäme keinen Atem mehr. Dann war es wieder da, dieses Knistern zwischen ihnen. Sie schauten sich tief in die Augen, und dann passierte es. Christine küsste ihn. Dieser Moment war längst überfällig, und Michael genoss jede Sekunde davon. Lange genug hatte er daran gezweifelt, dass der Kuss von damals sich jemals wiederholen würde.

Doch nun war er da, und er konnte es nicht glauben. Es schien nur ein paar Minuten gedauert zu haben, bis er Christine so fest umarmte wie nie zuvor. Er wollte diesen Moment so lange wie möglich genießen und sie am liebsten nie wieder loslassen. Christine löste sich allmählich von seinen Armen und ging ein paar Schritte verlegen zurück.

"Entschuldige! Ich weiß nicht, was über mich gekommen ist. Wir sollten uns auf das Wesentliche konzentrieren. Wir sollten die Reise planen."

Er zog sie wieder an sich und küsste sie. "Ich weiß, aber..."

"Komm schon, Mike!" Sie nahm seine Hand und zog ihn zum Schreibtisch, an dem sein PC stand. Sie suchten im Internet nach einer Route und einer preisgünstigen Unterkunft.

"Christine, ich bin gleich wieder da. Ich muss nur kurz weg!" rief Maria, doch die beiden waren so in ihre Recherchen vertieft, dass sie sie überhörten. Maria schnappte sich noch schnell ein paar Unterlagen und schlug die Tür hinter sich zu. "Maria? Maria?" rief Christine aus dem Büro heraus, aber sie erhielt keine Antwort.

"US Weekly. Sie sprechen mit Miss Stanford. Wie kann ich Ihnen helfen?"

"Hi, ich hätte gern mit Jonathan Hampton gesprochen. Hier ist Maria Martinez."

"Einen Moment, ich verbinde Sie."

"Hampton!"

"Jonathan, hier ist Maria. Maria Martinez. Erinnerst du dich noch an mich?"

"Maria, lange ist es her. Natürlich erinnere ich mich. Wie könnte ich dich nur vergessen?"

"Jonathan, könnten wir uns sehen, nur der alten Zeiten wegen? Ich brauche wirklich jemanden jetzt, und ich denke, du kannst mir helfen."

"Maria, ich weiß nicht. Nach allem, was zwischen uns war, ich bin verheiratet. Versteh mich nicht falsch, aber ich finde es nicht so eine gute Idee."

"Jonathan, ich benötige dringend deine Hilfe. Denke bitte daran, dass du durch mich zu dem geworden bist, was du heute bist. Du schuldest mir etwas!"

Er verstummte ein paar Sekunden lang.

"Also gut. Vierzehn Uhr im Café De Mama in 1102 S Western Ave. Ich warte da." Sie hörte nichts mehr außer einem Klacken; er hatte aufgelegt.

Als sie das Internetcafé verließ, schaute sie noch einmal auf die Uhr. Es war gerade mal zwölf Uhr, und das Café De Mama war nicht allzu weit entfernt. Was sollte sie hier noch zwei Stunden machen? Wenn sie jetzt zurückginge, würden Christine und Michael vielleicht fertig mit ihren Plänen sein und sie ausfragen, wo sie war. Was sollte sie ihnen sagen? Und würde sie es wieder schaffen, sich spontan den beiden zu entziehen? Sie musste sich etwas einfallen lassen, um sich die Zeit zu vertreiben. Das sollte auch nicht allzu schwer sein. Schließlich war sie ja in Kalifornien, und da gab es immer jede Menge zu tun.

Mit ein paar Einkaufstüten ging Maria um kurz vor vierzehn Uhr zum Café De Mama. Sie bevorzugte es draußen zu sitzen und bestellte sich erst einmal einen Kaffee.

"Jonathan, lange ist es her. Wie geht es dir? Und du siehst noch genauso gut aus wie damals." Sie nickte ihm zu und deutete auf den freien Stuhl neben ihr.

Jonathan setzte sich und wedelte mit der Hand, um den Kellner auf sich aufmerksam zu machen.

„Bringen Sie mir bitte einen Kaffee mit Milch und ein Stück Apfelkuchen!", bat er in einem ruppigen Ton.

"Jonathan, du arbeitest noch für die US Weekly, wie ich weiß. Erinnerst du dich an diesen Sänger? Wie hieß er doch gleich? Er ist verhaftet worden. Joshua ... wie hieß er doch weiter?"

"Maria, rede nicht um den heißen Brei herum. Du hast mich nicht hergeholt, weil du über alte Geschichten reden wolltest. Also, was willst du?"

"Ich will den Namen seiner Schwester. Ich wurde beauftragt, ihr etwas zu überbringen, von meinem Vater aus. Und er sagte mir, dass du wahrscheinlich noch ihre Kontaktdaten hast."

"Darf ich fragen, was genau es ist, dass du ihr überbringen willst?"

"Das wirst du zum späteren Zeitpunkt erfahren, nicht jetzt."

"Das hört sich sehr nach einer neuen Story an. Ich mache dir einen Deal. Ich helfe dir und lasse dir die Adresse zukommen, solange du mich noch auf dem Laufenden hältst, okay? So hast du, was du willst, und ich eine eventuelle neue Schlagzeile, okay?"

Er war noch nicht fertig mit seinem Apfelkuchen, als sie Geld für ihren Kaffee auf den Tisch legte. Schnell schrieb sie noch etwas auf eine Serviette und stand auf.

"Dort steht die Rufnummer, unter der du mich erreichst. Beeile dich, es ist dringend!"

Er schaute sich noch einmal nach ihr um, aber sie war in der Menschenmasse verschwunden.

"Hola, ich bin wieder hier!" rief sie, als sie Michaels Wohnung betrat.

"Maria, da bist du ja. Packe bitte alle deine Sachen zusammen, wir fahren morgen weiter." Maria war etwas irritiert; das ging auf einmal alles sehr schnell – viel zu schnell. Was sollte sie jetzt machen, wenn Jonathan sie sehen wollte? Und was ist, wenn er anrief?

"Morgen Abend fahren wir los. Michael hat eine Route, die sich ziemlich gut anhört. Da können wir zwischenzeitlich auch mal etwas halt machen und vielleicht ein paar Sehenswürdigkeiten besichtigen. Was meinst du?"

"Perfekt!" Maria lächelte, doch innerlich hätte sie sich gewünscht, dass sie noch etwas länger bleiben könnten, wenigstens genug Zeit, um noch mehr Informationen zu erhalten. Schnell eilte sie in ihr Zimmer und begann, ein paar Sachen zusammenzupacken. Als sie Christine hörte, wie sie mit Michael sprach, und dann die Tür ins Schloss fiel, holte sie schnell das Einweghandy aus der Tasche, das sie vorhin gekauft hatte, und rief Jonathans Büro an.

"U.S. Weekly, Sie sprechen mit Herrn Hampton."

"Jonathan, ich bin's, Maria. Wir haben keine Zeit mehr. Ich fahre morgen mit Christine weiter. Wir fahren nach Idaho morgen Abend."

"Dann willst du die Sache abblasen? Ich habe gerade die Kontaktdaten von Denise Johnson auf dem Tisch liegen."

"Nein, natürlich will ich es nicht abblasen. Du musst sie noch heute anrufen und sie morgen um ein Treffen bitten."

"Maria, du setzt mich ganz schön unter Druck. Was bekomme ich denn dafür?" In seiner Stimme war eindeutig zu hören, dass er mehr wollte als nur eine neue Schlagzeile, und Maria wusste nur zu gut, dass er noch eine Schwäche für sie hatte. "Wenn du das für mich hinbekommst, mein Schatz, zeige ich mich nachher auch ganz dankbar. Du verstehst doch sicher, was ich meine?" Natürlich wusste er es. Er wusste, dass, wenn er ihr gab, was sie wollte, es wieder eine sehr heiße Autofahrt werden würde, und sie sicherlich an einem Rastplatz halt machen würde. "Dann zieh dir schon mal etwas Schönes an!" Mit diesen Worten beendete er das Gespräch.

Am späten Nachmittag gingen Michael, Christine und Maria noch in ein kleines All-you-can-eat-Buffet, als Marias Handy klingelte. Sofort stand sie auf und huschte nach draußen.

"Jonathan, was hast du für mich?"

"Treffe mich morgen um zehn Uhr wieder am Café. Wir fahren dann zu ihrem Anwesen."

"Perfekt. Ich wusste, du wirst es hinbekommen, wenn ich dich wieder an mein Höschen lasse!", sagte sie spöttisch.

"Na, dann hoffe ich mal, dass du morgen ein schönes Höschen trägst!", sagte er und legte auf.

Maria ließ sich nichts anmerken, als sie wieder zum Tisch zurückkehrte. "Seit wann hast du ein Handy?" fragte Christine ganz verblüfft.

"Ich wollte nicht immer für jeden Anruf ins Internetcafé und so kann Papa mich auch erreichen, wenn es ihm nicht gut geht."

Christine warf ihr einen fragenden Blick zu. "Was ist denn mit ihm?"

Einen kurzen Moment verstummte Maria. "Er ist krank und momentan etwas geschwächt, aber das wird schon wieder." Irgendwie hatte Christine das Gefühl, als würde Maria nicht die ganze Wahrheit sagen. Sie war doch gerade sehr emotional, als sie über ihren Vater sprach. Aber vielleicht vermisste sie ihn auch nur. Sie schaute Michael fragend an. Michael schaute Christine an und dann Maria. Als er sah, dass Maria anscheinend mit den Tränen kämpfte, legte er seine Hand auf ihre. In diesem Augenblick spürte er, wie Maria ihn ansah. Er verspürte eine plötzliche Hitze, die in ihm aufstieg. Sie hatte etwas sehr Anziehendes an sich, und ihre weichen Hände waren sehr gepflegt. Für einen Moment fragte er sich, ob ihr ganzer Körper wohl so weich sein würde wie ihre Hände. Sein Blick fiel auf ihre wohlgeformten Brüste, und er stellte sich plötzlich vor, wie sie wohl nackt aussehen würde. Ruckartig zog er seine Hand wieder weg. Er wollte Christine und nicht Maria. Er durfte so etwas noch nicht einmal denken.

"Wenn du etwas brauchst, Maria, sind wir natürlich für dich da!"

"Gracias, Michael!"

Jetzt bemerkte auch Christine, dass ihn etwas beunruhigte. "Michael, was ist los?"

"Nichts, ich hatte nur das Gefühl, dass eine Fliege meine Hand gestreift hatte."

"Michael, bitte, ich merke doch, wenn mit dir etwas nicht stimmt..."

Er schaute sie mit einem scharfen Blick an. "Alles gut. Lass mich einfach etwas allein!" Er stand auf, überreichte ihr seine Kreditkarten und ging vor die Tür. Christine schaute ihm hinterher und wollte ihn zurückrufen, aber sie tat es nicht. Sie ließ ihn gehen und fragte sich nur, was mit ihm los sei.

Als die beiden Damen dann zahlten, gingen sie, um zu sehen, wo Michael war.

"Ist in Ordnung, Chef. Ich verspreche es! Maria, wir fahren morgen los!", rief er ihr zu, als sie auf ihn zukam.

"Du hast es aber plötzlich sehr eilig, Michael!"

"Nein, nicht wirklich. Mein Chef hat mir gerade meinen Urlaub genehmigt und noch ein paar extra Tage dazu. Dann haben wir genug Zeit, und ich denke, je früher wir fahren, desto besser, meinst du nicht auch?"

"Morgen schon?" fragte Maria. Ihre Stimme hatte etwas Beunruhigendes an sich. "Ich dachte, wir fahren erst in ein paar Tagen", sagte sie, als sie in Michaels Auto stieg. Was sollte das jetzt? Sie sollte doch noch Jonathan treffen. Da konnte sie unmöglich schon fahren.

„Christine! Vamos, bitte", rief Maria am nächsten Morgen.

„Was ist los, Maria?"

„Ich fühle mich nicht gut. Ich denke, ich sollte einen Arzt aufsuchen."

„Aber, Maria, ist es wirklich so schlimm? Wir wollten doch nach dem Frühstück losfahren."

„Bitte, ich werde nicht lange brauchen, versprochen!"

„Nicht lange? Hier in LA dauert es den ganzen Tag, um einen Arzt zu finden, der dich schnell drannimmt, sonst musst du in die Klinik, und da wartest du auch stundenlang!", sagte Michael, als er sie im Vorbeigehen hörte. Er schaute Christine an und rollte mit den Augen.

„Komm schon, Mike. Es ist ja nicht so, als müssten wir zu einer bestimmten Uhrzeit losfahren", flüsterte Christine. Er schaute sie nur misstrauisch an und zuckte mit den Schultern. Bevor es noch mehr Grund für Diskussionen zwischen ihnen gab, ergriff Maria ihre Jacke und verschwand.

Schnell ging sie die Straße entlang und schaute sich immer wieder um, nur um sicherzugehen, dass ihr niemand folgte. Als sie vor dem Café Mama wieder ankam, setzte sie sich an ihre gewohnte Stelle und wartete.

„Willkommen, möchten Sie etwas trinken?", fragte der Kellner. Christine gab ihm ein eindeutiges Handzeichen, dass er verschwinden sollte. Plötzlich erschrak sie. Sie schaute sich um. Es war Jonathan, der ihr in seinem Auto ein Zeichen gab, dass sie einsteigen sollte. Sie griff nach ihrer Tasche und ging zum Auto.

„Denise hat nicht viel Zeit. Sie hat noch einen Dreh."

„Gut, ich habe auch nicht viel Zeit. Wir wollen heute schon weiterreisen."

Die Fahrt war lang, und die Straßen waren um diese Uhrzeit immer voll, sodass der Verkehr immer wieder stockte. Jonathan sprach nicht viel, und im Radio liefen nur Oldies. Das war nicht gerade die Musik, die Maria mochte.

Normalerweise sang sie immer gern mit, aber diese Musik war gar nicht ihrs. Deshalb lehnte sie ihren Kopf ans Fenster und ging in Gedanken noch einmal durch, was sie Denise sagen würde. Das war gar nicht so einfach, denn sie konnte nicht einfach zu einer Frau gehen, die sie noch nie zuvor getroffen hatte, und ihr sagen: "Hey, deine vermeintlich tote Schwägerin lebt noch, und übrigens, du wirst Tante." Sie musste sich

schon etwas überlegen, wie sie das am besten
formulieren würde.

Jonathan fuhr gerade auf ein sehr großes Anwesen. Die
Auffahrt war riesig, und Maria fühlte sich überwältigt.
"Die hat ja wirklich viel Geld!", entfuhr es ihr. Sie schaute
zu Jonathan, der ihr nur zustimmend zulächelte. "Maria,
bist du dir sicher, dass du das machen willst?", fragte er,
als er das Auto parkte und sie bereits ausstieg, als würde
sie genau wissen, wohin sie gehen sollte.

"Madam ... Mr. Hampton?", begrüßte sie ein rothaariger
Mann.

"Bring uns zu Miss Johnson, sie erwartet uns!",
antwortete Jonathan.

Sie folgten dem rothaarigen Mann ins Haus und im Foyer
ließ er sie stehen, mit der Bitte, dort zu warten.

Maria flüsterte immer wieder "Wow, muy bien", während
sie sich umschaute.

"Rühr bloß nichts an, das kann man nicht ersetzen. Das
sind alles Einzelstücke!", mahnte Jonathan.

"Jonathan, lange ist es her. Was verschafft mir die Ehre?",
hörte man Denise sagen, als sie ins Foyer kam. "Bitte,
folgt mir doch ins Wohnzimmer. Ich kann es nicht fassen,
dass Karl euch einfach hier hat stehen lassen. Er ist
gerade nicht hier, ich denke, ich muss noch einmal mit
ihm sprechen."

"Ach, du kennst mich doch. Das macht mir nichts aus.
Ich warte gerne auf dich", erwiderte Jonathan. Sie
musterte ihn, ähnlich wie damals, als sie noch intime
Nächte miteinander verbracht hatten. Schnell wandte er
den Blick ab. Sie sah immer noch unglaublich
verführerisch aus, aber dieses Mal war sie verheiratet. Er
musste ihrem lüsternen Blick ausweichen, um nicht der
Versuchung zu erliegen. Und dennoch bemerkte er ihren
provokanten Beinüberschlag, als sie sich setzte. Sie
wusste genau, wie sie ihn um den Finger wickeln konnte.
Was bezweckte sie damit? Wollte sie ihn wirklich wieder
verführen oder wollte sie ihm nur zeigen, was er nicht
mehr haben konnte?

"Nun", räusperte er sich, "wie du siehst, habe ich
jemanden mitgebracht, Denise!"

"Das ist mir nicht entgangen, mein Lieber. Was willst du?
Du weißt, Geduld ist nicht gerade meine Stärke, also raus
mit der Sprache!", antwortete Denise. Ihre Stimme war
bestimmend, aber ihr Ton war äußerst verführerisch. Er
schwieg und versuchte, nichts von seiner inneren
Aufruhr nach außen zu zeigen. Doch selbst nach all den
Jahren hatte sie immer noch eine starke Wirkung auf ihn.

"Also, was ist jetzt?", fragte sie Jonathan herausfordernd.

"Hola, mein Name ist Maria Martinez", warf Maria in den Raum. Ihr entging nicht, dass die Stimmung im Raum ziemlich aufgeheizt war.

"Willst du Arbeit oder was willst du hier? Ich habe hier keinen Platz für dich!", erwiderte Denise ungeduldig.

"Denise, bitte", griff Jonathan ein, "höre ihr bitte zu. Ich verspreche dir, es wird dich interessieren."

Denise wurde ruhig und blickte überrascht zu Jonathan. Offensichtlich war sie gespannt. Sie hoffte, dass es sich lohnen würde, schließlich hatte sie mehr zu tun, als sich mit Jonathan und einer unbekannten Mexikanerin auseinanderzusetzen. Sie warf Jonathan einen gelangweilten Blick zu und rollte mit den Augen, als sie ihren Blick auf Maria richtete.

"Maria, so heißt du, oder?", fragte sie.

Maria nickte bestätigend.

"Was gibt es so Wichtiges?"

"Es geht um deinen Bruder, Miss. Ich glaube, sein Name war Joshua, nicht wahr?"

"Komm zum Punkt. Ich weiß, wie mein Bruder heißt."

"Er wird Vater, und zwar bald!"

"Was soll das heißen?"

"Eine Bekannte, die ich begleite, ihr Name ist jetzt Christine. Aber ich habe Einblick in ihre Akte, die mein Vater – also der Chef von Christine – führt. Früher hieß sie Amy."

"Stopp! Amy ist tot. Das hat er mir gesagt!"

"Nein, ist sie nicht. Und sie ist schwanger!"

Für einen Moment war Denise sprachlos. Ihr Blick wanderte zu Jonathan, der ihr zustimmend zunickte.

"Bist du dir ganz sicher!"

"Ja, Miss. Wir sind auf dem Weg, ihre Mutter mit ihrem Freund Michael zu finden!"

Denises Augen weiteten sich. Das waren alles Details, die niemand sonst außer Joshua, sie und ... Amy wussten! Amy lebte. Wie konnte das sein? Überwältigt von den Informationen, konnte sie nicht mehr sitzen und brauchte Zeit, um nachzudenken. Sie stand auf, winkte ihrem Personal zu, damit die Gäste das Anwesen verlassen sollten, und verließ das Zimmer.

"Was wird sie jetzt machen?" fragte Maria, als sie wieder im Auto mit Joshua saß.

"Lass sie die Nachricht erst einmal verarbeiten. Ich bin mir sicher, dass ich noch von ihr hören werde."

"Maria, hast du einen Arzt gefunden? Was hat er gesagt?"
rief Christine, als sie durch die Tür kam.

"Es war nur eine kleine Magenverstimmung, nichts
Ernstes. Alles ist in Ordnung!"

"Gut, dann können wir endlich losfahren, oder gibt es
noch eine ungeplante Überraschung?" Michael wollte
nicht unhöflich erscheinen, aber er war sehr verärgert.
Sie hatten den halben Tag damit verbracht, auf Maria zu
warten, wie so oft. Sie hätten längst auf dem Weg sein
können, schließlich hätten sie schon am Wochenende
losfahren können, anstatt jetzt zu Beginn der Woche. Sie
hatten bereits Zeit verloren. Michael war nicht nur sauer,
sondern stinksauer. Sein Urlaub war begrenzt, und er
musste bald wieder arbeiten. Er hatte nicht den Luxus
eines reichen Vaters, der ihm alles ermöglichte. Er wollte
nicht noch mehr Zeit verschwenden und begann, die
nötigen Sachen zum Auto zu bringen und sie im
Kofferraum zu verstauen.

Michael hatte in den letzten Tagen einen Reiseplan
erstellt, der genügend Zwischenstopps für Christine
vorsah. Schließlich war sie schwanger und brauchte
wahrscheinlich öfter eine Toilette. Außerdem wollte er ihr
einige Sehenswürdigkeiten zeigen, da sie sich jetzt frei
bewegen konnte. Er wollte ihr so viel zeigen und mit ihr
erleben. Das konnte er alles nicht tun, als er sie das
letzte Mal gesehen hatte. Damals musste sie sich vor
ihrem Peiniger verstecken und war überhaupt nicht bereit
für solche Aktivitäten. Jetzt war sie frei und entschlossen,
ihre Mutter zu finden. Sie sollten sich auf den Weg
machen und unterwegs noch ein wenig Sightseeing
betreiben.

Das massive Gefängnistor öffnete sich knarrend, und
Joshua trat hinaus in die Freiheit. Er trug immer noch die
Kleidung des Gefangenen und hielt eine Papiertüte mit
persönlichen Gegenständen in den Händen.

Die Wärter und Insassen, zu denen er mit einigen eine Art
Knastfreundschaft aufgebaut hatte, beobachten
gespannt, wie er den ersten Schritt in Richtung Freiheit
machte. Einige von ihnen nickten ihm aufmunternd zu,
während andere ihn mit neugierigen Blicken verfolgten.

Joshua schaute sich um und sah seine Schwester.
Denise stand in der Nähe und wartete an ihrem
Schwarzen Pontiac auf dem Parkplatz. Sie lehnte an der
Motorhaube und wirkte nervös, aber entschlossen.

Joshua lief auf sie zu und umarmte sie.

„Willkommen zurück, Joshua."

„Danke, Denise. Ich kann immer noch nicht glauben, dass ich draußen bin."

Denise öffnete die Beifahrertür für Joshua, der einsteigt. Sie fuhr los, und in diesem Moment sank die Anspannung, die Joshua all die Jahre im Gefängnis begleitet hatte.

„Joshua, ich habe dir etwas Wichtiges zu sagen." Denise sah ihn ernst an.

„Was ist los?"

„Amy lebt."

Joshua starrte seine Schwester fassungslos an.

Sie schüttelte den Kopf, während er sie völlig ungläubig ansieht.

„Nein, Joshua, sie hat ihren Tod vorgetäuscht. Sie heißt jetzt Christine und ist am Leben, und sie ist schwanger - von dir."

Joshuas Augen weiteten sich und er war sich nicht sicher, ob er Freude oder Hass für sie empfinden sollte. Er liebte sie und er würde sie ewig lieben. Sie sollten zusammen sein – für immer, vor allem jetzt, wo sie ein Kind von ihm erwartet.

„Amy, ehm, Christine lebt und erwartet mein Kind? Das ist unglaublich!"

Denise nickte entschlossen.

„Du musst sie finden, Joshua. Sie braucht dich, und du hast eine zweite Chance, deine Familie zusammenzubringen.

„Wir werden sie finden, Denise. Egal, was es kostet."

Die beiden Geschwister lächeln sich an, fest entschlossen, seine Familie wieder zusammenzuführen.

"Ich kann einfach nicht fassen, dass sie mich so hintergangen hat", sagte er aufgebracht.

Denise schaute ihn an. "Ich kann es selbst noch gar nicht begreifen. Und als wäre das nicht genug, ist sie auch noch schwanger."

"Ich werde sie finden, Denise", sagte Joshua mit einer Entschlossenheit, die die Luft spannend machte. "Und ich bringe sie nach Hause zurück. Sie muss zu mir zurückkommen, bevor das Kind geboren wird. Dann wird es eine echte Familie sein."

Denise schaute Joshua skeptisch an. "Ich habe dir gesagt, dass dieses Mädchen Schwierigkeiten macht, Joshua. Was, wenn sie nicht zurückkommen will?"

Joshua antwortete mit einem festen Blick: "Sie wird zurückkommen müssen, Denise. Wenn nicht freiwillig, dann muss sie sich entscheiden. Entweder sie kommt mit, oder sie gibt mir das Kind. Schließlich ist es auch mein Kind." In der Stille lag die ungewisse Spannung darüber, wie die Dinge sich entwickeln würden. Denise spürte eine Mischung aus Neugier und Besorgnis, als sie Joshua fragte: "Was genau hast du vor?" Joshua antwortete ruhig: "Das wird sich noch herausstellen. Aber eines steht fest: Ich werde mein Kind bei mir haben. Alles andere wird sich noch ergeben." Ein geheimnisvolles Lächeln huschte über sein Gesicht, während er Denise direkt in die Augen sah. "Was genau ich vorhabe, wirst du schon sehen, Denise. Aber eins verspreche ich dir: Ich werde sie finden, und sie wird nicht einfach so davonkommen." In der Stille zwischen ihnen lag die Spannung über Joshuas Plänen und wie die Dinge sich entwickeln würden.

Die Fahrt war lang, und zwischendurch hatte Denise immer wieder gefragt, wie es ihm im Gefängnis ergangen ist. Daraufhin hatte er ihr davon erzählt. Aber viel gab es nicht zu berichten, denn immerhin wurde er wegen guter Führung und wegen Mangel an Beweisen im Anklagepunkt des Mordes freigelassen.

„Sag mal, Joshua, du hast mir nie erzählt, wie es dazu gekommen ist, dass der Fall neu aufgenommen wurde?"
‚Ach, nicht so wichtig. Wichtig ist nur, dass ich jetzt raus bin aus dem Loch. Man hat versucht, mich wegen Mordes anzuklagen, aber es gab keine Beweise dafür. Amy hat sich ja selbst umgebracht oder, wie ich jetzt weiß, nur so getan, als wäre sie tot. Aber wie zum Teufel hat sie das geschafft? Sie hatte ja auch keinen Puls mehr, oder war er nur sehr schwach? Ich weiß es nicht mehr! "
"Okay. Das hat dich bestimmt eine Menge Zeit und Kraft gekostet, nicht wahr? Möchtest du heute Nacht bei uns bleiben? "
"Danke, Denise, aber nein. Ich muss zurück auf mein Anwesen, um nach dem Rechten zu sehen. Ich möchte einfach wieder in meinen eigenen vier Wänden sein, verstehst du? Es war bereits genug Zeit in fremden Räumen. Ich will auch erst mal nicht weiter darüber reden. Ich will jetzt erst einmal meine Freiheit genießen."
"Ich verstehe! In Ordnung, dann bringe ich dich nach Hause. Aber wenn du reden möchtest, bin ich für dich da. Du kannst mich jederzeit anrufen, okay?‘"
Joshua wurde bereits vom Personal in der Villa empfangen. Einige Tage zuvor hatte er ihnen mitgeteilt, dass er entlassen werden würde. Deshalb waren sie

schon vor seiner Ankunft vor Ort, um nach allem zu sehen und die Villa zu entstauben. Schließlich war er eine lange Zeit lang weggeschlossen gewesen. Es war ein unglaubliches Gefühl, wieder in seinem eigenen Reich zu sein. Joshua atmete tief ein und seufzte zufrieden, als er ausatmete. Endlich konnte er sich wieder frei bewegen, in seinem eigenen Bett schlafen und das Essen bekommen, das er mochte – nicht mehr dieses unscheinbare und schlecht gewürzte Essen, das er im Gefängnis serviert bekam. Zum Glück beherrschte sein Personal die Kochkunst perfekt.

Nie wieder sollte sein Gaumen solch enttäuschende Speisen erleben wie dort im Gefängnis. Aus jeder Ecke roch es gerade nach Essen, denn in der Küche wurde gerade ein Mahl zubereitet. Aber erst wollte er nach oben, um sich endlich mal wieder etwas Vernünftiges anzuziehen. Er blieb vor dem Zimmer stehen, das bisher als Amys Kinderzimmer genutzt wurde, aber die letzten Monate hatte sie immer häufiger bei ihm geschlafen. Joshua stand in dem Zimmer und schaute sich um. In seinem Gedanken sah er schon das neu gestaltete Zimmer des Babys.

Michael, Maria und Amy saßen bereits seit einiger Zeit im Auto. Nach fast zwei Stunden erreichten sie den Yosemite Park. Hier entschieden sie sich, eine Pause einzulegen, um sich die Beine zu vertreten und etwas zu essen.
"Als allererstes sollten wir ein Badezimmer aufsuchen. Das brauche ich jetzt am dringendsten", sagte Christine.
"Na klar, warst du schon einmal im Yosemite Park, Christine? Es ist wirklich schön", bemerkte Michael.
"Nein, dazu bin ich bisher noch nicht gekommen, aber ich habe mal darüber gelesen", antwortete Christine.
„Na, dann wird es ja mal Zeit, nicht wahr?“ Er lächelte sie an und hielt ihr seine Hand hin. Sie ergriff seine Hand und schaute sich noch einmal um, um Maria im Auto zu sehen, wie sie telefonierte. „Erstattet sie ihrem Vater Bericht oder was meinst du, was sie da macht?“
Christine zuckte nur mit den Schultern. „Mir ist das auch egal. Ich möchte einfach nicht mehr, dass ihr euch streitet, okay? Wir müssen die ganze Fahrt im Auto zusammen sein, da will ich keine schlechte Stimmung haben. Geht das?“
„Das ist mir klar, aber ich werde einfach nicht schlau aus ihr. Ich bin immer noch der Meinung, dass etwas mit ihr

nicht ganz stimmt, so wie sie sich in letzter Zeit verhalten hat, meinst du nicht auch?"

„Michael, sie kommt aus anderen Verhältnissen. Ihre Familie ist reich, und ihr Vater ist mein Chef. Wir müssen einfach akzeptieren, dass sie etwas anders tickt als wir. Aber ich denke, das bekommen wir hin, oder?"

Endlich stieg auch Maria aus dem Auto. Die beiden Frauen eilten zielsicher zu einem nahegelegenen Badezimmer, wo sie sich schnell frischmachen konnten. Gerade, als sie sich auf den Weg machen wollten, klingelte Marias Telefon erneut. Mit einem geschickten Schritt blieb sie etwas im Hintergrund, genug, um sicherzustellen, dass niemand ihr Gespräch belauschen konnte.

Einmal erfrischt begannen sie langsam, den Yosemite Park zu erkunden. Über ihnen ragten majestätische Felsen empor, und die Luft war erfüllt vom Duft der Kiefern und einer erfrischenden Brise. Michael wies auf einen Pfad, der zu einem malerischen Wasserfall führte. "Schaut mal, dort drüben ist der Bridalveil Fall. Einer der berühmtesten Wasserfälle hier im Park."

Christine war fasziniert von der Naturschönheit. "Das sieht wirklich atemberaubend aus! Und was ist das da hinten?" Sie deutete auf eine imposante Felsformation in der Ferne.

"Das ist der El Capitan, ein beliebter Ort für Kletterer. Ein wirklich beeindruckender Anblick, oder?" Maria, die zu ihnen gestoßen war, nachdem sie ihr Telefonat beendet hatte, betrachtete den majestätischen Felsen und war fasziniert?

Entschlossen, sich die Gischt des Wasserfalls um die Gesichter wehen zu lassen, entschieden sie sich, zum Bridalveil Fall zu gehen. Das Rauschen des Wassers und die frische Luft belebten ihre Sinne.

"Dieser Ort ist wirklich voller Wunder", bemerkte Christine, während sie die Szenerie auf sich wirken ließ.

Michael schlug vor: "Lasst uns weitergehen und noch mehr entdecken. Vielleicht stoßen wir auf weitere versteckte Schönheiten dieses Parks!" Gespannt darauf, was der Yosemite Park noch zu bieten hatte, machten sie sich auf den Weg, bereit für weitere Entdeckungen.

Leidenschaftlich erkundeten sie die Wanderwege, die sich durch die üppige Natur schlängelten. Die Sonnenstrahlen durchdrangen das Blätterdach der Bäume und warfen ein zauberhaftes Spiel aus Licht und Schatten auf den Pfad.

Während sie voranschritten, trafen sie auf andere Besucher, die ebenso wie sie die Schönheit des Parks genossen. Einige Familien hatten Picknicks auf den grünen Wiesen aufgeschlagen, während andere Wanderer mit großen Rucksäcken auf dem Rücken die Herausforderung der längeren Routen annahmen.

"Schaut mal, dort ist der Yosemite Falls Trail", rief Michael und zeigte auf einen schmalen Pfad, der sich steil den Berg hinaufwand. "Der führt zu einem der höchsten Wasserfälle Nordamerikas."

"Ich wäre auf jeden Fall dafür, diesen Weg zu erkunden!", sagte Christine aufgeregt. "Das klingt nach einem Abenteuer!"

Sie begannen den steilen Anstieg des Pfades, überquerten Bäche und die Geräusche der Natur umgaben sie in einer friedvollen Symphonie. Der Blick auf die atemberaubende Landschaft ließ sie innehalten und ihre Herzen mit Freude erfüllen.

Nach einer Weile erreichten sie einen Aussichtspunkt, von dem aus sie einen spektakulären Blick auf die majestätischen Yosemite Falls hatten. Das tobende Wasser stürzte in die Tiefe, ein Naturschauspiel, das sie sprachlos machte.

"Das ist unglaublich", flüsterte Maria, während sie den Anblick der imposanten Wasserfälle genoss.

Gemeinsam verweilten sie eine Weile, um die Schönheit dieses spektakulären Ortes in sich aufzusaugen.

In einem nahegelegenen Restaurant ließen sie sich nieder, um etwas zu essen. Die Atmosphäre voller Gespräche und der Duft von frisch zubereitetem Essen umschwirrten sie. Ihre Gesichter strahlten vor Zufriedenheit und die Unterhaltung war von der Energie des Parks belebt.

Gestärkt und erfüllt von den Erlebnissen machten sie sich schließlich auf den Weg zurück zum Auto. Die Sonne neigte sich langsam dem Horizont zu, tauchte den Park in warmes Abendlicht. Es war Zeit, sich wieder auf die Straße zu begeben.

Sie setzten sich in das Auto, welches für sie schon fast wie ein zweites Zuhause geworden war. Der Yosemite Park mochte hinter ihnen liegen, doch die Erinnerungen an die majestätischen Wasserfälle, die imposanten Felsen und die unberührte Natur würden noch lange in ihren Köpfen nachhallen.

"Los geht's", sagte Michael und startete den Motor. Die Fahrt würde weitergehen, begleitet von den Erinnerungen an diesen zauberhaften Ort, den sie soeben erkundet hatten. Mit Vorfreude auf das, was sie auf ihrer Reise noch alles erleben würden, fuhren sie weiter, bereit für das nächste Abenteuer.

"Danke, das habe ich wirklich gebraucht", sagte Christine und drückte Michael einen Kuss auf die Wange. „Ist alles in Ordnung, oder spielen deine Hormone gerade verrückt?", fragte Michael belustigt.

Maria konnte sich vor Lachen kaum zurückhalten, als sie die Szene beobachtete. „Si, auch ich möchte mich bedanken. Ich habe noch nie so etwas Schönes gesehen.“

Michael schaute verblüfft. Hatte er das richtig aufgefasst? Hatte sie sich jetzt wirklich bei ihm bedankt? Er nickte ihr kurz zu und lächelte, woraufhin sie ihm zuzwinkerte. Schnell richtete er seinen Blick wieder auf die Straße, nicht nur, um sich auf das Verkehrsgeschehen zu konzentrieren, sondern auch, um ihren Blick zu vermeiden. Er wusste nicht, wie er mit der Situation umgehen sollte. Er befand sich erneut in der gleichen Zwickmühle wie in dem Restaurant in Kalifornien, als er aus Trost ihre Hand ergriff und spürte, dass er wohl doch mehr für sie empfand, als er sich eingestehen wollte.

Michael, obwohl von Marias Anziehungskraft fasziniert, konnte nicht leugnen, dass seine Gedanken immer wieder zu Christine wanderten. Es war Christine, die ihm gegenüber offen und vertraut war, deren Anwesenheit sein Herz beruhigte und ihm ein Gefühl von zuhause gab. Er wusste, dass er in Christine verliebt war, aber gleichzeitig verwirrten ihn die starken Gefühle, die Maria in ihm auslöste.

Die inneren Konflikte quälten ihn, denn er wollte Christine nicht verletzen, und doch zog ihn Maria auf eine unerklärliche Weise an. Er kämpfte mit diesen widersprüchlichen Gefühlen, die sein Herz in zwei Richtungen zerrissen. Trotz allem hielt er an seinem Versprechen fest, sich zusammenzureißen, um Christine nicht zu enttäuschen. Sein Herz war jedoch eine Baustelle der Verwirrung und der ungelösten Emotionen, ein ständiger Kampf zwischen der Liebe, die er für Christine empfand und der mysteriösen Anziehungskraft, die Maria auf ihn ausübte. Und er glaubte, dass sie es wusste.

Plötzlich bemerkten sie, dass ein Auto hinter ihnen herfuhr und in verdächtig geringem Abstand blieb. Michaels Augen verengten sich leicht, während er durch den Rückspiegel spähte und die ungewöhnliche Nähe des Fahrzeugs bemerkte. Ein beklemmendes Gefühl breitete sich in ihm aus.

„Ist das normal?", fragte Christine, die die Anspannung in Michaels Gesicht bemerkte.

„Nein, das ist es nicht", antwortete er, seine Augen aufmerksam auf die Straße gerichtet. Sein Herz begann schneller zu schlagen, während er versuchte, ruhig zu bleiben. „Haltet euch fest, ich werde versuchen, sie abzuschütteln."

Michael beschleunigte, versuchte, den Abstand zwischen ihnen und dem verfolgenden Auto zu vergrößern. Doch das andere Fahrzeug blieb hartnäckig an ihnen dran. Die Straße war ziemlich leer, was seine Nervosität verstärkte.

„Was machen wir jetzt?", fragte Maria, deren Stimme leicht zitterte.

„Versucht ruhig zu bleiben", ermahnte Michael, während er die Straßenverhältnisse und mögliche Ausweichmanöver im Auge behielt. Doch das Verfolgerauto blieb hartnäckig an ihnen dran, was Michaels Unruhe nur verstärkte.

Plötzlich nahm er eine Abzweigung auf eine belebtere Straße, in der Hoffnung, Unterstützung zu finden oder das andere Auto abzuschütteln. Doch das Fahrzeug folgte ihnen unbeirrt.

Die Spannung im Auto war greifbar, als Michael nach Möglichkeiten suchte, dieser beunruhigenden Situation zu entkommen. Er spürte, wie sich die Muskeln in seinem Körper anspannten, während er nach einer Lösung suchte, um sie aus dieser gefährlichen Lage zu befreien.

Nach einer angespannten Verfolgung bogen plötzlich die Scheinwerfer des anderen Autos ab, verschwanden um die nächste Ecke. Ein erleichtertes Seufzen entwich den Insassen des Wagens, als sie sahen, wie sich das Fahrzeug entfernte.

„Endlich", sagte Michael, doch seine Miene blieb ernst. „Lasst uns sicherheitshalber noch eine Weile diese Strecke beibehalten."

Die Nervosität im Auto ließ langsam nach, aber die Anspannung blieb spürbar. Sie fuhren weiter, vorsichtig darauf bedacht, ob das andere Fahrzeug zurückkehren könnte.

„Was war das denn?", fragte Christine, während sie sich etwas beruhigte.

„Ich weiß es nicht", antwortete Michael, seine Gedanken rasend. „Aber wir sollten vielleicht die Polizei darüber informieren."

„Das war echt gruselig", murmelte Maria, während sie sich langsam wieder beruhigte.

"Michael, denkst du bitte daran, dass ich schwanger
bin!", rief Christine, ihre Stimme von Besorgnis erfüllt, als
das Auto beschleunigte und dahinraste.

"Oh Gott, tut mir leid, ich war abgelenkt", antwortete
Michael, als er sofort vom Gas ging und den Blick auf die
Straße richtete. "Entschuldige, das hätte nicht passieren
dürfen." Christine atmete tief durch, versuchte, ihre
Angst zu kontrollieren. "Es ist nur ... es ist wichtig, dass
wir vorsichtig sind, okay? Ich mache mir Sorgen um das
Baby."

"Natürlich, du hast recht." versicherte er ihr, während er
die Geschwindigkeit weiter reduzierte und besorgt zu
Christine sah. „Ich will nicht, dass du dir Sorgen machen
musst. Willst du einen Arzt aufsuchen? Nur um sicher zu
sein, dass alles in Ordnung ist?"

Christine überlegte laut. "Ich denke, das wäre eine gute
Idee. Ich habe eine Versicherung abgeschlossen, für alle
Fälle. Es wäre dumm, sie nicht zu nutzen."

Nach einer kurzen Weiterfahrt machten sie Halt bei
einem Internetcafé, um einen Gynäkologen in der Nähe
ausfindig zu machen. Als sie nachdenklich das Ergebnis
betrachtete, wandte sie sich an Michael. "Ich will die
Weiterfahrt nicht aufhalten, Mike. Meinst du, das ist so
eine gute Idee?"

Michael legte eine Hand auf ihre Schulter und sah sie
einfühlsam an. "Christine, die Gesundheit von dir und
dem Baby ist wichtig. Wenn du dir Sorgen machst, dann
sollten wir sicherstellen, dass alles in Ordnung ist. Es
dauert nicht lange, ich werde sicherstellen, dass wir
nicht zu viel Zeit verlieren. Wir wollen doch sicher sein,
oder?"

Er lächelte sanft, um sie zu beruhigen. „Alles wird gut,
versprochen. Lass uns das schnell erledigen und dann
setzen wir unsere Fahrt fort."

„Da können wir weiterfahren und verlieren nicht ganz so
viel Zeit. Ich rufe da gleich an und erkläre die Situation",
schlug Christine vor, nachdem sie eine Klinik in der
nächsten Stadt gefunden hatte, zu der sie wollten.

„Okay, dann machen wir das so!", antwortete Michael
zustimmend.

Christine wählte die Nummer der Klinik und erklärte am
Telefon die Situation, während Michael mit Maria zurück
zum Auto ging. Sie vereinbarte einen Termin und erhielt
die Bestätigung, dass sie schnell dran sein würde.

„Sie haben gesagt, wir sollen gleich vorbeikommen. Es
dauert nicht lange, Mike", informierte Christine, als sie
das Telefonat beendete.

Michael nickte und lächelte beruhigend. „Gut, lass uns hinfahren. Alles wird gut.“

Joshua wandte sich ans Personal und drückte seine Vision für das Babyzimmer aus. Seine Stimme strahlte vor Aufregung und Vorfreude, als er seine Gedanken teilte. "Das Babyzimmer sollte ein Ort der Geborgenheit und Freude sein. Ich habe einige Ideen, wie wir es gestalten könnten, aber ich vertraue eurer Kreativität", sagte er, während er die Vorstellung des Raumes beschrieb. Seine Worte waren von einer ruhigen Entschlossenheit geprägt.

Er betonte die Wichtigkeit von sanften Farben, komfortablen Möbeln und einer liebevollen Gestaltung. Sicherheit und ein behagliches Ambiente waren ihm besonders wichtig.

In einem gut beleuchteten Zimmer stand Joshua, eine Zeichnung in der Hand, und besprach mit dem Sicherheitspersonal seine Pläne für die Überwachung des Babyzimmers.

"Ich möchte wirklich, dass dieses Zimmer sicher ist. Installiert Kameras in jeder Ecke, damit ich jedes Detail im Blick haben kann", forderte Joshua, während er die Kamerastandorte auf dem Tablet markierte.

Das Sicherheitspersonal nickte zustimmend und nahm die Anweisungen entgegen, während sie die Technik vorbereiteten, um Joshuas Anforderungen zu erfüllen. "Wir werden sicherstellen, dass die Überwachung effektiv ist, Sir", versicherte einer der Mitarbeiter.

Joshua gab klare Anweisungen und überwachte jeden Aspekt der Installation, um sicherzustellen, dass keine Chance für Amy bestand, das Zimmer unbemerkt zu verlassen. Die Installation musste perfekt sein – keine Schlupflöcher, keine Möglichkeit für Fluchtgedanken. Sein Entschluss, die Kontrolle über die Situation zu behalten, war unmissverständlich und deutlich sichtbar.

Die Techniker begannen sofort mit der Installation der Kameras. Joshua blieb stehen und überwachte jeden ihrer Schritte. Jeder Handgriff wurde von Joshua aufmerksam beobachtet, seine Augen verfolgten jeden Kabelstrang und jede Kamerapositionierung.

Sein Blick war konzentriert und entschlossen, während er sicherstellte, dass die Überwachung jedes Detail im Zimmer abdeckte. Sein Bedürfnis nach Kontrolle war überdeutlich, und er ließ keinen Raum für Unklarheiten oder Möglichkeiten, die seine Autorität gefährden könnten.

Plötzlich unterbrach das Klingeln seines Telefons seine Konzentration. Er nahm den Anruf entgegen, und Denise war am anderen Ende der Leitung.

"Joshua, ich habe wichtige Neuigkeiten", sagte Denise eilig.

"Was ist los?", fragte Joshua, seine Augenbrauen leicht zusammengezogen.

"Es geht um Amy. Sie ist mit Michael und Maria abgereist. Ich habe ihre Spur verfolgt, und sie wurden in der Nähe des Yosemite Parks gesichtet", erklärte Denise.

Joshua spürte einen Stich der Besorgnis in seinem Magen. "Und weiter?", drängte er.

"Wir haben ein Paar beauftragt, das Auto von Michael zu verfolgen", sagte Denise, ihre Stimme etwas leiser werdend. "Maria hat mir das Kennzeichen genannt, als ich mit ihr telefoniert habe." Joshua atmete tief durch, als er die Informationen von Denise verarbeitete. Das Kennzeichen des Fahrzeugs war ein wertvoller Vorteil, um Amy aufzuspüren. Trotz der Sorge in ihm fühlte er eine Erleichterung, dass sie diese wichtige Information erhalten hatten.

Joshua griff sofort zum Telefon und wählte die Nummer seines Freundes, der bei der Polizei arbeitete. Sie hatten eine Vergangenheit, in der Joshua seinem Freund geholfen hatte, und er wusste, dass dieser ihm noch einen Gefallen schuldig war.

"Hey, ich bin´s, Joshua. Ich brauche deine Hilfe", begann er, seine Worte schnell und bestimmt.

"Was kann ich für dich tun?", kam die Antwort, während Joshua die Dringlichkeit in seiner Stimme spürte.

"Ich brauche eine unmittelbare Überprüfung eines Kennzeichens. Es ist dringend", erklärte Joshua, die Anspannung in seiner Stimme nicht zu überhören.

Sein Freund versicherte ihm, dass er sich sofort darum kümmern würde. In wenigen Minuten hatte er die Bestätigung, dass die Standortdaten des Fahrzeugs angefordert wurden und bald zur Verfügung stehen würden.

Joshua atmete einen Moment lang durch, dankbar für die Unterstützung seines Freundes. Diese Verbindung könnte der Wendepunkt in der Suche nach Amy und dem Baby sein. Er war entschlossen, alles in seiner Macht Stehende zu tun, um sie zu finden und die Kontrolle über die Situation zurückzugewinnen. Ein Funke unerschütterlicher Entschlossenheit brannte in ihm.

"Niemand nimmt mir mein Kind weg, schon gar nicht Amy", flüsterte er mit einer Bitterkeit, die unüberhörbar war. Seine Gedanken drehten sich um die entscheidende Mission, Amy zu finden und sicher zurückzubringen. Das ungeborene Kind machte seinen Entschluss felsenfest. Er würde alles tun, um sicherzustellen, dass sein Kind in einer sicheren Umgebung aufwachsen konnte – selbst wenn es bedeutete, Amy gegen ihren Willen zurückzubringen. Die Entschlossenheit in seinem Blick war unmissverständlich, als er sich darauf vorbereitete, die Jagd nach Amy aufzunehmen.

Nach einiger Zeit erreichten Christine, Maria und Michael Nevada. "Kannst du mir nochmal die Adresse geben?", fragte Christine.

"Ironwood Drive", antwortete Maria.

"Gut, dann sind wir fast da. Das ist gleich in der Nähe", erklärte Christine.

Kurze Zeit später fanden sie die Praxis. Michael begleitete Christine hinein, aber Maria entschied sich dagegen, mitzukommen. Sie hatte genug vom langen Sitzen im Auto und wollte jetzt nicht noch mehr Zeit sitzend verbringen. Stattdessen bevorzugte sie es, sich die Beine zu vertreten und herumzulaufen, um sich etwas zu bewegen und frische Luft zu schnappen.

"Frau Christine Radu, bitte", rief die Arzthelferin nach einer kurzen Wartezeit und bat sie ins Behandlungszimmer. Michael durfte mit hinein, doch er erklärte, dass er nur beim Ultraschall dabei sein wollte. Bei der eigentlichen Untersuchung wollte er Christine ihre Privatsphäre lassen. Also wartete er geduldig im Wartezimmer, bis die Untersuchung vorbei war. Noch waren sie nicht mehr als gute Freunde, aber er hegte die Hoffnung, dass sich das eines Tages ändern würde.

Inmitten gespannter Erwartung führte die Arzthelferin Michael aus dem Wartezimmer in den Ultraschallraum.

"Alles scheint in Ordnung zu sein. Der Herzschlag ist kräftig, und es geht dem Baby gut", verkündete sie.

"Möchten Sie wissen, welches Geschlecht es hat?"

Ein Blick zwischen Michael und Christine genügte, und er nickte ihr zu. "Können Sie es bereits erkennen?"

"Es ist ganz eindeutig ein Junge. Herzlichen Glückwunsch, Sie werden Eltern eines Sohnes!"

Christine war erleichtert, dass es ihrem Sohn gut ging, und Michaels Gesicht strahlte vor Vorfreude auf ihr Kind. Jetzt konnte sie endlich durchatmen und sich auf die Weiterfahrt vorbereiten.

Maria kehrte mit zwei Tüten aus einem Kaufhaus zurück und stieg ins Auto. "Alles in Ordnung?" fragte sie, als sie sich wieder setzte.

"Ja, alles gut mit mir und meinem Sohn", antwortete Christine. Maria freute sich aufrichtig für Christine. Das Baby konnte schließlich nichts dafür, dass Maria Christine nicht mochte.

Endlich setzte sich die Fahrt fort. "Der nächste Halt ist Eureka!" verkündete Michael, als er endlich losfuhr. "Dort können wir nach einem Motel suchen und uns etwas erholen."

"Das klingt vernünftig. Ich merke langsam, dass ich müde werde, und ich ziehe es vor, nicht im Auto schlafen zu müssen", sagte Maria mit einem Hauch von Zickigkeit in ihrer Stimme. Michael warf Christine einen Blick zu und verdrehte die Augen.

"Hey Denise, ich brauche die Nummer von Amy. Ich würde gerne mit ihr sprechen. Ich weiß nicht, wie ich sie kontaktieren kann. Vielleicht kannst du diesen Jonathan anrufen, er hat doch die Nummer von Maria?

"Schön, dass du anrufst. Natürlich kann ich das für dich tun, mein Engel. Du weißt ja, dass ich alles für dich mache."

„Danke, dann melde dich, wenn du die Nummer hast!"
Die Geräusche des laufenden Umbaus durchdrangen die Flure, während Joshua eilig zum Verlag eilte, um über seine Arbeit zu sprechen. Obwohl er den Drang verspürte, so schnell wie möglich wieder mit der Arbeit zu beginnen, ließen ihn die Gedanken an die baldige Vaterschaft nicht los. Die Vorfreude und die damit verbundene Verantwortung vermischten sich zu einem konstanten Gedankenstrom, der ihn selbst während beruflicher Besprechungen begleitete. Die Balance zwischen persönlichen Emotionen und beruflichen Verpflichtungen schien eine wachsende Herausforderung zu werden, der er sich stellen musste.

Gleichzeitig brodelte Wut in ihm. Er ärgerte sich darüber, dass er noch nicht wusste, wie weit die Schwangerschaft fortgeschritten war. Die Ungewissheit über Amys Zustand nagte an ihm, während er darauf bedacht war, dass dem Baby – seinem Kind, seinem Fleisch und Blut – nichts passierte. Diese Sorge und sein Verlangen, alles in seiner Macht Stehende zu tun, um für das Wohl seines ungeborenen Kindes zu sorgen, mischten sich mit der Frustration über die Distanz zu Amy während dieser wichtigen Phase ihres Lebens.

Das Treffen mit seinem Manager verlief reibungslos. Joshua war sich bewusst, dass das Label, für das er arbeitete, darauf brannte, dass er sich wieder voll und ganz in die Arbeit stürzte. Er versicherte ihnen, dass er dazu bereit war, obwohl er insgeheim wusste, dass er momentan nicht hundert Prozent geben konnte. Zumindest nicht, solange er nicht wieder bei Amy war.

In seinen Versprechungen schwang jedoch eine unterschwellige Unruhe mit. Die Gedanken an Amy, die wie ein konstanter Begleiter in seinem Geist verweilten, hinderten ihn daran, sich vollständig auf die bevorstehenden beruflichen Aufgaben zu konzentrieren. Ein bösartiges Gefühl nagte an ihm, denn obwohl er seinem Label Zuversicht vermittelte, wusste er im Inneren, dass seine volle Hingabe erst möglich sein würde, sobald Amy wieder an seiner Seite war. Die Sehnsucht nach ihr und die Unvollständigkeit ohne ihre Gegenwart beeinflussten jede Zusage, die er machte.

Mitten in der Stille des späten Abends durchdrang ein klingelndes Telefon den Raum.

„Ich habe die Nummer", flüsterte eine gedämpfte Stimme.

„Sehr gut. Hat dir Jonathan sie gegeben?"

„Nein, es war Maria. Die Mexikanerin, von der ich dir erzählt habe. Ich habe sie direkt kontaktiert. Schnapp dir was zum Schreiben."

Joshua griff schnell nach Stift und Papier, notierte sich die Nummer, bedankte sich knapp und beendete den Anruf. Ein prickelnder Hauch von Aufregung erfüllte ihn. Endlich, nach langer Suche, war er einen Schritt näher an seinem Ziel. Jede Ziffer, die er aufschrieb, schien wie ein fehlendes Stück in einem komplizierten Puzzle, dessen Gesamtbild sich allmählich vor ihm entfaltete.

Am nächsten Morgen besorgte er sich ein Einweg-Handy, eines, das man in jedem Laden bekommen konnte. Er war sich bewusst, dass das, was er vorhatte, schwerwiegende Konsequenzen für ihn haben könnte, wenn herauskommen würde, dass es von seinem eigenen Telefonanschluss ausging. Dieses Risiko wollte er keinesfalls eingehen.

Das Handy war schnell einsatzbereit, doch er musste die Einstellungen ändern, damit die Rufnummer nicht sichtbar war. Ein Gedanke schoss ihm durch den Kopf – der Knast musste doch für irgendetwas gut gewesen sein, selbst wenn es nur darum ging, Geschichten von Insassen zu hören, die er heute zu seinem Vorteil nutzen konnte. Ein schelmisches Grinsen breitete sich in diesem Augenblick auf seinem Gesicht aus.

"Christine, dein Telefon klingelt!", rief Michael ins Badezimmer.

"Wer ist dran?", erkundigte sich Christine, als sie aus dem Bad eilte.

"Weiß nicht, ist 'ne unbekannte Nummer."

Christine griff rasch nach dem Handy. "Hallo? Wer spricht da?" Doch der Anrufer blieb stumm.

"Hallo?" Sie zuckte mit den Schultern, als sie auflegte. "Wahrscheinlich eine falsche Nummer oder so."

"Okay, sind wir alle bereit? Können wir weitermachen? Ich habe ein kleines Café entdeckt. Lasst uns alles packen, auschecken und dort frühstücken, bevor wir wieder ins Auto steigen, okay?"

Die Idee begeisterte die beiden Frauen, die begannen, ihre Sachen zusammenzupacken. Immer wieder schauten sie sich um, um sicherzugehen, dass sie nichts vergaßen.

Das Café war klein und gemütlich. Die Einrichtung bestand aus alten Möbeln und es versprühte den Charme von Großmutters Wohnzimmer. Ein wohltuender Kontrast zu den ganzen modernen Einrichtungen, die man sonst so sah. Das Frühstück war ebenso wie bei Oma - herzhaft und reichhaltig. Es war ein wirklich schönes Erlebnis, das sie genossen, und sie verließen das Café gesättigt und bestens vorbereitet für die Weiterfahrt.

"Also, wir haben eine lange Fahrt vor uns. Ich habe noch einmal unsere Route in der Praxis überprüft. Eureka würde bedeuten, einen Umweg zu machen. Unser nächster Stopp ist in Winnemucca, das wird etwa elf Stunden dauern. Von dort aus ist es nicht mehr weit bis Idaho, nochmal ungefähr sieben Stunden Fahrt. Ich denke, das ist die beste Route."

"Elf Stunden?!" Maria schaute genervt zu Michael. "Aber wir machen doch zwischendurch Pausen, oder?"

"Natürlich! Wir werden definitiv zwischendurch halten müssen, um etwas zu essen und auf die Toilette zu gehen. Aber trotzdem müssen wir vorankommen, ich habe schließlich nicht ewig Urlaub."

Christine tätschelte sein Bein, um ihm zu signalisieren, dass sie sein Anliegen verstand und er damit recht hatte. Sie setzten die Fahrt fort. Als er einen Blick in den Rückspiegel warf, trafen ihn Marias Augen. Ihr Blick hatte etwas Faszinierendes, das ihn tief berührte. Es fühlte sich an, als würden sie eine unsichtbare Verbindung teilen. Sein Herz schlug schneller bei dem Anblick dieser ausdrucksstarken Augen, die so viel Tiefe zu verbergen schienen.

Trotz dieser intensiven Gefühle für Maria, die da waren und sich nicht leugnen ließen, wusste er tief in seinem Inneren, dass es falsch war. Denn in Wahrheit liebte er Christine. Es war eine unangenehme Konfrontation mit seinen eigenen Emotionen, ein Konflikt zwischen dem, was er fühlte und dem, was er wusste, dass richtig war. Er riss seinen Blick rasch von Marias Augen los, um sich auf die Straße zu konzentrieren. Die Präsenz von Maria berührte sein Herz tief, obwohl er ganz genau wusste, dass es für jemand anderen schlug.

Die Fahrt ging weiter, und Maria sowie Christine waren von der malerischen Landschaft, die sich ihnen auf der Strecke bot, beeindruckt. Gegen Abend erreichten sie Winnemucca. Um sich die Beine zu vertreten, machten sie einen Halt in der Nähe des Highland Park. Obwohl er nicht so atemberaubend wie der Yosemite Park war, bot er dennoch eine willkommene Gelegenheit für eine Pause. Sie holten die Snacktasche aus dem Auto und ließen sich an einem Picknickplatz nieder, um etwas zu essen.

Plötzlich klingelte erneut Christines Handy. Wieder eine unbekannte Nummer, wieder blieb der Anrufer stumm.

"Michael, schon wieder so ein Anruf, bei dem niemand spricht!", sagte sie mit einem leicht irritierten Gesichtsausdruck. "Das ist jetzt schon das zweite Mal. Das ist doch etwas seltsam, findest du nicht?"

Während sie sprach, konnte man deutlich Verwirrung in ihrer Stimme hören. Sie schien besorgt über die merkwürdigen Anrufe zu sein und suchte nach einer Erklärung.

"Christine, ich denke, das ist wahrscheinlich wieder jemand, der sich verwählt hat. Mach dir keine Sorgen", versuchte Michael zu beschwichtigen.

Doch in dem Moment, als er das sagte, spürte er eine leichte Unruhe in der Luft. Trotz seiner Worte fühlte auch er, dass etwas an diesen Anrufen seltsam war. Er entschied, die Situation im Auge zu behalten, während sie sich auf die Weiterfahrt vorbereiteten.

"Wir sollten uns jetzt darauf konzentrieren, eine Unterkunft für die Nacht zu finden. Ich bin ziemlich geschafft und muss dringend neue Energie tanken", schlug sie vor, während sie sich ermüdet fühlte.

Sie setzten sich wieder ins Auto und suchten die Umgebung ab. Schließlich entdeckten sie in der Nähe

des Humboldt Bay Maritime Museums ein einfaches
Motel – nichts Außergewöhnliches, aber immerhin mit
einem freien Zimmer. Sie waren sehr müde und gingen
früh ins Bett, schliefen tief und fest, doch Christine lag
wach. Die anonymen Anrufe gingen ihr nicht aus dem
Kopf. Die Dunkelheit des Zimmers schien die Spannung
in der Luft zu verstärken, während sie verzweifelt
versuchte, die Unruhe in ihrem Inneren zu beruhigen.
Trotz der Erschöpfung plagten sie die anhaltenden
Fragen über die anonymen Anrufe.

Ihr Kopf füllte sich mit den Erinnerungen an jenen Vorfall
an der Grenze, als sie beinahe angefahren wurde, und an
die Situation, als Michael das Auto abhängte, das ihnen
wie eine Verfolgung vorkam. Gibt es vielleicht einen
Zusammenhang zwischen all dem? Und wenn ja, wer
könnte dahinterstecken und warum? Fragen wirbelten in
ihrem Kopf herum, während sie versuchte, die Puzzleteile
dieser beunruhigenden Ereignisse zusammenzufügen.
Jedes noch so kleine Geräusch draußen verstärkte ihre
Unruhe, während sie vergeblich versuchte, in dieser
unruhigen Nacht etwas Schlaf zu finden.

In den frühen Morgenstunden, als alles in tiefer Stille lag,
durchbrach plötzlich Christines Telefonklingeln die Ruhe
des Zimmers. Sie war die Einzige, die wach war. Müde
und verwirrt schaute sie auf ihr Handy und hob ab: „Wer
ist da?" Wieder Stille, aber sie konnte jemanden atmen
hören. „Wer ist da? Warum tun Sie das?", rief sie mit
zittriger Stimme.

„Hallo, Amy!"

Die Stimme ließ sie versteinern. Sie kannte diese
Stimme. Tränen stiegen ihr in die Augen, und sie legte
schnell auf. Erst jetzt wurde auch Michael wach und sah
sie an. Sie zitterte.

„Chrissi, was ist passiert? Wer war das?", fragte er
besorgt.

"Michael ... ich kenne diese Stimme. Das war Joshua!"
Ihre Worte kamen zwischen zitternden Atemzügen
hervor. Er ging zu ihr hinüber, um sie zu beruhigen. „Bist
du sicher? Es ist schon so lange her, und ich dachte, er
wäre im Gefängnis."

Christine versuchte, ihre Fassung wiederzuerlangen. „Ja,
ich erkenne seine Stimme. Er kommt mich holen." Ihre
Worte waren gefüllt mit einer Mischung aus Angst und
Entsetzen.

Michael versuchte, sie zu beruhigen. „Lass uns erst
einmal ruhig bleiben. Bist du dir wirklich sicher?"

Während Christine, Michael und Maria sich in Sicherheit wähnten, klingelte plötzlich Christines Handy unaufhörlich. Joshua rief sie immer wieder an, die Nummer wurde auf dem Bildschirm angezeigt. Ihr Herz begann schneller zu schlagen. Michael sah die Besorgnis in ihren Augen und fragte leise: „Was sollen wir tun?"

Christine schluckte schwer. „Er hat meine Nummer. Woher hat er meine Nummer? Er wird uns finden."

Michael schlug vor, dass sie das Telefon ausschalten sollten, um nicht geortet zu werden. Christine zögerte, aber schließlich stimmte sie zu und schaltete das Handy aus. Die Anrufe hörten auf.

Stille herrschte im Raum, nur das leise Summen der Straßen draußen war zu hören. Doch die bedrückende Atmosphäre blieb, da sie wussten, dass Joshua sie weiterhin suchte.

Plötzlich hörten sie laute Stimmen von draußen. Michael ging zur Tür, um nachzusehen. Als er zurückkam, war sein Gesicht blass.

„Es ist die Polizei", sagte er atemlos. „Sie sind hier wegen eines Hinweises auf eine verdächtige Person in der Nähe. Zumindest glaube ich, dass sie das gerade eben zu dem Hausmeister gesagt haben."

Christine und Michael tauschten beunruhigte Blicke aus. Sie wussten, dass es nur eine Frage der Zeit war, bis Joshua herausfand, wo sie waren, und die Polizei war nun auch involviert.

„Wir müssen hier weg", flüsterte Christine mit zitternder Stimme.

Michael nickte zustimmend. Sie entschieden sich, sofort zu gehen, bevor die Situation außer Kontrolle geriet. Mit schnellen Schritten verließen sie das Motel und begannen, sich hektisch einen neuen sicheren Ort zu suchen, während sie sich bewusst waren, dass Joshua näher kam und die Polizei sie im Blick hatte.

Als Michael weiter über die Quelle der Informationen nachdachte, kreisten seine Gedanken unaufhörlich um Maria, Christines angebliche Freundin und die Tochter ihres Chefs. Er beschloss, mit Christine über seine Zweifel zu sprechen.

"Christine, ich weiß, dass du Maria sehr vertraust, aber ich kann dieses Gefühl nicht abschütteln. Es ist merkwürdig, wie schnell Joshua uns aufgespürt hat, und Maria hat sich in letzter Zeit so eigenartig verhalten. Vielleicht sollten wir sie direkt darauf ansprechen?", schlug er vor.

Christine zögerte einen Moment, bevor sie antwortete.
"Ich verstehe deine Bedenken, aber ich kann mir nicht
vorstellen, dass Maria mich verraten würde. Sie ist meine
Freundin und die Tochter meines Chefs. Was würde sie
damit bezwecken?"

Michael zuckte mit den Achseln und seufzte. "Vielleicht
ist es besser, wenn wir Maria unauffällig beobachten,
ohne sie direkt zu konfrontieren. Vielleicht bekommen
wir so einen Hinweis, ob sie in irgendeiner Weise
involviert ist, ohne dass sie sich direkt angegriffen fühlt."

Entschlossen, sich vorerst von der aktuellen Umgebung
zu entfernen, setzten Christine und Michael ihre Reise
fort. Sie entschieden sich dafür, vorerst keine großen
Risiken einzugehen und eine sichere Distanz zu wahren.

Während der Fahrt überlegten sie, was sie als nächstes
tun sollten. Die Gedanken an Maria und ihre mögliche
Rolle in der Enthüllung ihres Aufenthaltsortes ließen sie
nicht los. Christine griff nach ihrem Handy und
überprüfte es noch einmal sorgfältig auf ungewöhnliche
Aktivitäten oder verdächtige Anwendungen.

„Alles sieht normal aus", sagte Christine erleichtert. „Ich
finde es seltsam, wie Joshua uns gefunden hat, aber ich
kann mir immer noch nicht vorstellen, dass Maria darin
involviert ist."

Michael nickte nachdenklich. „Vielleicht war es wirklich
Zufall oder Joshua hatte Zugriff auf Informationen, von
denen wir nichts wissen."

Doch plötzlich, als sie durch die engen Straßen der Stadt
fuhren, bemerkten sie ein bekanntes Auto, das sie
während ihrer Flucht damals in der Ferne gesehen
hatten.

„Das ist dasselbe Auto wie damals!", rief Christine
erschrocken aus.

Michael war alarmiert. „Schnell, halte dich bereit! Wir
müssen uns verteidigen."

Das Auto hinter ihnen beschleunigte plötzlich und
begann, sie zu verfolgen. Michael steuerte geschickt
durch die engen Straßen, um dem Verfolger zu
entkommen. Christine hielt Ausschau und versuchte,
einen Ausweg zu finden.

Das Auto hinter ihnen ließ nicht locker. Es schien, als
wäre der Fahrer entschlossen, sie nicht entkommen zu
lassen. Adrenalin schoss durch Michaels Adern, als er ihr
Fahrzeug in enge Gassen lenkte, um dem Verfolger zu
entkommen. Doch das Auto hinter ihnen blieb
hartnäckig.

„Wir müssen irgendwie verhindern, dass sie uns weiter
verfolgen!", rief Michael.

Er steuerte mit hoher Geschwindigkeit in Richtung des
Stadtrandes, hoffend, dass sie möglicherweise eine
Abzweigung nehmen könnten, die der Verfolger nicht
erwartete. Doch das Auto hinter ihnen gab nicht auf.

Plötzlich, als sie eine scharfe Kurve erreichten, sah
Michael eine schmale Gasse auf der linken Seite. „Dort!",
rief er aus. „Fahren wir dort rein!"

Er zögerte nicht und lenkte das Auto in die schmale
Gasse. Das Verfolgerauto versuchte zu folgen, doch die
Enge der Gasse zwang es zu einem abrupten Halt. Mit
pochenden Herzen und schnellen Atemzügen hielten
Christine und Michael an, als sie sicher waren, dass der
Verfolger sie nicht mehr sehen konnte. Sie atmeten tief
durch, während das Adrenalin noch in ihren Adern
pulsierte.

„Schnell, wir müssen hier weg!", sagte Michael, und sie
beschlossen, das Auto zu verlassen und sich zu Fuß
durch die Gassen zu schleichen, um ihren Verfolger
abzuschütteln. Christine atmete schwer, als sie
realisierte, dass sie in ihrer Schwangerschaft nicht so
schnell rennen konnte. Michael erkannte sofort die
Dringlichkeit der Lage.

„Wir müssen uns verstecken", flüsterte er, während er
einen Arm um Christine legte, um ihr zu helfen. „Versuch
dich zu beruhigen. Wir finden einen Ort, an dem wir uns
verstecken können."

Sie huschten durch die engen Gassen, auf der Suche
nach einem Versteck. Christine spürte, wie ihr Herz
rasend schnell schlug, nicht nur vor Aufregung, sondern
auch wegen der Sorge um ihr ungeborenes Kind.

Plötzlich entdeckten sie eine kleine Seitengasse, die zu
einem alten, verlassenen Gebäude führte. Michael
zögerte nicht und führte Christine dort hin. Sie fanden
einen schmalen Durchgang, der in den Hinterhof des
Gebäudes führte, und kauerten sich dort hin.

Das Verfolgerauto raste durch die engen Straßen der
Stadt und schien sie aus den Augen verloren zu haben.
Christine versuchte, ruhig zu atmen, während Michael
Wache hielt und Ausschau hielt.

Die Minuten vergingen, und sie hörten, wie das
Motorengeräusch des Verfolgerautos schwächer wurde.
Doch sie wagten nicht, sich zu früh zu bewegen. Erst als
sie sicher waren, dass sie nicht mehr verfolgt wurden,
wagten sie sich aus ihrem Versteck.

Michael half Christine aufzustehen und sie schlichen
sich vorsichtig zurück zu ihrem Auto. Maria kam auch
vorsichtig aus ihrem Versteck. In der kleinen
abgelegenen Stadt Mc Dermid Creek angekommen,
suchten Christine und Michael hastig nach einem Ort,
der ihnen vorerst Sicherheit bieten konnte. Die Straßen
der Stadt waren ruhig, die Bewohner schienen sich
unauffällig in ihren Alltag zu fügen.

Sie fanden eine unscheinbare Pension namens "Silent
Haven" am Rand der Stadt. Das Gebäude wirkte
verlassen und hatte einen unauffälligen Charme. Die
Besitzerin, eine ältere Dame namens Mrs. Thompson,
empfing sie mit freundlicher Zurückhaltung.

„Wir suchen nach einem ruhigen und sicheren Zimmer",
erklärte Michael vorsichtig.

Mrs. Thompson lächelte. „Ich habe ein abgelegenes
Zimmer im obersten Stockwerk, es ist normalerweise
nicht vermietet, aber es könnte Ihnen gefallen."

Christine nickte erleichtert. „Das wäre perfekt."

Sie erhielten den Schlüssel zu einem schlichten, aber
sauberen Zimmer mit einem kleinen Fenster, das auf den
ruhigen Hinterhof blickte. Es war genau das, wonach sie
gesucht hatten.

Sobald sie sicher in ihrem Zimmer waren, entschieden
sie sich, etwas zu verweilen und Christine die dringend
benötigte Ruhe zu gönnen. Michael überprüfte sorgfältig
die Fenster und Türen, um sicherzustellen, dass alles
sicher war.

Die Stadt Mc Dermid Creek war klein und abgelegen, was
ihre Chancen, unentdeckt zu bleiben, erhöhte. Doch sie
blieben vorsichtig und planten, sich unauffällig zu
verhalten, um nicht aufzufallen.

Nachdem sie Christine und Michael verloren hatten,
wählte der Verfolger hastig eine Nummer auf seinem
Handy. Es dauerte nicht lange, bis auf der anderen Seite
der Leitung jemand abnahm.

"Joshua, wir haben sie verloren", meldete der Verfolger
atemlos.

Joshua, dessen Stimme ruhig, aber bedrohlich klang,
antwortete: "Wie konntet ihr sie verlieren? Ich habe euch
klare Anweisungen gegeben, sie nicht aus den Augen zu
lassen."

Der Verfolger erklärte schnell die wilde Jagd und wie sie
durch die engen Gassen einer abgelegenen Stadt
entkommen waren. Joshua blieb ruhig, aber seine
Stimme verriet Enttäuschung und Ungeduld.

"Findet sie wieder, und dieses Mal bringt sie zu mir. Ihr wisst, was zu tun ist", ordnete Joshua an und beendete abrupt das Gespräch.

Der Verfolger und sein Begleiter, der im Auto saß, tauschten nervöse Blicke aus. Sie wussten, dass Joshua keine Fehler tolerierte und dass ihre Mission auf dem Spiel stand. Sie setzten sich sofort wieder in Bewegung, entschlossen, Christine und Michael zu finden, um sie aufzuspüren und Joshua zu übergeben.

Während Joshua das Babyzimmer sorgfältig vorbereitete und sich in Gedanken an das bevorstehende Kind verlor, fühlte er eine Mischung aus Aufregung und Besorgnis. Sein Verlangen, sein Kind zu sehen und die Sorge um Amy trieben ihn dazu, die Suche nach ihr zu intensivieren.

Er verbrachte Stunden in dem liebevoll eingerichteten Zimmer, ließ Gedanken und Erinnerungen an Amy und ihre gemeinsame Zeit durch seinen Kopf gehen. Jedes Detail im Zimmer war sorgfältig ausgewählt, als ob er hoffte, dass Amy irgendwann hier sein würde, um mit ihm und ihrem Kind eine Familie zu bilden.

Währenddessen blieb er in ständiger Kommunikation mit seinen Mitarbeitern, die Amy verfolgten. Er war ungeduldig und wartete auf das Signal, das ihn direkt zu ihr führen würde. Jedes Mal, wenn er in das Kinderzimmer ging, war sein Herz voller Sehnsucht und Ungewissheit über Amys Sicherheit und Wohlergehen.

Obwohl ihr Leben zusammen von Höhen und Tiefen geprägt war und manchmal sogar in heftigen Auseinandersetzungen endete, war seine Liebe zu ihr unerschütterlich. Sie hatte so lange an seiner Seite verbracht, dass er davon überzeugt war, sie würde verstehen, was sie für ihn bedeutete. Doch dann geschah etwas Unerklärliches – sie täuschte ihren Tod vor und verließ ihn. Solcher Verrat und tiefe Verwirrung lasteten auf seinen Schultern. Warum? Warum konnte sie nicht erkennen, dass er nur ihr Bestes wollte?

Er hatte sich nach einer Zukunft gesehnt, die er nur mit ihr – und nur mit ihr – haben wollte. Das Kind, das sie in sich trug, war der Hoffnungsschimmer, der sein Herz mit Sehnsucht erfüllte. Endlich schien die Möglichkeit greifbar, die Familie zu haben, von der er immer geträumt hatte – eine Familie mit ihr. Er konnte nicht begreifen, warum sie diese Chance, die er so sehr herbeigesehnt hatte, aufs Spiel setzte. Die Liebe, die er für sie empfand, ließ ihn verzweifelt nach Antworten suchen, während seine Gefühle zwischen tiefem Schmerz und unermüdlicher Hoffnung hin und her schwankten.

Seine Gedanken wurden von einem plötzlichen Anflug von Wut unterbrochen. Die Emotionen, die er so lange unterdrückt hatte, brachen hervor. Wie konnte sie es wagen, ihn zu verlassen? Er hatte ihr alles gegeben – sein Herz, seine Hingabe. Sie gehörte zu ihm und niemand anderem. Und das Baby in ihrem Bauch – das war auch seins, es gehörte ihm.

Die Liebe, die einst sein Herz erfüllte, wurde von einem brennenden Verlangen nach Rache und Kontrolle überlagert. Er war entschlossen, sie zurückzuholen, koste es, was es wolle. Schließlich war es sein Kind, und niemand sollte ihm das wegnehmen.

Seine Gedanken wirbelten in einem Strudel aus Liebe, Verlust und der unbändigen Angst davor, sie endgültig zu verlieren. Er war bereit, alles zu tun, um sie zurückzubekommen. Doch unter der Oberfläche der Entschlossenheit brannte eine gefährliche Flamme der Besessenheit und des Verlangens nach Kontrolle, die sein Handeln leitete.

Die Nacht im Silent Haven war angenehm, und das Frühstück von Mrs. Thompson erfreute alle mit seinem wohltuenden Geschmack. Während sie gemeinsam frühstückten, diskutierten sie die verbleibende Reise nach Idaho. Ihr Ziel war fast erreicht, und ihr erster Halt in Idaho sollte der Besuch der Twin Falls sein, bevor sie sich auf die Suche nach Elisabeth Ryder begaben. Christine schien deutlich nervöser zu sein als zu Beginn der Reise, was jedoch verständlich war. Je näher sie Idaho kamen, desto näher rückte ihr Traum, ihre Mutter zu finden.

"Michael, was ist, wenn sie mich überhaupt nicht mag?", fragte Christine besorgt.

"Wieso sollte sie dich nicht mögen, Chrissi?" Er lächelte sie an. Die offensichtliche Anspannung in ihr war unübersehbar, und Michael fand es zugleich amüsant und verständlich, sie so zu erleben. Sein Blick glitt immer wieder zu Maria hinüber. "Suchst du etwas?", fragte er skeptisch, als er sah, wie sie auf ihrem Handy herumtippte.

"Nein, alles in Ordnung. Ich will mich nur bei meinem Vater melden, es geht ihm gerade nicht so gut", erklärte Maria.

"Dann grüß ihn von mir!", warf Christine ein, als Maria aufstand und sich vom Tisch entfernte.

Sie wandte sich mit einem stechenden Blick an Michael. "Was, wenn sie gar nicht mehr lebt?", sagte sie sie, die Unsicherheit in ihrer Stimme kaum verbergend.

"Wir haben es versucht. Du kannst dann zumindest sagen, dass du alles getan hast", erwiderte er ruhig, doch seine Augen zeigten Verständnis für ihre Sorgen. "Meinst du, dass sie die Wahrheit sagt?", fragte sie dann, diesmal auf Maria bezogen.

"Nein, ich frage mich, ob Maria wirklich ihren Vater anruft. Was denkst du?", ergänzte sie.

Obwohl der Gedanke, Maria zu folgen, durch Michaels Kopf blitzte, entschied sich Christine dagegen. Ein Gefühl im Bauch ließ sie zögern, als ob dieser Schritt vielleicht zu früh käme. Vielleicht sollte sie doch noch warten. "Was auch immer sie geplant hatte, irgendwann würde sie sich selbst verraten", murmelte Christine, während sie Maria im Auge behielt.

Als Maria zurückkehrte, begaben sie sich nach oben, um ihre Sachen zu packen und auszuchecken. Immerhin lag noch eine fast dreistündige Fahrt vor ihnen, bevor sie bei den Twin Falls ankommen würden. Diese Chance, diese wunderschönen Wasserfälle zu sehen, wollten sie sich nicht entgehen lassen. Wer wusste schon, wann sie das nächste Mal hier sein würden?

Die Verfolger hatten sie erneut aufgespürt, hielten sich jedoch in sicherer Entfernung. Diesmal schienen sie entschlossen, sie nicht aus den Augen zu verlieren, weshalb sie darauf bedacht waren, nicht entdeckt zu werden. Ein angemessener Abstand wurde gewahrt, und Vorsicht war oberstes Gebot. Joshua hatte klare Anweisungen gegeben, sie auf keinen Fall erneut aus den Augen zu lassen, und diesmal waren sie entschlossen, diesen Befehl zu befolgen. Diesmal durfte wirklich kein Fehler mehr geschehen.

Joshua hatte einige Tage freigenommen, um sich ganz auf Amys Rückkehr zu konzentrieren. Er erledigte seine Arbeit von zu Hause aus, um sicherzustellen, dass er keinen Anruf verpasste, der den Treffpunkt für Amys Ankunft mitteilen würde. Er wartete sehnsüchtig darauf, dass seine Mitarbeiter ihm endlich Bescheid gaben, sobald Amy den Ort erreichte, an den sie wollte.

Kapitel 3: Die Mutter

"Los, Ladies, wir müssen weiter!", rief Michael. "Lasst uns nochmal den Brief durchgehen. Da war doch eine Adresse, oder?" Christine ließ sich kurz auf einer Bank nieder und durchsuchte ihre Handtasche. "Hier ist er. Die Adresse führt uns nach Meridian."

Michael holte die Landkarte aus dem Auto. Er betrachtete sie zuerst, dann schien sein Blick ins Leere zu wandern, bevor er erneut auf die Karte schaute. "Michael, wie lange dauert es noch, bis wir dort ankommen?", fragte Maria. Sie wirkte erleichtert darüber, endlich anzukommen und die Möglichkeit zu haben, mehr als nur ein paar Stunden an einem Ort zu verbringen.

"Es wird noch ziemlich lange dauern, etwas über drei Stunden. Schafft ihr das noch?", fragte Michael.

"Als ob uns etwas anderes übrigbleibt!", fuhr Maria auf und kehrte zum Auto zurück. Christine konnte ihren Ärger gut verstehen. Auch sie sehnte sich danach, endlich mal länger an einem Ort zu verweilen und einen Aufenthalt zu genießen, der mehr als nur ein paar Stunden dauerte.

Christine fühlte sich mehr als nur erschöpft. Die lange Reise, die Aufregung, endlich ihre Mutter zu sehen, und dann noch diese merkwürdigen Ereignisse wie die Verfolgungsjagd - das alles war eindeutig zu viel für sie. Sie sehnte sich nach Ruhe und ihrem eigenen Bett. Wäre sie nicht auf der Suche nach ihrer Mutter gewesen, hätte sie schon lange kehrt gemacht. Aber sie wollte Antworten, und deshalb machte sie weiter.

Aber eins war ihr klar: Wenn sie erst einmal wieder zu Hause war, würde sie für eine Weile nicht mehr in ein Auto steigen wollen. Davon hatte sie definitiv genug. Sie lehnte ihren Kopf an die kühle Scheibe und versuchte, sich auszuruhen, vielleicht sogar ein kleines Nickerchen zu machen. Doch das Auto war unbequem, und eine entspannte Position einzunehmen, wenn man schwanger war, schien ihr unmöglich. Jede Bewegung erinnerte sie schmerzlich an die Strapazen der Reise und die Ungewissheit, die sie belastete. Dennoch hielt sie durch, getrieben von der Sehnsucht nach Antworten und der Hoffnung, ihre Mutter endlich zu finden.

Als sie wieder die Augen öffnete, bemerkte sie ein Straßenschild, das Ada County ankündigte. Jetzt war es nicht mehr weit. Doch plötzlich hielt Michael an.

„Was ist los? Warum halten wir an?", fragte sie verwirrt.
Ihr Blick wanderte fragend zu Michael, der immer wieder
in den Rückspiegel schaute.

„Mike, sag mir, was los ist", drängte sie, aber er
antwortete nicht sofort. Stattdessen schaute er besorgt
zu ihr hinüber.

„Chrissi, ich will, dass du ruhig bleibst, reg dich bitte
nicht auf, aber ich glaube, das dunkelblaue Auto etwas
weiter hinter uns verfolgt uns. Ich will nur sicher gehen,
okay?", erklärte er schließlich mit gedämpfter Stimme.

Christine spürte einen Stich der Angst in ihrem Herzen.
Sie drehte sich um und sah Maria auf dem Rücksitz
schlafen. Ihre Angst verstärkte sich, als sie erkannte,
dass Michaels Bedenken ernst waren.

„Was machen wir jetzt?", fragte sie, ihre Stimme zittrig
vor Nervosität.

Michael griff nach ihrer Hand und schaute ihr tief in die
Augen. „Es ist bestimmt nichts. Und selbst wenn doch,
du bist bei mir. Ich passe auf dich auf", versicherte er ihr
mit fester Stimme.

Sie seufzte erleichtert und lehnte sich zurück in ihren
Sitz. Ein warmes Gefühl der Dankbarkeit breitete sich in
ihrem Inneren aus, als sie Michaels Hand nahm und
sanft drückte.

„Danke, Michael", flüsterte sie, und ein Hauch von
Zuneigung lag in ihrer Stimme. „Du bist wirklich
großartig."

Michael lächelte und drückte ihre Hand sanft zurück.
„Für dich immer, Chrissi", antwortete er liebevoll. „Wir
schaffen das zusammen."

Michael setzte die Fahrt fort, aber trotz seiner
Bemühungen, sich zu beruhigen, blieb ein nagendes
Gefühl der Unruhe in seinem Inneren bestehen. Das
dunkelblaue Auto war für eine ungewöhnlich lange Zeit
hinter ihnen hergefahren. War es nur ein Zufall, dass es
plötzlich vorbeifuhr, oder hatten sie tatsächlich bemerkt,
dass sie verfolgt wurden und beschlossen, sich
unauffällig zu verhalten?

Diese Gedanken wirbelten in Michaels Kopf herum,
während er weiterfuhr. Vielleicht wurde er langsam
paranoid von all den Vorfällen, die bisher passiert waren.
Aber die ständige Bedrohung, die über ihnen schwebte,
ließ ihn nicht zur Ruhe kommen.

„Ist alles in Ordnung?", fragte Christine besorgt, als sie
die Anspannung in Michaels Körper spürte.

Michael zwang sich, ein beruhigendes Lächeln
aufzusetzen. „Ja, alles ist gut", antwortete er, obwohl

sein Inneres vor Unruhe tobte. „Lass uns einfach
weiterfahren." Tief in seinem Herzen wusste er, dass die
scheinbare Ruhe trügerisch sein konnte. Sie mussten
weiterhin wachsam bleiben und darauf vorbereitet sein,
jederzeit zu handeln, falls sie erneut in Gefahr gerieten.
Sie waren so knapp vor dem Ziel, jetzt durfte einfach
nichts mehr passieren.

Michael spürte die Spannung in der Luft, als sie sich Ada
County näherten. Jede Straße, jeder Blick in den
Rückspiegel löste ein Gefühl von Anspannung in ihm aus.
Er konnte den Gedanken nicht loswerden, dass sie
beobachtet wurden, dass jemand darauf wartete, ihre
Bewegungen zu verfolgen und sie in eine Falle zu locken.

Nach einer weiteren halben Stunde erreichten sie
Meridan, und sie begannen, ihren Aufenthalt zu planen.
Schnell fanden sie ein günstiges Motel und machten sich
auf den Weg dorthin.

„Maria, wach auf, wir sind angekommen", rief Christine,
um ihre Freundin zu wecken.

„Muy bien! Endlich mal raus hier! Ich habe Hunger,
können wir etwas zu essen holen?", antwortete Maria,
während sie sich verschlafen aufrichtete.

Die beiden stimmten zu, aber zuerst wollten sie
einchecken und ihr Gepäck im Motel loswerden.
Plötzlich wurde Maria ganz aufgeregt: „Lass uns da
essen, Christine. Sieh mal, da ist ein Tacos Food Truck!"

Ihr Gesicht strahlte vor Vorfreude, und sie wiederholte
immer wieder, wie sehr sie sich auf echte Tacos freuen
würde.

„Ja, lass uns da essen, Michael. Komm mit. Die sind
wirklich gut, wenn sie richtig gemacht werden!", sagte
Christine, die sich ebenfalls über die Idee freute.

„Okay, etwas Soulfood kann euch beiden Hühnern jetzt
bestimmt nicht schaden", neckte Michael die beiden und
freute sich über ihre Begeisterung.

Gemeinsam machten sie sich auf den Weg zum Tacos
Food Truck, bereit, sich mit köstlichem Essen zu
belohnen und den Stress der Reise für einen Moment zu
vergessen.

Michael bestellte das Essen, und sie machten sich auf
den Weg zum Motel. Tatsächlich hatten die Mädels ihn
nicht zu viel versprochen. Die Tacos waren unglaublich
gut, nur Maria hatte etwas auszusetzen.

„Die sind mir zu Amerikanisch", bemerkte sie kritisch. Ich
werde euch mal richtige Tacos machen, wenn wir
zuhause sind. Michael, du kommst doch mit, oder?"

Michael schaute sie verwundert an. „Lädst du mich etwa ein?"

„Klar, jeder muss mal richtige Tacos probiert haben!", antwortete Maria mit einem Lächeln. Für einen Moment schien sie in Gedanken versunken zu sein, an zuhause und das gute Essen, das ihre Mutter kochte.

„Ja, ihre Mutter ist eine echt gute Köchin. Das muss man probiert haben!", stimmte Christine zu und schaute Michael mit einem hoffnungsvollen Blick und einem Lächeln an.

Michael lächelte zurück, gerührt von der Einladung und der Vorstellung, Teil von Marias Familie zu sein. Es war ein Moment der Wärme und Verbundenheit inmitten all der Turbulenzen und Unsicherheiten ihrer Reise. Er nickte zustimmend und sagte: „Das klingt nach einem Plan. Ich würde mich freuen."

„Ich glaube, ich habe zu viel gegessen", sagte Maria und rieb sich den Bauch. „Ich denke, ich werde ein wenig die Gegend erkunden."

„Sollen wir mitkommen?", wollte Christine wissen und warf Michael einen fragenden Blick zu. Doch bevor er antworten konnte, ergriff Maria erneut das Wort.

„Por favor, seid mir nicht böse, aber nach einer endlosen Fahrt mit euch beiden würde ich gerne ein bisschen Zeit für mich allein haben", erklärte sie mit einem entschuldigenden Lächeln.

„Oh, okay. Wenn etwas ist, melde dich, okay?" Christine war etwas irritiert, aber irgendwie konnte sie Maria verstehen. Schließlich hatten sie eine sehr lange Zeit zusammen in einem kleinen Auto verbracht. Maria erhob sich von ihrem Platz und streckte sich. „Ich werde nicht lange weg sein. Genießt die Zeit."

Mit einem letzten Lächeln machte sich Maria auf den Weg, und Christine und Michael blieben zurück, um die Ruhe des Abends zu genießen.

„Siehst du, ich habe doch gesagt, ihr müsst euch erst kennenlernen. Maria ist kein schlechter Mensch, Michael!", bemerkte Christine triumphierend.

Er nickte und lächelte. „Nichtsdestotrotz traue ich ihr nicht ganz. Ich weiß auch nicht warum, aber mein Bauchgefühl sagt es mir."

„Dein Bauchgefühl sagt dir nur, dass du gerade zu viele Tacos gegessen hast", entgegnete Christine und lächelte, während sie gleichzeitig mit den Augen rollte. „Du bist einfach zu misstrauisch, glaube ich!"

Michael schmunzelte, aber das unbehagliche Gefühl ließ nicht nach. Er konnte nicht leugnen, dass da eine

Stimme in ihm war, die ihm sagte, dass etwas nicht stimmte.

„Ich denke, ich sollte das Handy wieder einschalten. Wir werden es hier brauchen, und wenn Maria den Weg nicht zurückfindet, kann es ja sein, dass sie anruft", sagte Christine zu sich selbst, während sie das Handy wieder einschaltete.

Kaum war es an, piepte es mehrmals. Jemand hatte versucht, sie anzurufen. Zehn Anrufe in den letzten Tagen. Christine schaute nervös auf das Display und dann zu Michael, der gerade auf dem Weg ins Bad war. Sollte sie es ihm sagen? Vielleicht hatte derjenige aufgegeben, als er bemerkte, dass das Handy aus war. Vielleicht würde sie nur Panik verbreiten, wenn sie es ihm jetzt sagte. Sie entschied sich dafür, es ihm erst einmal nicht zu sagen.

"Sie haben sich in einem Motel in der Nähe von East Corporate Drive eingecheckt", flüsterte Maria mit zitternder Stimme ins Telefon, während sie die Straße entlanglief. Sie schaute sich immer wieder um, nur um sicher zu sein, dass ihr niemand folgte.

"Ich verlasse mich darauf, dass Sie alles in Ihrer Macht Stehende tun, damit sie dort noch ein paar Tage bleiben. Meine Männer sind bereits auf dem Weg, aber ich möchte sie persönlich abholen. Geben Sie mir mindestens einen weiteren Tag, Comprende?", fuhr Joshua fort.

Maria schluckte schwer, als sie Joshuas bedrohliche Stimme hörte. Sie wusste, dass sie keine andere Wahl hatte, als seinen Anweisungen zu folgen, auch wenn es bedeutete, sich tiefer in Gefahr zu begeben. Doch während sie sich fragte, was Joshua mit Christine tun würde, wenn er sie wieder in seine Gewalt gebracht hatte, überkam sie ein unbehagliches Gefühl.

Sie hatte nie darüber nachgedacht, was mit ihr passieren würde, wenn Joshua seine Beute wiederbekam. Ihre eigene Sicherheit war ihr nie wichtig erschienen, solange sie nur ihren Vater schützen konnte. Aber jetzt, da sie die Folgen der Situation erkannte, wurde ihr klar, dass sie vielleicht einen großen Fehler begangen hatte.

Maria war sich nicht mehr sicher, ob es richtig war, was sie gerade tat, aber sie musste es tun. Sie konnte nicht zulassen, dass ihr Vater ihr Geld hinterließ, nachdem er gestorben war. Das war ihr Vater, nicht Christines. Christine war für sie nur ein kleines Luder, das es wahrscheinlich auf das Geld ihres Vaters abgesehen hatte und deshalb für ihren Vater arbeitete. Doch sie musste sicherstellen, dass ihr Vater dachte, Christine sei tot. Nur so konnte sie ihren Namen aus seinem Testament streichen lassen. Entschlossenheit und Unsicherheit kämpften in ihrem Inneren, aber Maria wusste, dass sie jetzt nicht aufgeben durfte. Sie würde ihren Plan durchziehen, koste es, was es wolle. „Ich verlasse mich darauf, dass Sie Christine für mich aus dem Weg räumen! Und vergessen Sie nicht, das Geld zu überweisen. Meine Informationen sind nicht umsonst, verstehen Sie das?", sagte sie schließlich, ihre Stimme brüchig vor Angst.

„Sie können sich auf mich verlassen, nachdem ich sie wiederhabe, bekommen sie einen Scheck per Kurier übergeben!"

Die Spannung in der Luft war greifbar, als das Gespräch endete. Maria fühlte sich wie gelähmt, während die Worte von Joshua in ihrem Kopf widerhallten. Sie hatte sich in eine gefährliche Lage gebracht, und jetzt gab es kein Zurück mehr.

Noch nie in ihrem Leben war Maria so nervös gewesen. Sie hatte sich alles so viel einfacher vorgestellt. Schließlich war sie dafür bekannt, gewissenlos zu sein. Warum in aller Welt schüttelte sie nur die Stimme dieses Mannes, dieses Joshua, so sehr durch? Er hatte eine Art an sich, die sie allein durch seine Stimme spüren konnte. Er war bestimmt in dem, was er sagte, und er wusste, dass er bekommen würde, was er wollte, egal wie. Er würde sein Ziel erreichen, das stand fest. Doch war er auch so eiskalt, wie er klang? Würde er ihr etwas antun, wenn sie ihm Christine übergeben hatte, nur um nicht zu zahlen? In Mexiko gab es tatsächlich solche Fälle.

Ihr Vater hatte ihr einst die tragische Geschichte ihres Onkels, möge er in Frieden ruhen, erzählt. Er war entführt worden, weil ihr Neffe jemandem Geld schuldete. Als ihr Neffe um mehr Zeit bat, um das Geld aufzutreiben, wurde zuerst der Onkel erschossen, und kurz darauf verschwand auch der Neffe auf mysteriöse Weise und wurde nie wieder gesehen. Maria hoffte inständig, dass sie nicht denselben Fehler wie ihr Neffe begangen hatte, indem sie sich auf Joshua einließ und möglicherweise in eine Falle tappte.

Ihr Kopf war voll von beängstigenden Bildern, die sie innehalten ließen und schließlich dazu zwangen, sich auf einer Bank niederzulassen. Sie atmete tief ein und aus, bemüht, die aufdringlichen Gedanken abzuschütteln. „Nein, ich bilde mir das nur ein!", murmelte sie immer wieder vor sich hin.

Plötzlich wurde Maria aus ihren Gedanken gerissen, als
ihr Telefon klingelte.

„Hola, Mama. Es ist schön, von dir zu hören. Wie geht es
Papa?", fragte Maria, doch ihre Mutter Lupita antwortete
mit Schluchzen.

„Mama, was ist los?", fragte Maria besorgt.

„Maria, er ist im Krankenhaus. Die Ärzte sagen, dass es
ihm nicht gut geht. Er hat Schmerzen!", schluchzte Lupita
am anderen Ende der Leitung.

„Mama, beruhige dich. Hat sich der Krebs ausgebreitet?
Haben die Ärzte etwas gesagt?", fragte Maria, ihre
Stimme ebenfalls von Sorge erfüllt.

„Maria, bitte komm zurück!", flehte Lupita.

„Bald, Mama, ich bin bald wieder da. Ich habe noch
etwas zu erledigen und bin dann wieder zuhause.
Versprochen!", versicherte Maria ihrer Mutter.

„Bitte beeile dich, Maria! Wir brauchen dich hier!", bat
Lupita verzweifelt, bevor sie das Gespräch beendete.

Mit den Tränen kämpfend machte sich Maria auf den
Weg zurück zum Motel. Sie war länger draußen gewesen
als geplant, und als sie das Zimmer betrat, schliefen
Christine und Michael bereits. Christines Handy lag
immer noch eingeschaltet auf dem Nachttisch.

Leise schlich sich Maria an das Doppelbett heran, auf
dem die beiden schliefen, und strich Michael kurz über
die Wange, bevor sie an ihnen vorbei zur Schlafcouch
ging und sich dort niederlegte. Bevor sie einschlief, tippte
sie schnell eine Nachricht an Joshua: "Ihr Handy ist
wieder an." Als sie auf "Abschicken" drückte, huschte ein
leichtes Lächeln über ihr Gesicht. Bald würde das Spiel
vorbei sein, und wer weiß, vielleicht würde sich Michael
dann endlich für sie entscheiden, wenn er sah, dass
Christine zu Joshua zurückkehrte.

"Guten Morgen, Amy! Hast du mich vermisst?", hörte
Christine Joshua durch das Telefon sagen, als sie
verschlafen ans Handy ging. Sie erstarrte, ihr Atem wurde
schneller und sie zitterte. "Michael ... Michael! Wach auf,
bitte!", stammelte sie verzweifelt.

"Amy, du gehörst mir, das weißt du. Du trägst meinen
Sohn in dir. Ich werde dich finden!", drohte Joshua weiter.
Plötzlich schleuderte Christine ihr Telefon zu Boden.
Michael wachte auf und ging zu ihr. "Was ist los?", rief er
immer wieder, noch halb verschlafen.

"Joshua! Joshua! Woher hat er diese Nummer?", brachte
Christine hervor mit zittriger Stimme, immer noch
schockiert von dem Anruf.

"Wieso seid ihr so laut?", mischte sich Maria ein. "Was ist los? Ich will schlafen!"

"Oh, tut mir leid, Prinzessin. Wir haben hier gerade ein Problem. Der Vater des Kindes hat gerade angerufen. Woher hat er diese Nummer? Hast du etwas damit zu tun?", fragte Michael, seine Stimme nun aufgebracht.

"Michael, bitte, wie soll sie ihn denn kennen? Lass es einfach, bitte", bat Christine verzweifelt.

"Willst du damit sagen, dass ich ihrem Ex die Nummer gegeben habe? Das ist eine Frechheit! Woher soll ich ihren Ex kennen? Ich kenne sie ja noch nicht einmal so lange, vergessen?", verteidigte sich Maria.

"Du hast recht, Maria. Entschuldige. Aber wo warst du gestern?"

„Ich war auf einer Parkbank und habe mit meiner Mutter telefoniert. Das kann ich sogar beweisen. Hier, das war ihr Anruf!", antwortete Maria und reichte ihm das Handy.

Natürlich konnte sie ihm das zeigen. Joshua rief immer mit unbekannter Nummer an. Und den Verlauf seiner Nachrichten und Telefonate hatte sie immer sorgfältig gelöscht, so wie Denise es ihr damals beauftragt hatte. Man sollte ihm ja nichts nachweisen können.

"Chrissy, beruhige dich. Er hat wahrscheinlich nur eine Nummer. Er weiß wahrscheinlich auch nicht, wo du bist. Du darfst jetzt nichts überstürzen", sagte Michael sanft, während er ihre Hände hielt und sie ernst anschaute.

"Und was, wenn er doch mehr weiß?" Christine ließ den Kopf hängen. "Ich dachte, es wäre endlich vorbei. Ich hätte nicht zurückkommen sollen. Ich hätte in Mexiko bleiben sollen. Aber warum weiß er von meinem Sohn?"

"Christine, bitte, wir sind schon so weit gekommen. Du willst deine Mutter finden, und dann steigen wir wieder zusammen in den Bus und fahren zurück nach Mexiko, okay? Gib jetzt nicht so leicht auf!", ermutigte Michael sie.

„Ihr habt beide recht, danke, ihr seid die besten. Meine Mutter ist ein paar Straßen entfernt, und jetzt, wo ich so nah dran bin, wird er mir das nicht kaputt machen. Wir ziehen das durch, auch wenn ich etwas Angst habe, aber ihr seid ja an meiner Seite, nicht wahr?", fragte Christine, während sie Michael und Maria ansah. Beide nickten zustimmend.

Plötzlich trafen sich wieder ihre Blicke. Michael durchströmte ein warmes Gefühl, als er in Marias Augen sah, so wie im Auto auf der Fahrt hierher und im Diner. Maria ließ ihren Blick langsam von ihm abwandern, aber nicht, ohne ihm ein Lächeln zu schenken. Michael blickte nervös zu Christine. Hatte sie etwas bemerkt? Hoffentlich nicht.

"Lasst uns den Tag planen. Wie geht es weiter? Das bringt dich auf andere Gedanken, Chrissy!", schlug Michael vor.

Sie nickte. "Lass uns erst frühstücken, auch wenn ich gerade durch den Schock nichts wirklich herunterbekomme. Aber ich glaube, Caleb wird Hunger haben!"

"Caleb?" Michael und Maria schauten sie nur fragend an.

"Ich denke, der Name passt zu ihm. Ich habe nach der Bedeutung gesucht, und Caleb bedeutet 'von ganzem Herzen'. Als ich vor der Arztpraxis damals stand und mich entscheiden musste, was ich jetzt mache, habe ich mich, auch wenn ich es erst nicht wahrhaben wollte, mit ganzem Herzen auf dieses Kind und unsere Zukunft konzentriert. Und das werde ich weiterhin tun. Deswegen der Name Caleb."

"Wow! Das ist aber sehr schön und so tiefsinnig!", bemerkte Michael, und auch die beiden Frauen mussten etwas lachen.

"Gut, ich gebe zu, mir gefiel der Name schon immer, und die Bedeutung des Namens habe ich später herausgefunden, und es hat einfach gepasst, okay?", sagte sie etwas neckisch.

"Nichtsdestotrotz ist es ein schöner Name, oder?" Michael schaute Maria wieder an, um auch von ihr eine Bestätigung zu bekommen. "Sí, er ist wirklich schön, Christine", stimmte Maria zu.

Maria bemerkte, wie Michael immer wieder zu ihr hinüberschaute, während Christine nicht zu ihnen gewandt war und sie musterte. Sie schenkte ihm ein zartes und schüchternes Lächeln, bevor er schnell wegschaute.

"Wenn wir gleich frühstücken wollen, gehe ich eben noch schnell duschen, okay?", sagte sie und warf Michael einen einladenden Blick zu.

"Ja, sicher. Wir sind so gut wie startbereit, also beeil dich", erwiderte Michael rasch, bevor er wieder zu Christine ging. Doch er konnte es nicht lassen, noch einmal zu ihr hinüberzuschauen. Selbst in ihren Pyjamas war sie einfach nur eine Augenweide. Er ertappte sich dabei, wie er noch darüber nachdachte, ihr ins Badezimmer zu folgen. Er wollte sie sehen, ganz wie Gott sie geschaffen hatte, während das Wasser an ihrer schönen gebräunten Haut herunterrieselte. Seine Gedanken spielten verrückt, und ihm wurde schon ganz warm bei dem Gedanken, ihre nasse, sanfte Haut zu berühren. Doch er schüttelte schnell den Kopf, um sich zu fokussieren. Sie hatten wichtige Dinge zu erledigen und er konnte sich keine Ablenkung leisten.

"Michael, was ist mit dir?" fragte Christine besorgt.

"Ach, alles gut. Mir lief es nur gerade eiskalt den Rücken runter, als ich an den Anruf dachte, mehr nicht!" antwortete er.

"Ja, das verstehe ich. Mir sitzt der Schock auch noch im Nacken. Ich gehe kurz nach unten, meine Wasserflasche aus dem Auto holen, brauchst du was?"

"Was jetzt? Soll ich mitkommen?"

"Ich bin doch gleich wieder da. Das schaffe ich schon!" lächelte Christine und ging hinaus.

Michael setzte sich auf das Bett und suchte auf einer Straßenkarte nach dem Weg, den sie befahren würden, als er plötzlich hörte, wie die Dusche ausging.

"Christine? Kannst du mir bitte ein sauberes Handtuch bringen?" rief Maria.

"Sie ist kurz unten. Sie kommt gleich," rief Michael Maria zu. Die Badezimmertür fiel wieder zu, und Michael ging zum Schrank, um ihr ein Handtuch zu holen. Sie waren weit unten, und er musste etwas suchen, um fündig zu werden. Dann endlich hatte er eins gefunden. Er drehte sich um, um sich wieder aufzurichten. Plötzlich stand sie vor ihm. Nackt. Er war sprachlos und hielt ihr ein Handtuch hin.

"Gefällt dir, was du siehst?" fragte sie in einem lustvollen Ton. Er konnte die Augen nicht von ihr lassen. Ihr Busen war makellos, und ihre Figur war wie von einer Wachsfigur. Ihre Haut schimmerte durch die nassen Tropfen, und er verspürte eine große Erregung in ihm aufsteigen.

"Was machst du?" stammelte er. "Chrissy wird jeden Moment die Tür aufmachen!"

Er stand schnell auf und ging zum Schreibtisch. Er suchte hastig nach etwas in den Schubladen, wovon er selbst nicht einmal wusste, was genau er suchte, aber er wollte einfach nicht in dieser Situation sein.

Er schaute sich noch einmal um und sah sie wieder ins Bad huschen. Genau zum richtigen Zeitpunkt, denn man hörte schon Christine zurückkommen.

"Maria, vamos! Bist du soweit? Wir haben Hunger!" rief Michael, während die Tür sich öffnete. Er bemühte sich, sich nichts anmerken zu lassen, aber Maria sah heute einfach umwerfend aus in diesem roten Salsa-Kleid. Es betonte ihre Figur perfekt, und sie wusste das genau.

"Maria, wir gehen nur frühstücken und nicht zum
Tanzen!" lachte Christine.
"Entschuldige, Christine, aber als Latina muss ich immer
gut aussehen!" Maria erwiderte mit einem verschmitzten
Lächeln.

Christine fand diese Aussage zwar etwas
herausfordernd, aber sie wusste, dass Maria es nicht
böse meinte. Sie war einfach eine stolze Frau, die gerne
ihre Weiblichkeit betonte. Und jetzt, da sie endlich länger
an einem Ort verweilten, wollte sie sich mal wieder
richtig herausputzen und nicht nur in bequemen Hosen
auf dem Rücksitz des Autos herumhängen.

Als sie endlich im Auto saßen und sich auf den Weg zum
Waffle House machten, freute sich jeder auf ein
herzhaftes Frühstück. Die Stimmung war ausgelassen,
und das Essen enttäuschte nicht. Die Vielfalt auf der
Speisekarte ließ keine Wünsche offen, und sogar Maria
war mit ihrer Auswahl von Breakfast Sandwich zufrieden.
Nach dem Essen blieben sie noch eine Weile dort, um
ihre weitere Fahrt zu besprechen und sich zu
entspannen.

Die Anspannung in der Luft war spürbar, als Michael die
Adresse aus seiner Tasche zog. „Es ist in der Nähe von
Sowashee Creek. Ein paar Straßen davon entfernt. Das
dauert nicht mehr allzu lange, dann stehst du vor deiner
Mutter, Chrissy. Na, wie fühlst du dich?", fragte er
einfühlsam.

„Nervös! Sehr nervös, aber ich glaube, das ist normal,
oder?", antwortete Christine, während sich ein nervöses
Kribbeln in ihrem Magen ausbreitete.

Die Frage hätte er sich auch sparen können, denn nur ein
Blick in ihre Richtung genügte, um zu sehen, wie nervös
sie wirklich war. Sie knibbelte immer an ihren Fingern
herum, wenn sie nervös war, und ihr Atem wurde
schwerer. Ab und zu strich sie sich über ihren Bauch. „Ist
alles okay?", fragte Michael.

„Ja, alles okay. Ich habe neuerdings erfahren, dass das
Bauchstreicheln mich beruhigt – und ihn auch, denke
ich!" sagte sie und neigte ihren Blick nach unten zum
Babybauch. Sie versuchte zu lächeln, was aber eher
krampfhaft aussah. Michael lächelte nur etwas. Dann
gleitete sein Blick in den Rückspiegel, um einen Blick von
Maria zu erhaschen, die schon seit der Fahrt in einem
Buch vertieft war. Sie musste etwas gespürt haben, denn
auch sie schaute hoch und blickte ihn direkt an. Verlegen
versuchte er schnell wieder wegzuschauen, ertappte
sich aber immer wieder dabei, dass er wieder in den
Spiegel schaute.

„Chrissy, gib mir bitte noch einmal den Zettel mit der Adresse."

"In circa zwanzig Minuten sind wir da!", sagte Michael, als er einen Blick auf die Straßenkarte warf. Während der Fahrt herrschte eine gespannte Stille im Auto. Christine schaute immer wieder aus dem Fenster. War sie überhaupt jemals hier gewesen? Ihr kam gar nichts bekannt vor. Aus dem Brief vom Kinderheim ging nur hervor, dass sie sehr jung abgegeben worden war, aber wann genau stand nicht darin.

Die Landschaft zog an ihnen vorbei, während Christine in ihren Gedanken versunken war. Sie versuchte, sich an irgendetwas zu erinnern, das ihr helfen konnte, das Haus oder die Umgebung zu erkennen, aber es blieb alles fremd und unbekannt.

Michael bemerkte ihre Stille und legte eine beruhigende Hand auf ihre Schulter. "Alles in Ordnung, Chrissy?"

Christine zuckte leicht zusammen und schaute ihn an. "Ja, alles gut", murmelte sie, obwohl ihre Gedanken wild umherflogen und sie sich zunehmend nervöser fühlte, je näher sie dem unbekannten Ziel kam.

"Was ist, wenn sie gar nicht da ist?", sagte Christine plötzlich.

"Das glaube ich kaum. Wir haben Samstag, wo wird sie schon sein? Und wenn uns jemand anderes die Tür öffnet, fragen wir einfach, wann sie wieder da sein wird, okay? Chrissy, beruhige dich, es wird alles gut." Michael schaute sie einfühlsam an und nickte zustimmend.

Christine atmete tief durch und versuchte, sich zu beruhigen. "Ja, du hast recht. Danke, Michael. Ich weiß nicht, was ich ohne dich machen würde."

Maria legte sanft eine Hand auf Christines Schulter. "Wir sind alle hier für dich, Chrissy. Du musst dich nicht alleine fühlen."

Ein Hauch von Erleichterung breitete sich in Christines Brust aus. Doch dann hielt Michael plötzlich an. „Es war wohl doch kürzer als gedacht!", sagte er grinsend. Christine schaute ihn mit großen Augen an. „Was? Sind wir schon da?" Michael nickte ihr zu und zeigte stumm auf das Haus auf der gegenüberliegenden Seite. „Wow! Bist du dir sicher?", flüsterte sie leise. Sie starrte auf eine Einfahrt und ein riesiges weißes Haus. Nicht so groß wie die Villa von Joshua damals, aber trotzdem ein ziemlich imposantes Gebäude.

Zögerlich stieg sie aus dem Wagen. „Sollen wir mitkommen?", rief Michael ihr zu. Christine nickte ihm ängstlich zu. „Ich kann das nicht allein, denke ich!" Er drehte sich kurz zu Maria, aber sie winkte ihn nur weg und widmete sich wieder ihrem Buch.

Christine schluckte schwer und ging langsam auf das Haus zu, begleitet von einem unruhigen Gefühl in ihrem Bauch. Das Gebäude strahlte in hellem Weiß und strahlte eine Aura von Sauberkeit und Eleganz aus. Große Fenster ließen das Innere des Hauses hell und einladend wirken, während Blumen vor dem Haus eine angenehme Atmosphäre schufen.

So viel sie sehen konnte, erstreckte sich das Anwesen nach hinten mit einem gut gepflegten Garten, der sich friedlich hinter dem Haus ausbreitete. Die prächtigen Blumenbeete und die sorgfältig gestutzten Hecken verliehen dem Garten einen Hauch von Schönheit und Ruhe.

Christine konnte nicht anders, als sich von der majestätischen Pracht des Hauses und der friedlichen Umgebung beeindrucken zu lassen, auch wenn sie gleichzeitig von einer unbekannten Angst erfüllt war. Es war, als ob das Haus sie einlud, aber gleichzeitig auch einschüchterte. Das konnte aber nicht das Haus sein, dachte sie sich immer wieder. Eine Frau, die hier wohnte, würde doch nicht einfach ihr Kind abgeben. Sie müsste doch bestimmt Geld und Ansehen in der Gesellschaft haben, sonst würde sie hier nicht wohnen. Sie schaute Michael immer wieder unsicher an, als sie sich immer näher dem Hauseingang näherten.

Dann war es so weit. Jetzt war nur noch eine Tür zwischen ihnen und vielleicht der Dame des Hauses, die ihre Mutter sein könnte. Christine stand kurz wie erstarrt und blickte die Klingel an. Sie atmete noch einmal durch. Dann ergriff Michael ihre Hand, und sie klingelte.

Ein Moment der Stille folgte, in dem Christine das Pochen ihres Herzens zu hören schien. Dann hörte sie leise Schritte hinter der Tür, gefolgt von einem Klicken, als die Tür geöffnet wurde.

Die Tür schwang langsam auf, und hinter ihr stand eine elegante Frau in mittleren Jahren. Ihr Blick ruhte für einen Moment auf Christine.

„Miss Elisabeth Ryder?" stammelte Christine.

„Misses Ryder! Ja, das bin ich! Und wer seid ihr?", fragte die Frau mit einer gewissen Bestimmtheit in ihrer Stimme.

„Ich heiße Christine und das ist Michael", sagte Christine und spürte, wie ihre Stimme zitterte.

„Wir möchten wirklich nicht stören, aber Christine wurde 1978 in einem Kinderheim in Rumänien abgegeben und sie hat vor ein paar Monaten beschlossen, nach ihrer leiblichen Mutter zu suchen. Das Kinderheim gab uns ihren Namen", erklärte Michael ruhig.

Die Dame wurde ganz blass im Gesicht. „Woher …?" Hektisch schaute sie sich um, als ob sie fürchtete, dass jemand das Gespräch mitbekommen könnte, und zog Michael und Christine ins Haus hinein.

„Sie hatten damals ein Auto, und das Kennzeichen hat sich jemand, der im Heim damals arbeitete, aufgeschrieben", erklärte Christine leise.

„Das war das Auto meiner Mutter, möge ihre Seele in Frieden ruhen! Aber wie sind sie auf mich gekommen?", fragte Frau Ryder, während ihr Blick zwischen Christine und Michael hin und her huschte.

„Man hat, denke ich, einfach Nachforschungen gemacht. Ihre Mutter wird ja nicht im hohen Alter noch ein Kind gebären, da sind sie wahrscheinlich auf Sie gekommen", erklärte Michael ruhig.

"Ja, das ist richtig. Ist nicht so wichtig, aber warum seid ihr hier? Es hat schon seinen Grund gehabt, dass du abgegeben wurdest, auch wenn es mir sehr wehtat, es machen zu müssen!" Ihre Stimme klang kalt und abwertend Christine gegenüber.

Christine spürte eine Mischung aus Verletzung und Wut in ihrem Inneren aufkochen. „Ich wollte dich einfach nur mal sehen. Ich wollte wissen, wo ich herkomme. Und ich will Antworten darauf haben, warum! Warum hast du mich weggegeben? Weißt du, was ich alles durchmachen musste?" platzte es aus ihr heraus. Ihre zittrige Stimme wurde lauter und forscher. „Ich bin nicht hier, um dich zu ärgern. Aber ich denke, ich habe ein Recht auf Antworten!"

Die Spannung zwischen ihnen lag greifbar in der Luft. Christine starrte ihre leibliche Mutter mit einem Mix aus Verletztheit und Entschlossenheit an, während Elisabeth einen Moment lang sprachlos schien. Dann brach sie ihr Schweigen. „Du hast Recht, Amy. Haben die dir den Namen gegeben, der ist wirklich schön!" Ein leichtes Lächeln erschien auf Christines Gesicht.

„Wollt ihr einen Tee? Ich habe aber nicht viel Zeit, denn meine Kinder kommen bald von der Uni!"

Christine schaute etwas irritiert. Hatte sie gerade "meine Kinder" gesagt?

„Ich habe Geschwister?" Christine schaute Michael mit großen Augen an.

„Ja, ich habe zwei Söhne. Boris und Karl. Die werden dich aber nicht zu Gesicht bekommen, keine Sorge. Das

macht nur noch mehr Probleme!" Elisabeth Ryder hatte
eine sehr einschüchternde Art an sich. Sie schien
scheinbar nicht zu wollen, dass Christine hier war und
scheute sich auch nicht davor, es zu zeigen. „Was genau
willst du jetzt wissen?" Ihre Art und Weise, wie sie diese
Frage stellte, schien genervt zu sein. Sie wollte das alles
nur sehr schnell hinter sich bringen.

Elisabeth brachte ihnen den Tee und setzte sich im Salon
in einen breiten Sessel. Christine und Michael nahmen
auf einem Sofa Platz.

„Warum hast du mich weggegeben und wie bin ich nach
Rumänien gekommen, wenn du hier wohnst?", fragte
Christine mit bebender Stimme.

Elisabeth seufzte und strich sich eine Strähne ihres
Haares aus dem Gesicht. „Ich weiß wirklich nicht, was
du dir hiervon erwartest, aber gut. Ich konnte dich nicht
behalten. Und es tut mir wirklich leid, aber es musste so
sein." Ihre Stimme klang gebrochen, fast verzweifelt.

Christine spürte, wie die Wut in ihr hochkochte. „Das
reicht mir aber nicht. Warum? Was war dein Grund! Du
hast mich in ein ziemlich heruntergekommenes Heim
abgesetzt. Ich habe nicht nur dort die Hölle erlebt,
sondern auch noch danach. Jetzt will ich wenigstens
eine anständige Antwort haben!", fuhr Christine
aufgebracht fort.

„Chrissy, beruhige dich. Denk bitte an das Baby", sagte
Michael, als er erneut nach ihrer Hand griff.

Christine hielt kurz inne, um sich zu sammeln. Sie
spürte, wie der Zorn in ihr tobte, aber Michaels sanfte
Berührung erinnerte sie daran, dass sie jetzt nicht nur für
sich selbst sprach. Sie atmete tief durch und versuchte,
die Emotionen zu kontrollieren, während sie sich
bemühte, ihre Gedanken zu ordnen.

Elisabeth wurde ruhig und schüttelte nur den Kopf. „Also
gut", sagte sie nach kurzer Atempause, „ich sage dir, was
du hören willst, aber danach gehst du bitte und lässt
mich in Ruhe. Wenn das rauskommt, zerstört das mein
Leben, verstehst du?" Elisabeth klang jetzt nicht mehr
ganz so arrogant, sondern eher flehend. Sie hatte eine
Art Scham in ihren Augen, und man sah Christine an,
dass ihr die Sache nicht leichtfiel. Die Spannung im
Raum war greifbar, als alle auf Elisabeths Antwort
warteten.

„Ich war noch jung und nicht lange verheiratet. Boris war
gerade mal ein paar Monate alt. Mein Mann arbeitete
viel, was er heute immer noch tut. Er ist ein angesehener
Chirurg hier in Idaho. Wie auch immer. Ich hatte eine

Affäre mit einem Mann, der viel jünger war als ich. Er gab mir die Aufmerksamkeit, die mein Mann mir nur sehr selten gab. Es ging ein paar Monate, und ich beendete es, bevor noch jemand etwas bemerkte. Und dann war ich schwanger – mit dir. Ich wusste, dass es nicht von meinem Mann sein konnte, da er zum Zeugungsdatum auf Geschäftsreise war. Ich hatte einfach Angst, was hätte ich machen sollen!"

„Du hättest eine Abtreibung machen können!", unterbrach Christine scharf.

„Wir sind hier in einem kleinen Ort, wo jeder jeden kennt. Wäre ich in ein Krankenhaus gekommen, dann wahrscheinlich auch in dem Krankenhaus, wo mein Mann arbeitet. Und man hätte ihm berichtet, warum ich da wäre."

„Was wäre so schlimm daran gewesen, ihm einfach zu sagen, dass du schwanger bist?", fragte Christine hartnäckig nach.

„Mein ganzes Leben stand auf dem Spiel. Ich habe einen Arzt geheiratet, einen Chirurgen. Er hat Geld und er kann mir das bieten, was ich haben will. Meine Ehe stand auf dem Spiel und meine Familie. Und genau aus diesem Grund wirst du nie wieder hierherkommen, verstanden?", fuhr Elisabeth mit einem Ausdruck von Entschiedenheit fort. Christine nickte, ihre Augen füllten sich mit einer Mischung aus Enttäuschung und Verständnis.

„Und wie bin ich nach Rumänien gekommen?", fragte Christine weiter.

„Ich musste mir etwas einfallen lassen, und da meine Mutter zu dem Zeitpunkt sehr alt war und es bekannt war, dass sie Demenz hatte, sagte ich, dass ich zu ihr fliegen müsste, um sie zu pflegen. Ich blieb mehrere Monate, um die Schwangerschaft vor meinem Mann geheim zu halten. Ich wartete, bis du geboren wurdest, und brachte dich dann zum nächsten Kinderheim!"

„Also war ich gerade erst geboren, als du mich abgegeben hast?", hakte Christine nach.

„Ja, den Rest weißt du ja. Ich habe nicht mehr so viel Zeit, da meine Kinder gleich da sein werden!", sagte Elisabeth hastig.

„Okay, wir haben verstanden. Aber danke für deine Ehrlichkeit", sagte Christine mit einem Anflug von Bitterkeit.

„Hast du …?", begann Christine zu fragen, doch Elisabeth unterbrach sie.

„Nein, keine Fragen mehr. Bitte geht jetzt, bevor einer noch durch die Tür kommt“, sagte Elisabeth und stand auf, gefolgt von Michael und Christine.

Elisabeth begleitete die beiden zur Tür. „Du bist ein hübsches Mädchen geworden, aber bitte, komm nicht wieder hierher. Es ist zu riskant!“, sagte sie eindringlich, bevor sie die Tür schloss.

Einen kurzen Augenblick stand Christine sprachlos auf der Einfahrt und konnte das alles nicht fassen.

„Ich bin aus einer Affäre entstanden und mache ihr Leben kaputt! Wirklich? Ich hätte nicht herkommen sollen“, murmelte sie enttäuscht, während sich ein Kloß in ihrem Hals bildete und Tränen ihre Augen zu benetzen drohten.

„Jetzt hast du Antworten. Nicht die, die du wahrscheinlich haben wolltest, aber zumindest kannst du jetzt einen Strich unter die Angelegenheit setzen“, sagte Michael ruhig, legte sanft seine Hand auf ihre Schulter und versuchte, sie zu trösten.

Sie gingen wieder zum Auto. Christine setzte sich ohne ein Wort hinein. Ihr Herz war schwer vor Enttäuschung und ihre Gedanken wirbelten wild durcheinander.

„Wie ist es gelaufen?“, fragte Maria vom Rücksitz aus, als sie die Stille bemerkte.

„Lass es gut sein! Lass uns einfach fahren!“, antwortete Christine mit einem zitternden Unterton in ihrer Stimme. Die Enttäuschung und Verwirrung waren deutlich in ihrem Gesicht zu erkennen, als sie versuchte, ihre Emotionen zu kontrollieren und sich innerlich zu sammeln.

Die Fahrt zum Hotel kam Christine endlos lang vor. Sie versuchte, ihre Emotionen unter Kontrolle zu halten, doch ab und an rollte eine Träne über ihre Wange. „Warum will sie mich nicht?!“, nuschelte sie immer wieder vor sich.

„Chrissy, bitte. Du machst dich selbst fertig mit deinen Gedanken. Hör auf damit“, unterbrach sie Michael sanft, seine Stimme voller Mitgefühl.

„Aber so ist es doch, Michael. Du verstehst das nicht. Du hattest eine Familie“, erwiderte Christine mit gebrochener Stimme, ihre Augen voller Verzweiflung.

„Und du hast jetzt auch eine. Du hast deinen Sohn, bei dem du alles anders machen wirst als deine Mutter bei dir! Sie denkt nur an sich und ihr Geld. Es ging nie um dich in ihrem Leben“, erklärte Michael ruhig, doch seine Worte trafen Christine wie ein Schlag.

„Aber ...“, begann sie zu widersprechen, doch Michael
ließ sie nicht weiterreden.

„Nein, Christine. Es tut mir leid, wenn ich das jetzt so
sage, aber sie wollte dich damals nicht, und sie will dich
jetzt nicht. Wir waren hier, und du hast deine Antworten
bekommen. Jetzt musst du mit deinem eigenen Leben
weitermachen, okay?!“, sagte er mit einer Mischung aus
Entschlossenheit und Mitgefühl.

Sie schaute ihn erstaunt an und nickte schließlich, bevor
sie in Tränen ausbrach. Sie wusste, dass er recht hatte,
aber sie wollte diese harten Worte nicht hören, und
schon gar nicht von ihm. Was fiel ihm ein, so mit ihr zu
reden. Er sollte doch ihr Freund sein und Freunde stehen
einem bei.

„Komm schon, es tut mir leid! Aber du musst es
einsehen.“ Er versuchte, die Hand auf ihr Knie zu legen,
aber sie blockte ab und wand ihr Gesicht zum Fenster.
Schweigend fuhr er weiter. Sie hatten noch eine Nacht
gebucht, bevor sie auschecken mussten, aber eigentlich
war die Stimmung jetzt schon im Aufbruch. Christine
stürmte aus dem Auto, lief die Treppe hoch und ging
schonmal ins Zimmer.

"Du hast alles richtig gemacht, Michael. Keine Sorge, sie
beruhigt sich schon wieder", sagte Maria, als Michael ihr
die Tür öffnete.

"Ja, sie ist nur etwas sauer auf mich und enttäuscht. Ich
hoffe, das hält nicht allzu lange an", erwiderte er und
spürte, wie die Spannung zwischen ihnen förmlich
knisterte. Maria trat näher und schaute ihm direkt in die
Augen. Ihre Nähe ließ sein Herz schneller schlagen,
während er ihren verführerischen Blick erwiderte.

"Wenn du willst, können wir etwas im Auto bleiben. Ich
bringe dich dann auf andere Gedanken", flüsterte sie ihm
ins Ohr, ihr Atem prickelte auf seiner Haut. Die Intensität
ihrer Worte elektrisierte ihn, und er konnte spüren, wie
die Lust in ihm aufflammte.

Sie spielte mit ihm, und er konnte dem
unwiderstehlichen Verlangen nicht widerstehen. Ihre
Zunge glitt langsam über sein Ohrläppchen, und er
versank in einem Strudel der Leidenschaft. Er drückte sie
sanft gegen das Auto und erwiderte ihren Kuss. Es war
Magie, ein verbotener Rausch, der sie beide gefangen
nahm.

Sein Verlangen nach ihr wuchs mit jedem Augenblick,
und er konnte ihre Begierde spüren, die ebenso intensiv
war wie seine eigene. Seine Hände erkundeten ihren
Körper, und er fühlte jedes Detail, jede Kurve. Sein Atem

stockte vor Erregung, als er ihren Nacken küsste und sich langsam zu ihrem Busen vorarbeitete. Während seine Lippen ihren Hals erkundeten, wanderten ihre Finger über seine Schultern, ihren Wunsch nach Nähe deutlich zeigend. Sie spürte die Wärme seines Körpers unter ihren Berührungen und sehnte sich nach seiner Nähe.

Jeder Kuss, jeder zärtliche Griff entfachte ein Feuerwerk der Lust zwischen ihnen. Ein verlangendes Lächeln huschte über ihre Lippen, als er sie ansah, und er wusste, dass auch sie sich nach ihm sehnte. Mit einem sanften Druck schob er sie auf den Rücksitz und hob ihr Kleid. Die Spannung im Auto war elektrisierend, ihre Leidenschaft ungezügelt. Sie waren gefangen in diesem Moment, vollkommen hingerissen voneinander. Er konnte ihren Herzschlag fühlen, als ihre Brüste an seine Brust pressten. Das Verlangen, das zwischen ihnen loderte, war unmissverständlich. Kein Wort war nötig, um zu wissen, was als nächstes geschehen würde. Mit jedem Atemzug, jedem leidenschaftlichen Kuss, verschmolzen sie mehr und mehr zu einer Einheit. Es war, als ob die Zeit stillstand und nur sie beide existierten, vereint in ihrer Lust und Begierde füreinander. In diesem Moment gab es nichts außer ihnen und ihrem Verlangen, das sie in einen Strudel der Leidenschaft zog. Sie ließen sich treiben, verloren in der Ekstase des Augenblicks, während ihre Körper sich eins wurden und ihre Sehnsucht erfüllten.

Nachdem sie sich in einem Moment leidenschaftlicher Hingabe verloren hatten, überkam sie ein Gefühl der Zufriedenheit und Erfüllung. Ihre atmenden Körper ruhten eng aneinander geschmiegt auf dem Rücksitz des Autos, während sie die Nähe des anderen genossen.

Langsam kehrten sie in die Realität zurück, und Michael strich sanft eine Locke aus Marias Gesicht. Ein Lächeln umspielte seine Lippen, während er sie liebevoll anschaute. "Du bist unglaublich", flüsterte er, und seine Stimme war voller Bewunderung.

Maria erwiderte sein Lächeln und legte ihre Hand auf seine, die auf ihrer Taille ruhte. "Du auch", hauchte sie und drückte seine Hand sanft. Ein intensiver Moment der Verbundenheit lag zwischen ihnen, und sie genossen einfach die Gegenwart des anderen.

Doch mit einem leisen Seufzer lösten sie sich voneinander und richteten ihre Kleidung. Die Realität des Alltags drängte sich wieder in ihre Gedanken, und sie wussten, dass sie zurückkehren mussten.

Schließlich öffnete Michael die Autotür und half Maria aus dem Wagen. Gemeinsam betraten sie das Hotel.

„Wo wart ihr?" fragte Christine als sie aus dem Bad kam.

„Wir sind etwas spazieren gegangen, wir dachten, dass du gerne einen Moment alleine sein wolltest!"

„Ich gehe mich hinlegen. Ich bin etwas müde!"

Die Nacht senkte sich schwer über die Stadt, als Michael durch das Fenster seines Hotelzimmers starrte. Ein Gefühl der Unruhe nagte an ihm, während er über die Ereignisse des Abends nachdachte. Die Erinnerung an die leidenschaftlichen Momente mit Maria ließ sein Herz schneller schlagen, doch gleichzeitig plagten ihn Gewissensbisse.

Christine war in seinen Gedanken präsent, und das Gefühl, sie im Stich gelassen zu haben, drückte schwer auf sein Gemüt. Er liebte sie aufrichtig, aber dennoch hatte er sich in einem Moment der Schwäche Maria hingegeben. Ein bitterer Geschmack der Schuld legte sich auf seine Zunge, als er sich die Frage stellte, ob er das Richtige getan hatte.

Er wusste, dass seine Handlungen Konsequenzen haben würden, nicht nur für ihn selbst, sondern auch für die Menschen, die er liebte. Die Vorstellung, Christine zu verletzen, ließ sein Herz schwer werden, und er sehnte sich nach einem Weg, um die Dinge wieder ins Lot zu bringen.

Eine Mischung aus Reue und Verwirrung erfüllte seine Gedanken, und er fragte sich, wie er mit den Emotionen umgehen sollte, die in ihm tobten. Doch tief in seinem Inneren wusste er, dass er sich der Realität stellen und die Konsequenzen seiner Handlungen akzeptieren musste.

Michael ließ seinen Blick noch einmal über die Schlafcouch schweifen, auf der Maria friedlich schlief. Ein Gefühl der Beklemmung legte sich schwer auf seine Schultern, als er zwischen zwei Stühlen stand und sich in einem moralischen Dilemma befand.

Er sehnte sich danach, der Mann an Christines Seite zu sein, und doch konnte er die Erinnerung an den Moment mit Maria nicht abschütteln. Die Leidenschaft, die sie geteilt hatten, hatte seine Gefühle durcheinandergebracht und seine Gedanken in ein Chaos gestürzt.

Eine Welle der Reue überkam ihn, als er darüber nachdachte, wie sehr er Christine verletzen würde, wenn sie jemals von seinem Ausrutscher erfahren würde. Obwohl sie offiziell kein Paar waren, wünschte er sich nichts mehr, als an ihrer Seite zu sein und für sie da zu sein. Doch nach dieser Begegnung mit Maria war er sich seiner eigenen Gedanken nicht mehr sicher. Zweifel nagten an ihm, und er fragte sich, ob er überhaupt das Recht hatte, sich eine Zukunft mit Christine vorzustellen, wenn er nicht einmal seinen eigenen Versuchungen widerstehen konnte.

Ein Gefühl der Unruhe erfüllte sein Herz, und er wusste, dass er sich seinen inneren Konflikten stellen musste, bevor er eine Entscheidung treffen konnte, die das Potenzial hatte, alles zu verändern. Michael seufzte schwer und beschloss, dass er jetzt keine Lösung für seine inneren Konflikte finden konnte. Er musste einfach versuchen zu schlafen und hoffen, dass die Dinge am nächsten Tag klarer werden würden. Leise und vorsichtig bewegte er sich, um Maria nicht zu wecken, und legte sich dann auf das Bett neben Christine.

Die Gedanken wirbelten in seinem Kopf, aber er zwang sich, sich zu beruhigen und die Augen zu schließen. Die Dunkelheit des Raumes umfing ihn, und er versuchte, sich auf seinen Atem zu konzentrieren, um zur Ruhe zu kommen. „Was habe ich getan?", dachte er sich immer wieder.

Mit einem letzten Seufzer versuchte er, die Gedanken an Christine, Maria und die Wirren seines eigenen Herzens zu vertreiben. Vielleicht würde der Schlaf ihm Klarheit bringen.

Das Klingeln des Telefons durchschnitt die Stille der Nacht wie ein scharfes Messer. Christine zuckte zusammen, als sie das Gespräch annahm ohne zu wissen, wer am anderen Ende sein könnte.

"Das ist ein schönes Hotel, wo du gerade bist. Hast du gut geschlafen, mein Engel?" Die Stimme von Joshua durchdrang die Dunkelheit, und ein eisiger Schauer lief Christine den Rücken hinunter. Er war wieder da. Ihr Atem stockte, als sie versuchte, ihre Angst zu unterdrücken. "Was willst du? Lass mich in Ruhe!" Ihre Stimme bebte vor Panik und Verzweiflung.

"Amy, Amy, du hast immer noch nichts dazugelernt. Ich bekomme immer, was ich will, und du gehörst mir. Genauso wie das Kind." Christines Herz hämmerte wild in ihrer Brust, während sie versuchte, ruhig zu bleiben. "Bitte, lass mich einfach in Ruhe, Joshua."

"Ich bin gleich bei dir, Liebes, und dann werden wir gemeinsam nach Hause gehen. Dann bringe ich dich dahin, wo du hingehörst, an meine Seite! Tränen strömten über Christines Gesicht, als die unerbittlichen

Worte von Joshua auf sie einprasselten. Sie war gefangen in einem Albtraum, aus dem es kein Entkommen gab.

Das Geräusch des Handys, das gegen die Wand geschleudert wurde, riss Michael und Maria aus dem Schlaf. Michael ergriff Christines Arm, seine Augen weit vor Sorge. "Was ist los?", rief er immer wieder.

"Er ist hier! Ich muss weg!" Christines Stimme bebte vor Angst.

"Wer ist hier?" fragte Michael verzweifelt. "Joshua!"

Maria sah Michael mit einem Ausdruck der Bestürzung an, als Christines Worte die Luft erfüllten. Sie spürte, wie die Worte wie ein Schlag in ihr Innerstes trafen. Maria wusste, dass ihre Zeit gekommen war. Jetzt würde eine Person weniger die Rückreise mitantreten. Eine Mischung aus Erleichterung und Verunsicherung überkam sie. Hatte sie das Richtige getan? Die Zweifel nagten an ihrem Gewissen, doch sie konnte nicht zurückweichen.

Michael packte Christines Hand fest und zog sie zum Ausgang des Motels. "Komm, wir müssen hier weg. Sofort", drängte er, seine Stimme fest, aber voller Sorge. "Maria, beeil dich!", rief er hinterher.

Christine nickte und folgte Michael hinaus, während ihr Herz noch immer wild gegen ihre Rippen schlug. Sie rannten die Treppe hinunter zum Parkplatz. Plötzlich erstarrte Christine.

"Ich wusste doch, dass du versuchen würdest, wieder zu fliehen", erklang eine bedrohliche Stimme hinter ihnen. Christine erstarrte, als sie seinen festen Griff an ihrem Oberarm spürte.

"Joshua, bitte nicht!", flehte sie, doch ihre Worte verhallten ungehört.

„Lass sie los!" schrie Michael, seine Stimme mit Wut und Sorge gefüllt.

„Du bist doch wieder dieser nutzlose Typ. Hast du es nicht beim ersten Mal gelernt, dass sie immer wieder zu mir zurückkommt", spottete Joshua.

„Lass sie los!" wiederholte Michael entschlossen, während sich seine Fäuste ballten.

Christine drehte sich nach Joshua um. „Woher hattest du meine Nummer?", fragte sie leise, mit zittriger Stimme.

Joshua blickte zu Maria, deren Blick flackerte zwischen Angst und Schuldgefühlen. „Ich hatte eine kleine Informantin, nicht wahr, Maria? Ich danke dir für deine Mitarbeit." Seine Stimme war eiskalt, während er Maria anstarrte.

Christine schaute Michael an, und dann beide gemeinsam zu Maria. Ihre Augen waren voller Enttäuschung und Verrat. "Warum, Maria? Ich dachte, du warst meine Freundin", flüsterte Christine, während der Schmerz in ihrer Stimme mitschwang.

Die Worte schnitten durch die Luft wie scharfe Klingen, und Christine fühlte sich wie in einem Albtraum gefangen. "Warum, Maria? Ich dachte, du warst meine Freundin", wiederholte sie mit zitternder Stimme.

Maria sah sie mit einem Ausdruck der Verachtung an. "Wir waren nie Freundinnen, Christine. Oder soll ich dich Amy nennen? Hast du gedacht, du kannst damit davonkommen? Du hast meinen Vater um den Finger gewickelt und dich in meiner Familie eingeschlichen. Mein Vater liebt dich wie eine Tochter - so sehr, dass er dich in seinem Testament miteingetragen hat. Das hast du doch alles geplant. Er ist krank und wird bald sterben, und du bekommst dann einen Anteil von meinem Geld. Das hast du dir so gedacht, aber ich habe dich durchschaut."

Die Worte trafen Christine wie ein Schlag. "Ich habe dir von Anfang an misstraut. Ich wusste, irgendwas an dir ist faul!" fuhr Michael dazwischen, seine Stimme voller Bitterkeit und Enttäuschung.

„Ehrlich? Du musst mir etwas von Ehrlichkeit erzählen, Mike! Gerade du, der die ganze Zeit Christine den treuen Freund vorspielt. Oder weiß sie von unserer heißen Nummer auf dem Rücksitz deines Autos!" Marias Stimme war voller Spott, und Christine spürte, wie die Wut in ihr hochstieg.

"Michael?", flüsterte Christine entsetzt, als die bittere Realität der Situation sie überwältigte.

"Ja, sie hat recht, und ich wollte es dir sagen. Es war ein großer Fehler!", gestand Michael mit einem bedrückten Blick, während Christine sich mit Tränen in den Augen von ihm abwandte.

Die Spannung in der Luft war zum Greifen stark, als sich die Situation immer weiter zuspitzte. "Armes kleines, verwöhntes Mädchen", warf Joshua verächtlich ein, und Christine konnte seinen triumphierenden Blick förmlich spüren. "Geld ist alles, was in deiner Familie jemals wichtig war. Aber so arm bist du ja nicht mehr, nicht wahr? Dein Lohn für deine Mühen ist schon unterwegs und wird morgen auf deinem Konto sein."

Christine spürte, wie die Wut in ihr hochstieg. "Du hast mich nicht nur verraten, sondern auch verkauft!", schrie sie Maria entgegen, ihre Stimme bebte vor Empörung und

Verzweiflung. Joshua packte Christine und zog sie brutal ins Auto, während Maria mit einem triumphierenden Lächeln danebenstand. Die Welt schien für Christine in diesem Moment zusammenzubrechen, während sie mit Tränen in den Augen und einem Gefühl der Ohnmacht in ihrem Herzen in das Fahrzeug gezerrt wurde. Michael versuchte, auf Joshua loszugehen, aber Joshuas Fahrer hielt ihn zurück.

"Das Baby ist mein Kind, und das ist meine Frau - auch wenn noch nicht rechtlich", fauchte Joshua Michael entgegen, bevor er einstieg und mit Christine davonfuhr.

Christine saß zitternd auf dem Rücksitz des Wagens, die Tränen unaufhaltsam über ihre Wangen strömend. Die Angst, die sie seit Jahren zu verdrängen versucht hatte, war plötzlich wieder da und fühlte sich so erdrückend an wie nie zuvor. Sie fürchtete, dass die schreckliche Vergangenheit sie endgültig eingeholt hatte, und jetzt, da sie ein Baby erwartete, spürte sie die Verantwortung, nicht nur für sich selbst, sondern auch für ihr ungeborenes Kind.

"Was willst du? Lass mich gehen. Bitte!", flüsterte sie verzweifelt, während der Wagen unaufhaltsam weiterfuhr. Ihre Stimme bebte vor Angst und Unsicherheit.

Die Gedanken rasten durch ihren Kopf, als sie sich vorstellte, was Joshua ihr antun könnte. "Ich darf nicht zulassen, dass er uns verletzt", dachte sie entschlossen, während sie ihre Hand schützend über ihren Bauch legte.

"Wir fahren zurück, Amy. Ich bringe dich wieder nach Hause. Du wirst begeistert sein. Ich habe das Kinderzimmer schon eingerichtet", verkündete Joshua mit einem beunruhigenden Lächeln auf den Lippen. Christine erstarrte, als seine Worte wie ein eisiger Wind über sie hinwegfegten. Warum konnte er sie nicht einfach in Ruhe lassen?

Ihre Angst wuchs mit jedem Moment, der verstrich. "Es wird wie früher sein, nur noch besser. Denn jetzt bekommen wir einen Sohn und werden endlich eine richtige Familie sein, verstehst du?" Seine Worte klangen wie eine düstere Prophezeiung, die über ihr Leben schwebte.

Christine spürte, wie ihre Kehle sich zusammenschnürte, und ihr Herz hämmerte wild in ihrer Brust. Es fühlte sich an, als würde sie in einen Albtraum gezogen werden, aus dem es kein Entkommen gab. Sie musste sich zusammenreißen, um ihre Panik zu unterdrücken. Denn jetzt, mehr als je zuvor, musste sie nicht nur an sich selbst denken, sondern auch an ihr ungeborenes Kind.

"Joshua," flüsterte Christine mit zitternder Stimme, "ich habe meine Sachen noch in Michaels Auto und mein Pass ist auch dort. Bitte, fahr zurück. Ich brauche meine Sachen. Ich verspreche, ich werde mitkommen. Ich will nur meine Sachen haben!"

Sein Gesicht verzerrte sich vor Wut, die dunklen Augen funkelten gefährlich. "Du denkst wohl, du könntest mich um den Finger wickeln, um wieder zu diesem Kerl zu gelangen? Niemals! Du brauchst diese Sachen nicht. Ich werde dir schon etwas Neues besorgen!"

"Joshua, bitte!" Ihre Stimme bebte vor Angst und Verzweiflung, doch seine Entschlossenheit war unerbittlich.

"Schluss jetzt!" Sein eindringlicher Blick durchbohrte sie wie ein eisiger Stich, und Christine verstummte aus Furcht vor seinen möglichen Konsequenzen. Christine fühlte sich wie gelähmt, als sie resigniert ihren Kopf gegen das Fenster lehnte. Die Hoffnung schwand, als sie sich bewusst wurde, dass sie nichts in der Hand hatte. Ihr Einweghandy lag zusammen mit ihren Sachen in Michaels Auto. Sie hätte ihn benachrichtigen können, auch wenn sie jetzt wirklich enttäuscht von ihm war, aber sie brauchte seine Hilfe. Doch jetzt hatte sie nichts, und die Gewissheit, wieder hilflos Joshua ausgeliefert zu sein, lastete schwer auf ihr.

Michael stand auf dem Parkplatz des Motels, sein Kopf wirbelte vor Gedanken, die sich wie ein wilder Sturm in seinem Inneren tummelten. Was war gerade passiert? Es fühlte sich an, als würde alles wie in einem schlechten Film vor seinen Augen abspielen. Christine war wieder in den Fängen von Joshua, und seine früheren Befürchtungen gegenüber Maria schienen plötzlich nicht mehr so paranoid zu sein, wie Christine immer behauptet hatte.

„Michael?", hauchte Maria mit einem zaghaften Ton, fast schon flehend um Vergebung.

„Hau ab und wag es nicht, dich wieder in meine oder Christines Nähe zu begeben, sobald ich sie zurückhabe!", fuhr er sie an, seine Stimme mit einem Anflug von Wut und Entschlossenheit.

„Als ob sie dich jetzt noch haben will!", erwiderte Maria boshaft.

„Das ist mir egal, aber ich muss sie da rausholen!", knurrte er, bevor er in sein Auto stieg und Maria dort zurückließ.

Er ließ sie zurück, ohne einen weiteren Blick auf sie zu verschwenden. Sollte sie selbst sehen, wie sie zurückkam, dachte er, während er davonfuhr. Er wusste, dass Joshua sie wieder zurück nach Los Angeles bringen würde. Also würde er zurück nach LA fahren, zurück nach Hause, um sich dort einen Plan auszudenken, wie er Christine wieder herausholen könnte.

Es fühlte sich wie eine Ewigkeit, als sie endlich am Idaho Falls Regional Airport ankamen. "Wir nehmen meinen Jet!", verkündete Joshua, als er Christine aus dem Wagen half. "Ich werde dich nicht noch stundenlang auf unbequemen Autositzen sitzen lassen, meine Liebe!" Er lächelte sie an, aber Christine wusste, dass diese Geste nicht aus Fürsorge kam. Es ging ihm nur darum, sie schnell zurück in die Villa zu bringen. Er nahm ihre Hand, und sie ließ es widerstandslos zu. "Hast du Hunger? Du musst etwas essen. Denk bitte daran, dass du meinen Sohn in dir trägst!" Christine unterdrückte einen bitteren Seufzer. Wie könnte ich das nur vergessen? Dennoch nickte sie ihm nur zustimmend zu. Christine spürte in diesem Moment eine unermessliche Machtlosigkeit. Im Jet von Joshua und seinen Leuten umgeben fühlte sie sich gefangen, als hätte sie die Kontrolle über ihre eigene Situation verloren. Die Gewissheit, dass sowohl sie als auch ihr ungeborenes Kind in Joshuas Gewalt waren, lastete schwer auf ihr. Trotz ihres inneren Kampfes, nicht aufzugeben, konnte sie diese erdrückende Machtlosigkeit nicht abschütteln. Aber sie erkannte, dass sie nichts weiter tun konnte, als sich ihrem Schicksal zu fügen. Jeder Versuch, jetzt zu fliehen, würde nicht nur sie, sondern auch ihr Baby in Gefahr bringen. Nach fast vier Stunden Flug und einer langen Autofahrt erblickte Christine wieder das vertraute, aber auch beängstigende Tor, das sie über all die Jahre zu vergessen versucht hatte. Während der Fahrt blieb Joshua auffallend ruhig, vertieft in den Papierkram, den er mitgebracht hatte. Er schien Christine kaum zu beachten. Als sie durch das Tor auf die Einfahrt fuhren, kehrten die Erinnerungen zurück, die sie so hartnäckig verdrängt hatte. Erinnerungen an die Machtkämpfe zwischen ihr und Joshua, an ihre Flucht und wie er sie wiederfand. All das, was sie jahrelang erfolgreich aus ihrem Gedächtnis verbannt hatte, schien sich nun wie ein Film in ihrem Kopf abzuspielen. Trotz ihres festen Entschlusses, keine Anzeichen von Angst zu zeigen, konnte Christine ihr Zittern nicht unterdrücken. Der Gedanke, wieder hier zu sein und in der Villa zu leben, ließ sie innerlich erzittern. Als der Wagen vor der imposanten Eingangstür zum Stehen kam, atmete Christine tief durch, um sich zu beruhigen. Sie zwang sich, ruhig zu bleiben, während Joshua ausstieg und ihr die Tür öffnete. Die vertraute Umgebung wirkte gleichermaßen einladend und bedrohlich auf sie. Mit jedem Schritt, den sie näher zur Villa kam, schienen die Erinnerungen an vergangene Qualen lebendiger zu werden.

Joshua bemerkte ihre Anspannung nicht oder ignorierte sie bewusst. Er war ganz in seine Papiere vertieft, als ob nichts Außergewöhnliches passieren würde. Christine konnte seinen ernsten Ausdruck sehen, der ihr das Gefühl gab, dass er bereits Pläne schmiedete, wie er seine Kontrolle über sie festigen könnte.

"Komm, meine Liebe", sagte Joshua und deutete auf die Tür. "Es wird gut sein, wieder hier zu sein."

Christine schluckte schwer und folgte ihm widerstrebend. Als sie die Schwelle der Villa überschritt, überkam sie ein beklemmendes Gefühl. Die Erinnerungen an ihre vergangenen Kämpfe mit Joshua und die quälenden Gedanken daran, wie er sie immer wieder gefunden hatte, drängten sich in ihrem Kopf.

Kapitel 4: Im Bann der Vergangenheit

"Miss Amy, willkommen zurück", begrüßte einer von Joshuas Angestellten sie, als sie das Foyer betraten. Christine spürte eine Welle der Beklemmung, als sie in das elegante Foyer eintrat. "Mein Name ist jetzt Christine."

Joshuas Blick war durchdringend, als er ihre Worte hörte. "Nein! Hier bist du immer noch meine Amy, und jeder hier wird dich Amy nennen. Deinen gekauften Namen kannst du jetzt für immer ablegen!"

Christines Herzschlag beschleunigte sich. Sie fühlte sich gefangen. Da war er wieder, der Joshua, den sie kannte. Er musste sie wieder bevormunden, und Christine spürte, wie sich die Enge in ihrer Brust verstärkte.

"Ich nehme an, dass du jetzt Hunger hast. Im Flugzeug hast du ja nicht viel gegessen. Ich lasse uns etwas zubereiten", sagte er, während er kurz in die Küche rief. Dann führte er sie wieder die Treppe hoch. Alles war noch genau so, wie sie es in Erinnerung hatte. Nur die Wendeltreppe schien in ihrer Erinnerung viel größer zu sein, aber das war wahrscheinlich nur eine Kindheitserinnerung.

"Ich habe mir erlaubt, einen Arzt anzurufen, um nachzuschauen, ob alles in Ordnung ist mit unserem Sohn. Für heute hattest du genug Aufregung, nicht wahr?", fügte er hinzu, während er sie in ihr altes Zimmer führte. Ein beklemmendes Gefühl überkam sie, als sie den Raum betrat. Doch es war nichts mehr so, wie sie es hinterlassen hatte. Stattdessen waren Tapeten mit Elefanten und Ballons an den Wänden, ein luxuriöses Babybett stand mitten im Raum, und auch eine Wickelkommode, ein Mobile über dem Bett und eine Hängelampe in Elefantenform waren zu sehen.

"Siehst du, meine Liebe? Ich habe schon alles für unseren Sohn einrichten lassen. Kameras für seine Sicherheit habe ich natürlich auch einbauen lassen, falls du auf dumme Gedanken kommen solltest!", sagte er mit einem leichten Schmunzeln auf den Lippen. Die Einrichtung war schön, das musste Christine zugeben, aber die Kameras waren eindeutig zu viel.

"Das war mein altes Zimmer," stellte sie fest, ohne jegliche Melancholie in ihrer Stimme. "Wo schlafe ich jetzt?"

Innerlich sehnte sie sich danach, ein eigenes Zimmer zu haben. Einen Ort, an dem sie seinem Blick entkommen und vielleicht auch einmal zur Ruhe kommen konnte, ohne ständig seiner Gegenwart ausgeliefert zu sein. Sie erstarrte, als ihr klar wurde, dass sie weiterhin ihm ausgeliefert sein würde, ohne Raum für sich selbst oder einen Moment der Ruhe.

"Was ist das, Joshua? Das ist doch nicht die Eingangstür, oder?" fragte sie verwirrt, als sie ein Läuten hörte. "Nein, ich habe eine Klingel im Esszimmer installieren lassen. Die Angestellten klingeln, wenn das Essen bereitsteht. Das stört mich weniger bei der Arbeit, als wenn mich ständig jemand unterbricht. Lass uns essen!"

Die Atmosphäre beim Essen war gespenstisch still. Hin und wieder warf Joshua ihr einen Seitenblick zu. "Es gibt doch nichts Schöneres, als mit seiner Familie zu essen, nicht wahr, Amy?" durchbrach er die Stille. Sie zwang sich zu einem Lächeln und nickte zustimmend, obwohl sie wusste, dass sie nicht seine Familie war. Selbst wenn

er sie noch weitere zwanzig Jahre hier gefangen halten
würde, würde sie niemals zu seiner Familie gehören.
Plötzlich schossen ihr Gedanken an Michael durch den
Kopf. Was machte er wohl gerade? War er noch mit Maria
unterwegs oder waren sie bereits auf dem Heimweg?
Warum hatte er es zugelassen, dass sie wieder hierher
zurückgebracht wurde? In ihr brodelte eine Mischung aus
Wut und Eifersucht. Wut, weil sie glaubte, dass er mehr
hätte tun können.

"Joshua, ich bin erschöpft. Ich würde mich gerne schon
für die Nacht verabschieden. Ich denke, für heute war es
genug. Gute Nacht", sagte sie mit leiser Stimme, die von
Müdigkeit und einer tiefen Sehnsucht nach Ruhe
gezeichnet war.

"Natürlich, ich bin in meinem Büro, wenn etwas sein
sollte", antwortete Joshua, während er ihr einen
aufmunternden Blick zuwarf.

Sie ging langsam die Treppe hinauf, ihr Blick streifte noch
einmal das liebevoll hergerichtete Babyzimmer. Es war
schön anzusehen, das musste sie ihm lassen. Doch als
sie sich auf das Bett legte, überfluteten sie Erinnerungen,
die sie am liebsten verdrängt hätte. Dieses Bett war der
Ort, an dem er sie gefesselt und vergewaltigt hatte. Eine
Träne lief ihr über das Gesicht, während sie sich hilflos
fühlte. Jede Faser ihres Körpers sträubte sich gegen die
Vorstellung, wieder hier zu sein, in diesem Bett, in dieser
Villa. Doch sie zwang sich, ruhig zu bleiben. Sie musste
stark sein, sie musste sich zusammenreißen - für Caleb.

Die ersten Tage vergingen, und dann auch die ersten
Wochen. Christine dachte oft darüber nach, ob jemand
sie schon vermisste. Sie hatte keinen Kontakt zur
Außenwelt und vermutete, dass ihr Chef bereits
aufgegeben hatte, nach ihr zu suchen - oder vielleicht
hatte Maria ihm erzählt, dass sie umgekommen sei. Und
was war mit Michael? Er wusste, wo die Villa war. Warum
unternahm er nichts? Hatte er die Hoffnung bereits
aufgegeben oder war sie ihm doch nicht mehr so wichtig,
wie er ihr immer gesagt hatte?

Der Hausarzt, Dr. Cramer, kam einmal die Woche auf
Joshuas Wunsch vorbei. Er sagte zwar, dass es nicht
notwendig sei, Christine so oft zu untersuchen, aber
Joshua bestand darauf. Er hatte sogar ein
Ultraschallgerät im Schlafzimmer aufstellen lassen,
sodass sie nicht einmal für die Untersuchungen in eine
Klinik musste. Joshua wollte sie auf gar keinen Fall aus
den Augen lassen. Selbst die Geburt, die in nur noch vier
Monaten bevorstand, hatte er bereits durchgeplant und
alles für eine Hausgeburt vorbereitet.

Nach einigen weiteren Wochen in Joshuas Villa begann Christine, sich an die täglichen Routinen zu gewöhnen, obwohl sie innerlich weiterhin nach einem Ausweg suchte. Sie fand eine gewisse Routine im Alltag, wenn auch unter Joshuas strenger Kontrolle. Die Besuche des Hausarztes, Dr. Cramer, waren für sie ein seltenes Fenster zur Außenwelt. Sie nutzte jede Gelegenheit, um ihm unauffällig Fragen zu stellen und Hinweise auf mögliche Fluchtmöglichkeiten zu geben, doch Dr. Cramer wirkte distanziert und hielt sich an Joshuas Anweisungen. Christine erkannte bald, dass Dr. Cramer nicht nur dessen Gesprächspartner war, sondern auch von seiner beruflichen Position und seinem Ruf abhängig. Seine Zurückhaltung konnte sie besser verstehen, als sie darüber nachdachte. Er war nicht nur ein Freund, sondern auch ein Mann, der seinen Lebensunterhalt und seinen Ruf als Arzt zu wahren hatte. Trotzdem versuchte sie weiterhin, eine Verbindung herzustellen, wenn auch vorsichtig. Sie fand Momente, in denen sie über persönliche Dinge sprechen konnte, ohne zu viel preiszugeben. Christine spürte, dass Dr. Cramer sie verstand und empathisch war, auch wenn er seine Professionalität wahren musste. So entwickelte sich zwischen ihnen eine fragile Vertrautheit, die auf gemeinsamen Momenten der Menschlichkeit beruhte, obwohl die Schatten von Joshuas Einfluss immer über ihren Gesprächen schwebten. Christine wusste, dass sie vorsichtig sein musste, aber sie war entschlossen, nicht die Hoffnung zu verlieren, dass es einen Weg zur Freiheit gab.

Christines Gedanken kreisten unerbittlich um Michael und die Unsicherheit, die er in ihr auslöste. Hatte er aufgegeben? War alles nur ein teuflisches Spiel von Anfang an gewesen? Diese Fragen quälten sie Tag und Nacht, dazu noch die Tatsache, dass sie hier war, wie ein endloser Albtraum, aus dem sie nicht erwachen konnte. Sie sehnte sich nach einer Nachricht von ihm, aber gleichzeitig fürchtete sie sich vor der Antwort. Er hatte doch von früher noch die Nummer von Joshuas Anwesen. Die Tatsache, dass Michael wusste, wo sie sich aufhielt, machte die Situation noch unerträglicher. Das alles klang wie ein ständiges Echo in ihrem Kopf und sie fühlte sich immer mehr verlassen.

Auch Joshua schien in letzter Zeit die nächtlichen Übergriffe nicht mehr zu interessieren. Oder hielt er sich nur zurück, weil er sich um seinen ungeborenen Sohn sorgte? Und obwohl sie es genoss, dass Joshua sie in Ruhe ließ, fühlte sich das irgendwie seltsam an. Hatte sie sich wirklich mit seiner Gegenwart abgefunden, obwohl sie unerwünscht war? War sie jetzt endgültig verrückt geworden? Auch der Fakt, dass er dauernd an irgendetwas arbeitete und nie zuhause war, half nichts an ihrer Einsamkeit. Je mehr sie darüber nachdachte, desto verrückter erschien ihr ihre Gedankenwelt. Lag es an ihrer Schwangerschaft oder sehnte sie sich nur nach jemanden zum Reden?

Christine spürte, wie die Anspannung in ihr stieg, als Joshua durch die Tür kam und sie mit besorgtem Blick ansah. Sie zwang sich, ruhig zu bleiben, obwohl sie innerlich zerrissenen war und nur darauf wartete, in Tränen auszubrechen. "Was ist los? Geht es dir gut? Geht es dem Baby gut?" Seine Worte trafen sie wie ein Schlag, und sie kämpfte darum, ihre Gefühle zu kontrollieren. Sie nickte und zwang sich zu lächeln. "Natürlich, alles ist in Ordnung, sagt Dr. Cramer. Aber ich will hier raus, Joshua, bitte. Ich fühle mich so allein!" Die Worte brachen aus ihr heraus, begleitet von den ersten Tränen, die unaufhaltsam über ihre Wangen liefen.

Er trat näher und nahm sie in den Arm, und für einen Moment fühlte es sich fast wie Trost an. Doch seine nächsten Worte ließen ihre Hoffnung schnell verblassen. "Es ist alles gut, so wie es ist, Amy. Du weißt, dass du nicht allein rausgehen sollst, und erst recht nicht jetzt, da du mein Kind trägst!" Seine Worte waren eine Mischung aus Besorgnis und autoritärer Bestimmtheit, aber Christine wusste, dass es ihm nicht um sie oder das Baby ging, sondern um seine Kontrolle über sie.

Entschlossenheit stieg in ihr auf, als sie seine Worte hörte. Sie konnte nicht länger schweigen. "Dann gib mir wenigstens ein Telefon oder erlaube mir, das Haustelefon zu benutzen, bitte, Joshua, ich flehe dich an. Ich halte es hier drinnen nicht mehr aus!" Die Bitte lag schwer in der Luft, begleitet von ihrer wachsenden Verzweiflung.

Joshuas Gesichtsausdruck verfinsterte sich, und Christine spürte einen Schauer der Angst durch ihren Körper huschen. Sie kannte diesen Blick nur zu gut - es war der Ausdruck, den er hatte, bevor er zuschlug. Doch würde er ihr jetzt wirklich etwas antun? Immerhin trug sie sein Kind. Die Frage hing bedrohlich in der Luft, und Christine kämpfte gegen die aufkommende Panik an.

„Amy, erinnerst du dich nicht mehr an unser vorheriges Gespräch?" Seine Stimme, durchdrungen von Ironie und Sarkasmus, wirkte bedrohlicher denn je. Natürlich erinnerte sie sich daran. Wie hätte sie es vergessen können? Er hatte ihr Handy gefunden, als sie zu Michael geflohen war. Das neue Handy wurde mit aller Wut gegen die Wand geschleudert, in Einzelteile zerbrochen, und dann durchschnitt er sogar die SIM-Karte. Doch nicht nur das Handy musste seine Wut erleiden, auch sie hatte wieder seinen Zorn zu spüren bekommen. Bei dem Gedanken daran zuckte sie zusammen und fragte sich immer wieder, was sie da gerade getan hatte. Sie wusste, dass er es nicht wollte. Hatte sie wirklich geglaubt, dass sie ihn dieses Mal besänftigen könnte? Sie blickte ihn noch einmal an, als er sanft über ihr Gesicht strich. „Amy, du bist so hübsch und intelligent. Du willst mich doch nicht verärgern, oder? Wir wollen doch beide, dass du so hübsch bleibst, oder?" Ein plötzlicher Kloß bildete sich in ihrem Hals und sie schluckte schwer, bevor sie ihm zaghaft zustimmte. "Entschuldige", hauchte sie leise, ihre Stimme von einer Mischung aus Reue und Verletzlichkeit geprägt, während sie den Blick senkte. Christine spürte sie, wie sich eine unangenehme Spannung in der Luft zu lösen begann. Er legte seine Hand sanft auf ihre Schulter und drückte sie leicht. "Es ist in Ordnung, Amy", sagte er ruhig, seine Stimme nun weicher, fast tröstend. "Wir alle machen Fehler. Wichtig ist, dass wir daraus lernen." Die Worte beruhigten sie zwar ein wenig, doch die Spannung in ihrem Inneren blieb bestehen. Sie spürte, dass er sich nicht wirklich beruhigt hatte – sie kannte ihn zu gut, um das zu glauben. Trotzdem erkannte sie an, dass er sich zumindest bemühte, sich zusammenzureißen. Auf seltsame Weise empfand sie eine gewisse Macht über ihn, zumindest was seinen Zorn betraf, solange sie sein Kind trug. Aber sie wusste auch, dass Flucht keine Option war, nicht in ihrem Zustand. Und sobald sein Sohn geboren wäre, würde sie wieder ihm ausgesetzt sein. Die Realität dieser Gedanken ließ sie erstarren, während sich eine Mischung aus Resignation und Hoffnungslosigkeit in ihrem Inneren ausbreitete.

"Amy, wo ist mein Bericht von Dr. Cramer?"

"Es liegt auf dem Esstisch, Joshua."

Jede Woche erwartete Joshua ein schriftliches Protokoll von Dr. Cramer. Er musste jede Einzelheit wissen. Dr. Cramer kam diesem Wunsch nach, doch bei den Protokollen über die Gespräche, die er mit Christine führte, nahm er einige Anpassungen vor. Dr. Cramer war sich bewusst über Joshuas Ausbrüche, basierend auf seinen medizinischen Befunden. Schließlich zeigte Joshua nicht nur Symptome einer Depression, sondern auch sehr starke Aggressionsprobleme. Doch das wollte Joshua nicht einsehen. Joshua war ein unerschütterlicher Perfektionist und ihm war klar, dass er diesen Perfektionismus auch in seine Arbeit einbrachte. Für ihn war sein Verhalten nicht fragwürdig, sondern notwendig, um das zu schützen, was ihm gehörte. In seinen Augen versuchte die äußere Welt ständig, alles, was er hatte, zu vernichten.

„Dann kann ich es mir nach dem Essen ansehen!" sagte Joshua und stand von Sofa auf, schließlich hatte er noch seinen Mantel an.

Am nächsten Morgen hörte Christine in der Ferne den Klang eines Krankenwagens. Ein zartes Lächeln umspielte ihre Lippen, als sie an die vergangenen Ereignisse dachte. Sie erinnerte sich daran, wie sie ihren eigenen Tod vorgetäuscht hatte und ein Krankenwagen sie aus dieser Hölle herausgeholt hatte. Nie hätte sie gedacht, dass sie eines Tages wieder an diesem Ort sein würde. Vielleicht war es einfach ihr Schicksal. Vielleicht war dies alles Teil von Gottes Plan für ihr Leben. Aber damit wollte sie sich nicht abfinden. Christine seufzte und wandte den Blick vom Fenster ab. Die Erinnerungen an ihre Flucht fühlten sich jetzt wie ein fernes, fast unwirkliches Ereignis an. Sie wusste, dass sie nicht wieder denselben Fehler machen konnte.

Während sie durch die Wohnung ging, überprüfte sie die Türen und Fenster, suchte verzweifelt nach einer Fluchtmöglichkeit. Jeder Tag, den sie hier verbrachte, fühlte sich wie eine Ewigkeit an. Sie wusste, dass ihre Chancen, Joshua zu entkommen, noch geringer wären, sobald Caleb geboren war. Ihre Gedanken schweiften wieder zu dem Krankenwagen ab. Was war wohl passiert? Sie war neugierig, aber sie wusste, dass diese Frage wohl unbeantwortet bleiben würde.

Plötzlich überkam sie ein beklemmendes Gefühl. Es schien alles hoffnungslos zu sein, und egal wie sehr sie sich wünschte, hier wegzukommen, sie schien festzusitzen. An den Türen und Fenstern waren Kameras angebracht, sodass jeder ihrer Schritte verfolgt werden konnte. Und Michael schien sie vergessen zu haben – warum sonst meldete er sich nicht?

Christine war inzwischen fast im siebten Monat der Schwangerschaft. Sie konnte keine großartigen Fluchtversuche starten, dafür waren jegliche Bewegungen mittlerweile zu anstrengend. Eine tiefe Verzweiflung überkam sie, während sie sich hinsetzte und die Hände schützend auf ihren Bauch legte. Sie musste einen Weg finden, für sich und für Caleb. Doch im Moment fühlte sie sich, als wäre jeder Ausweg versperrt und jeder Hoffnungsschimmer erloschen.

Das Baby wuchs und war gesund, wie Dr. Cramer wöchentlich bestätigte. Christine war wegen des Stresses sehr besorgt, ob es irgendwelche gesundheitlichen Probleme geben könnte, aber Dr. Cramer nahm ihr die Angst. „Caleb ist gesund und kräftig," sagte er ihr immer wieder beruhigend.

„Ich habe gestern ein Ziehen gespürt, Doktor."

„Das ist ganz normal!"

„Sind Sie sich sicher?"

„Ja, Christine. Aber da du besorgt bist, hinterlasse ich dir meine Telefonnummer. Auch für den Fall, dass es in den nächsten Monaten mit den Wehen losgehen könnte. Hier ist sie." Er reichte ihr seine Visitenkarte.

„Aber ich darf nicht telefonieren!"

„Ich werde mit Joshua reden. Immerhin ist die Schwangerschaft schon so weit, dass unerwartete Vorwehen auftreten könnten. Dann muss ich sofort herkommen!"

Christine nickte ihm mit einem Lächeln zu. Vielleicht würde er Joshua dazu bringen, ihr das Telefonieren zu erlauben. Dann könnte sie auch Michael anrufen. Freude stieg in ihr auf, denn sie sah endlich einen Hoffnungsschimmer, auch wenn sie noch nicht wusste, wie Joshua auf Dr. Cramers Anliegen reagieren würde.

„Ich muss jetzt aber los, ich telefoniere später noch mit ihm", sagte er, als er sich verabschiedete und zur Tür hinausging.

Christine hätte Dr. Cramer gern noch länger bei sich gehabt, denn die meisten Angestellten, die jetzt hier arbeiteten, kannten sie nicht. Es gab nur einige, die sie von früher kannte, aber viele hatten Joshua in der Zeit, als er im Gefängnis war, den Rücken gekehrt. Einige Angestellte zweifelten daran, dass sie ihre Anstellung noch lange behalten würden. Andere hatten Joshua verlassen, weil sie an seiner Glaubwürdigkeit zweifelten. Schließlich hatten auch die Angestellten seine Ausbrüche miterlebt und damals stillschweigend hingenommen, um nicht ihren Job zu verlieren. Diejenigen, die noch da waren, erschienen Christine genauso grausam wie Joshua. Auch wenn sie nichts getan hatten, hatten sie alles hingenommen und taten es weiterhin.

"Ich bin wieder da!", rief Joshua, als er nach Hause kam.
Doch eigentlich brauchte er das nicht zu sagen. Kaum
hatte er die Tür geöffnet, kamen schon seine
Angestellten herbeigeeilt, um ihm die Jacke und die
Schuhe abzunehmen. Sie informierten ihn über Anrufe
und alles andere, was während seiner Abwesenheit
passiert war. Dann winkte er sie weg und kam zu
Christine herüber.

"Dem Baby geht es gut, so wie ich es gehört habe. Das ist
gut. Aber Dr. Cramer hat mir auch gesagt, dass er dir
seine Nummer gegeben hat, weil du besorgt wegen der
Gesundheit des Babys warst. Was ist los?"

"Joshua, ich habe in den letzten Tagen ein Ziehen gespürt
und hatte einfach Angst. Du bist ja nicht da, und wenn
etwas passiert, brauche ich jemanden, der weiß, was zu
tun ist. Verstehst du?"

"Natürlich verstehe ich das, meine Liebe. Ich werde mein
Okay dafür geben, dass du ihn anrufen kannst, wenn du
willst. Aber nur ihn!" Er schaute sie mit einem ernsten
Blick an. "Erinnerst du dich noch daran, dass ich jeden
Monat eine Liste mit Anrufen bekomme, die getätigt
werden und die angenommen werden?"

"Natürlich, Joshua!" Sie wusste, wie sie ihn beruhigen
konnte, aber es hatte nicht immer funktioniert. Doch
dieses Mal schien er zufrieden zu sein.

Nach dem Essen gingen sie zusammen auf seinem
Anwesen spazieren. Obwohl es ihr unangenehm war, war
es die einzige Zeit, in der sie sich draußen in ihrem
Zustand sicher fühlte. Sie fürchtete sich davor, dass
etwas passieren könnte, dass sie Vorwehen bekommen
könnte. Obwohl sie wusste, dass die Chancen, im
siebten Monat Vorwehen zu bekommen, eher gering
waren, hatte sie dennoch Angst davor.

Als sie sich auf einer Bank niederließen, spürte Christine
das Gewicht ihrer geschwollenen Beine und Füße. Es war
ein stummer Reminder für die Strapazen, die ihre
Schwangerschaft mit sich brachte. Dann sprach Joshua
seine Worte mit einer Mischung aus Autorität und
Fürsorge.

"Amy, meine Liebe. Ich will nicht, dass das ein
uneheliches Kind wird, das weißt du! Morgen wird
jemand kommen, um deine Maße für ein Hochzeitskleid
zu nehmen. Ich will, dass du wunderschön aussiehst,
okay?"

Christines Herz schlug schneller, als sie seine Worte
hörte. Es war wie damals, als er ohne ihr Wissen eine

Hochzeit vorbereitete. Eine Welle von Gefühlen durchflutete sie: Verwirrung, Verzweiflung und eine stille Wut über ihre eigene Machtlosigkeit. Trotzdem fand sie die Kraft, ihm mit gefasster Stimme zu antworten: "Natürlich, Joshua. Ich werde die hübscheste Braut sein. Wann wird die Hochzeit sein?"

"In einer Woche. Und unsere Flitterwochen machen wir, wenn das Baby da ist."

Christine spürte eine Mischung aus Erleichterung und Angst. Sie wollte mit ihm darüber sprechen, doch bevor sie dazu kam, sprach Joshua weiter, und seine Worte trafen sie wie ein kalter Windstoß.

"Und nach unserer Hochzeit habe ich ein paar potenzielle Nannys eingeladen. Wir sollten uns entscheiden, bevor Caleb da ist!"

"Eine Nanny? Ich brauche keine Nanny, Joshua. Ich will nicht, dass jemand anderes mein Kind erzieht."

Es war ein verzweifelter Appell, aber sie wusste, dass ihre Worte vergeblich waren. In diesem Moment fühlte sie sich einsam und verloren, unfähig, gegen den Sturm der Kontrolle anzukämpfen, der über ihr Leben tobte. Sie senkte den Kopf, kämpfte gegen die Tränen an und nickte stillschweigend.

Er schaute sie an. Für einen Augenblick wirkte sein Blick so liebevoll und fürsorglich, dass Christine fast vergessen konnte, wie er sein konnte. Doch dann sprach er weiter, und ein entsetzliches Gefühl durchfuhr sie.

"Amy, ich weiß, es ist alles noch sehr befremdlich für dich, aber du wirst dich daran gewöhnen. Was sollten die Leute von uns denken, wenn sie sehen, dass ich keine Nanny für mein Kind habe? Sie werden sagen, dass ich es mir nicht leisten kann oder will. Dass ich meinem Sohn nicht das Beste bieten will. Das verstehst du doch? Siehe es doch auch positiv. Wir haben mehr Zeit für uns!"

Hatte er wirklich gerade gesagt "Was sollen die Leute denken"? Welche Leute? Hier kam nie jemand hin, und niemand wusste, dass sie hier war – oder etwa doch? Und sie wollte keine Zeit mit ihm. Nicht heute, nicht morgen und nicht, wenn das Baby da war. Das entsetzliche Gefühl der Isolation und Kontrolle verstärkte sich in Christines Brust, und sie fühlte sich plötzlich wie in einem Netz aus Lügen gefangen. "Ich will all das nicht. Ich werde es nie wollen!" flüsterte sie vor sich hin, als er den Raum verließ.

Beim Abendessen setzte Christine an: "Joshua, heute Morgen war ein Krankenwagen in der Nähe. Weißt du etwas davon?"

"Warum interessiert dich das? Solange du es nicht bist, für die sie kommen, ist doch alles okay!", entgegnete er ihr mit einem schelmischen Grinsen.

"Es hat sich nur sehr nah angehört, und ich habe mich gefragt, was los war." Sie war fest davon überzeugt, dass er ihr etwas verheimlichte. Sie kannte dieses Grinsen; es war das gleiche, das er immer hatte, wenn er etwas im Schilde führte.

"Joshua, bitte teile doch die Geschichte mit mir. Ich weiß, dass du mehr weißt. Das sehe ich dir an. Ich will einfach etwas Spannendes hören, okay?"

"Du bist einfach zu neugierig, Amy!" schrie er, und sie zuckte zusammen. Jetzt wusste sie, dass er etwas wusste. Oder war er sogar der Grund, warum der Krankenwagen da war? Was hatte er getan?

"Bitte!" Sie sah ihn voller Hoffnung an, wie ein kleines Mädchen, das wissen wollte, welche Geschenke der Weihnachtsmann unter den Baum gelegt hatte.

"Na gut, unser Überwachungssystem wurde manipuliert, und jemand hat versucht einzubrechen. Einer der Angestellten hat den Übeltäter gefasst und ihm eine Lektion erteilt! Bist du jetzt zufrieden?" Plötzlich überkam sie eine Welle der Angst.

"Keine Sorge, an meine Prinzessin kommt keiner ran, stimmt's?" sagte er mit einem Lächeln.

"Aber wer würde so etwas tun?"

"Wir beide wissen doch, wer dahintersteckt. Aber keine Sorge, er kommt nicht so schnell wieder!"

Michael. Es war Michael, dachte sie. Er hatte sie nicht vergessen. Oh mein Gott, was hatte Joshua nur mit ihm gemacht?

Christine versuchte, sich nichts anmerken zu lassen, doch die Angst stieg in ihr auf. Was hatte Joshua getan? Oder hatte er es in Auftrag gegeben? Und was genau war geschehen? Auch Michael hätte nicht versuchen sollen, sie hier herauszuholen. So sehr sie sich das gewünscht hatte, sie wusste, wie Joshua war, und auch Michael kannte ihn, zumindest aus ihren Erzählungen.

Christine musste einen Weg finden, um herauszufinden, in welchem Krankenhaus Michael lag. Vor allem musste sie herausfinden, wie sie mit ihm in Kontakt treten konnte, falls das überhaupt noch möglich war.

An diesem Abend war an Schlaf nicht zu denken. "Ich weiß nicht, wo du bist, aber ich hoffe, es geht dir gut," flüsterte sie leise vor sich hin. Es klang eher wie ein Gebet. Sie wimmerte leise, bemüht, nicht zu laut zu sein,

denn Joshua lag neben ihr und schlief. Die Gefahr, dass
er aufwachen könnte, war groß, da er einen leichten
Schlaf hatte. Wenn er auch nur den Verdacht hätte, dass
sie wegen Michael weinte, würde er sehr wütend werden,
und das wollte sie um jeden Preis vermeiden. Doch
schließlich übermannte sie die Erschöpfung, und sie fiel
in einen unruhigen Schlaf.

Am nächsten Morgen kam Dr. Cramer etwas später als
üblich. Joshua war bereits aus dem Haus, und sie hatte
beschlossen, Dr. Cramer um einen Gefallen zu bitten.
Die Zeit bis zu seiner Ankunft schien endlos zu sein. Es
kam ihr wie eine halbe Ewigkeit vor, bis es endlich an der
Tür klingelte und Dr. Cramer zu ihr gebracht wurde.

Als er eintrat, bemerkte er sofort die Anspannung in
Christines Gesicht. "Guten Morgen, Christine," sagte er
sanft und stellte seinen Arztkoffer ab. "Wie geht es Ihnen
heute?"

Christine zögerte kurz. Sie musste sicherstellen, dass
ihre Bitte vorsichtig formuliert wurde. "Dr. Cramer, ich
brauche Ihre Hilfe bei etwas Wichtigem," begann sie
leise, ihre Stimme zitterte leicht. "Es geht um meinen
Freund Michael. Ich muss wissen, ob er in einem
Krankenhaus in der Nähe ist und wie es ihm geht."

Dr. Cramer zog die Augenbrauen hoch, aber nickte
verständnisvoll. "Haben Sie irgendwelche Hinweise, die
mir helfen könnten?"

Christine überlegte kurz. "Ich weiß nur, dass er vielleicht
in einem Krankenhaus in dieser Gegend sein könnte.
Können Sie mir irgendwie helfen, das herauszufinden?"

Dr. Cramer seufzte tief. "Es wird nicht einfach, solche
Informationen zu bekommen, aber ich werde sehen, was
ich tun kann. Sie müssen mir versprechen, vorsichtig zu
sein. Joshua darf nichts davon erfahren, das könnte mich
meinen Job kosten."

Christine nickte eifrig. "Ich werde vorsichtig sein, Dr.
Cramer. Danke, dass Sie mir helfen."

Bevor Dr. Cramer ging, untersuchte er Christine noch.
"Das Baby wächst gut heran," sagte er beruhigend und
lächelte. "Sie scheinen trotz allem stark zu sein."

Nachdem Dr. Cramer gegangen war, fühlte Christine eine
Mischung aus Hoffnung und Nervosität. Sie war darauf
angewiesen, dass er ihr helfen konnte, ohne dass Joshua
etwas bemerkte. Andernfalls würde sie keine
Informationen bekommen. Aber was, wenn Dr. Cramer
sich doch zurückziehen und Joshua alles erzählen
würde? Nervosität kroch in ihr hoch. Hatte sie einen

Fehler begangen, ihn um Hilfe zu bitten? Jetzt konnte sie
es nicht mehr rückgängig machen, und sie hoffte auf das
Beste.

Die Tage vergingen und weder Dr. Cramer schien etwas
zu wissen noch wollte Joshua dazu etwas wissen.
Langsam fing sie an, sich ernsthafte Sorgen zu machen.
Die Ungewissheit zerrte an Christines Nerven. Jeden Tag
erwartete sie Neuigkeiten, aber es kam nichts.
Schließlich beschloss sie, die Sache selbst in die Hand
zu nehmen.
Eines Nachmittags, als Joshua das Haus verlassen hatte,
nahm Christine all ihren Mut zusammen und rief in
mehreren Krankenhäusern der Umgebung an. Sie
wusste, dass sie vorsichtig sein musste, um keinen
Verdacht zu erregen. Während sie auf Antworten wartete,
ging ihr Herzschlag schneller, und sie kämpfte gegen die
aufkommende Panik.

Nach mehreren fruchtlosen Versuchen hatte sie
schließlich Erfolg. Eine Krankenschwester in einem
nahegelegenen Krankenhaus bestätigte, dass ein
Michael Dalton vor einigen Tagen eingeliefert worden
war. Sein Zustand war ernst, aber stabil. Christine
verspürte eine Welle der Erleichterung und gleichzeitig
einen erneuten Anflug von Angst. Sie musste einen Weg
finden, um mit ihm zu sprechen, ohne dass Joshua etwas
davon erfuhr. Hatte sie ihn jetzt endlich gefunden? Wenn
das so leicht war, warum war Dr. Cramer nicht denselben
Weg gegangen? Oder wollte er ihr nicht helfen aus Furcht
um seinen Job?
Die Gedanken kreisten in ihrem Kopf, während sie den
Hörer fest umklammerte. Sie wusste, dass es keine Zeit
für Zweifel gab. Vorsichtig nahm sie das Telefon und
wählte erneut die Nummer des Krankenhauses. Sie
erklärte der Krankenschwester ihre Situation und bat
darum, mit Michael zu sprechen. Nach einigen bangen
Momenten wurde der Anruf durchgestellt. "Hallo,
Michael?" flüsterte Christine nervös ins Telefon.
"Christine?" kam die schwache Antwort. "Ich bin so froh,
deine Stimme zu hören."
"Michael, es tut mir so leid, dass du meinetwegen in
dieser Lage bist," sagte sie, ihre Stimme zitterte vor Angst
und Freude. "Aber ich verspreche dir, wir werden einen
Weg finden, das alles hinter uns zu lassen."

"Mach dir keine Sorgen um mich," antwortete Michael leise. "Ich bin nur froh, dass du in Sicherheit bist. Aber Christine, du musst vorsichtig sein. Joshua darf nichts davon erfahren."

"Ich weiß," sagte sie. "Dr. Cramer hilft mir, aber ich brauche auch deine Unterstützung. Wir müssen einen Plan schmieden, um endgültig von Joshua wegzukommen."

"Dr. Cramer? Wer ist das, und wie vertrauenswürdig ist er?" fragte Michael. "Wir müssen stark bleiben, Christine. Zusammen schaffen wir es, dich da rauszuholen. Wir haben es doch schon einmal geschafft, erinnerst du dich?"

"Ja, das tue ich, und ich wünsche mir nichts sehnlicher. Aber ich habe Angst um dich, Michael!"

"Mach dir keine Sorgen um mich! Christine, sei mir nicht böse, aber ich bin müde und möchte mich etwas ausruhen."

"Natürlich, aber Mike, bevor ich auflege – was hat er mit dir gemacht?"

"Er war es nicht. Es waren seine zwei Handlanger, diese Mistkerle. Aber keine Sorge, es ist nicht so schlimm, nur ein paar Prellungen und eine gebrochene Rippe. Das verheilt schon wieder. Aber jetzt muss ich wirklich aufhören."

"Oh, mein Gott!" Sie schluchzte, und er hörte das Mitgefühl in ihrer Stimme. "Ja, natürlich. Ruhe dich aus. Ich bin nur froh, dass ich dich gefunden habe. Ich liebe dich!" Sie legte auf und war ganz irritiert. Hatte sie ihm wirklich gesagt, dass sie ihn liebt? Das war ihr einfach und fast schon automatisch über die Lippen gekommen.

Es schien, als müsste sie sich endlich eingestehen, dass sie doch mehr als nur Freundschaft für Michael empfand. Es war ihr eigentlich klar, so oft wie sie in Mexiko an ihn gedacht hatte. Er war immer für sie da gewesen, wenn sie ihn brauchte. Und sie wusste, dass auch er etwas für sie empfand – zumindest war das damals so. Aber was, wenn er nach so langer Zeit nichts mehr für sie fühlte? Immerhin war da auch die Sache mit Maria. Hatte sie ihn vielleicht so lange warten lassen, dass er das Interesse an ihr verloren hatte?

Was auch immer Michael für sie empfand, spielte keine Rolle mehr, denn in wenigen Tagen würde sie Joshua heiraten müssen. Die Flucht aus dieser Hölle schien unmöglich, und die Vorbereitungen für die Hochzeit liefen bereits auf Hochtouren. Der bloße Gedanke daran, Joshuas Ehefrau zu sein, erfüllte sie mit Angst und

Abscheu. Wenn er sie jetzt schon als sein Eigentum behandelte, würde er das als ihr Ehemann nur noch deutlicher und grausamer tun.

Joshua drängte auf eine schnelle Hochzeit, nicht wegen des Babys – auch wenn er das vorgab – sondern weil er sie endgültig an sich ketten wollte. Der Gedanke, für immer in seiner Gewalt zu sein, schnürte ihr die Kehle zu. Sie fühlte sich wie ein Tier in der Falle, ohne Ausweg, ohne Hoffnung. Jede Minute, die verstrich, brachte sie der unausweichlichen Katastrophe näher, und ihre Angst wuchs mit jedem Herzschlag.

Als sich die Tür öffnete, durchzuckte Amy ein unheilvolles Gefühl. "Amy, ich bin da. Ich gehe kurz duschen, komm in zwanzig Minuten zu mir!" Seine Worte drangen wie ein eiskalter Hauch in ihre Ohren und ließen sie erstarren. Hoffentlich würde er nichts bemerken. Seine Stimme klang angespannt, und sie spürte, dass etwas Unheilvolles in der Luft lag.

Die Minuten vergingen wie Stunden, während sie mit zitternden Händen versuchte, ihre Angst zu bändigen. Sie hatte gehofft, dass seine Zurückhaltung wegen der Schwangerschaft sei, dass er warten würde, bis sein Sohn auf der Welt war. Doch diese Hoffnung zerbrach nun in tausend Scherben. Angst kroch wie ein eisiger Schauer in ihr hoch, und die Bilder von damals flackerten vor ihrem inneren Auge auf, reißend und schmerzhaft. Jedes Detail, jede Qual kehrte mit brutaler Deutlichkeit zurück.

Diesmal durfte sie sich nicht wehren, das wusste sie nur zu gut. Er durfte nicht verärgert werden, nicht jetzt. Ihr Herz schlug wild vor Angst, während sie verzweifelt versuchte, sich auf das Ungeborene in ihrem Bauch zu konzentrieren – auf das einzige Licht in dieser düsteren, ausweglosen Situation.

Sie hörte, wie die Dusche ausging, und sie wusste, dass, wenn sie jetzt nicht hochgehen würde, er sehr wütend auf sie werden würde. Jeder Schritt auf den Stufen schien wie ein Schritt näher zur Hölle. Ein paar Sekunden verharrte sie einfach vor der Schlafzimmertür. Sie brauchte diese Zeit, um sich wieder zu fangen. Nach ein paar tiefen Atemzügen öffnete sie die Tür.

"Amy, komm her zu mir!" sagte er in einer scheinbar sanften Stimme. Dieser Satz! Es war derselbe Satz wie damals, als er im Badezimmer über sie hergefallen war. Ein eiskalter Schauer lief ihr den Rücken runter, aber sie ließ sich nichts anmerken. Langsam zog er sie aus und legte sie auf das Bett. "Bitte, Joshua. Das Baby!" flehte sie leise mit zittriger Stimme an. "Keine Angst, er wird schon nichts abkriegen," sagte er mit einem Lächeln im Gesicht.

Auch wenn er ein wirklich hübsches Lächeln hatte, sie hasste es. Sie hasste sein Lächeln und seine schönen Augen, die ihr damals schon aufgefallen waren. Sie hasste seine Berührungen, auch wenn er momentan sanfter mit ihr umging. Sie wollte an etwas anderes denken, so wie sie es früher getan hatte, aber sie konnte es nicht. Immer wieder kamen die Bilder in ihr hoch, was er mit ihr gemacht hatte und auch was er jetzt mit Michael tun ließ. Aber sie war hier und konnte nichts dagegen machen. Sein nackter Körper lag auf ihr, seine Hände umklammerten ihre Handgelenke. Der Ekel vergangener Tage stieg in ihr hoch, und sie kämpfte mit den Tränen. Und doch musste sie sich jetzt zusammenreißen. Amy kämpfte gegen die Tränen an und zwang sich, nur an ihr ungeborenes Kind zu denken. Jeder Moment, den sie mit Joshua ertragen musste, fühlte sich an wie eine Ewigkeit. Während er sie festhielt und seine Hände über ihren Körper wanderten, konzentrierte sich Amy auf die sanften Tritte ihres Babys in ihrem Bauch. Diese kleinen Bewegungen erinnerten sie daran, dass sie nicht allein war, dass sie einen Grund hatte, weiterzukämpfen. Mit jeder Faser ihres Seins kämpfte Amy gegen die Verzweiflung an, während sie sich in die Gedanken an das kleine Leben in ihrem Bauch flüchtete. Sie wusste, dass sie diese Qualen ertragen musste, wenn sie jemals die Chance auf ein glückliches Leben für sich und ihr Baby haben wollte. Und so hielt sie durch, getrieben von der unbeugsamen Liebe einer Mutter und dem festen Glauben an eine bessere Zukunft. Schon bald fand das Warten ein Ende, als er endlich von ihr abließ und ins Badezimmer ging. Ein Gefühl der Erleichterung überkam sie, doch gleichzeitig wurde ihr bewusst, wie sehr sie sich wie damals fühlte. Der Schmutz und der Ekel auf ihrem Körper waren unerträglich. Sie drehte ihren Kopf in die andere Richtung und ließ ein paar Tränen zu, bevor sie sich mit dem Laken das Gesicht abwischte, um nicht zeigen zu müssen, dass sie geweint hatte. Ihre Hand legte sie schützend auf ihren Bauch. "Es wird alles gut," flüsterte sie immer wieder, als sie sich in die Gedanken an ihr ungeborenes Kind flüchtete. Sie atmete tief durch und zwang sich, sich zu beruhigen. Trotz der Qualen, die sie gerade erlebte, spürte sie eine unerschütterliche Entschlossenheit in sich aufsteigen. Sie würde stark bleiben, für ihr Baby, für ihre Zukunft.

Als Joshua zurückkehrte, kämpfte sie darum, ihm nicht in die Augen zu sehen. Sie versuchte, die Erniedrigung und den Schmerz zu verbergen, den er ihr zugefügt hatte. Stattdessen konzentrierte sie sich darauf, sich vorzustellen, wie es sein würde, wenn sie und ihr Baby endlich in Sicherheit waren.

Mit jedem Atemzug wiederholte sie die Worte: "Es wird alles gut." Es war ihr Mantra, ihr Anker inmitten des Sturms.

Nach diesem Vorfall begann Joshua wieder häufiger ihre Nähe zu suchen. Es war, als ob die Zeit stillgestanden hätte, und sie fand sich plötzlich in der gleichen bedrückenden Situation wieder wie zuvor, bevor sie geflohen war.

Bis jetzt hatte er sich mit den physischen Übergriffen zurückgehalten, doch Christine spürte, dass dies nur eine vorübergehende Ruhepause war. Sie kannte sein unberechenbares Temperament nur zu gut. Doch solange sie ihn nicht reizte, würde vermutlich nichts geschehen. Zumindest hoffte sie das inständig. Die Angst, die sie so lange hinter sich gelassen hatte, kehrte mit erschreckender Intensität zurück.

"Michael, entschuldige, dass ich mich die letzten Tage nicht gemeldet habe. Joshua hat mich keine Sekunde aus den Augen gelassen. Wie geht es dir?"

"Es wird langsam besser. Die Rippe schmerzt noch ein wenig, aber sie heilt langsam. Und mein Gesicht sieht auch wieder normal aus", sagte er mit einem Hauch von Humor in der Stimme.

"Du hast mir nicht erzählt, wer dieser Dr. Cramer ist."

"Stimmt, das habe ich vergessen. Er ist mein Hausarzt und mein Gynäkologe während der Schwangerschaft."

"So, ein Allrounder also. Hat er beides studiert?"

"Das weiß ich nicht, ich frage nicht nach seinen Qualifikationen", erwiderte sie leicht gereizt.

"Du hast ihm von mir erzählt. Glaubst du, das war klug?"

"Ich habe mich bei ihm ausgeheult, er versteht mich", verteidigte sie ihre Entscheidung.

"Das mag sein, Chrissie, aber kannst du ihm wirklich vertrauen? Oder wird er alles an Joshua weitergeben?"

"Nein, das glaube ich nicht. Aber ich habe hier nicht viele Menschen, denen ich vertrauen kann. Ich muss das Risiko eingehen. Er ist meine Verbindung zur Außenwelt."

"Ich weiß nicht, sei vorsichtig, okay?"

"Ja. Und, Michael, in genau zwei Tagen heiratet Joshua mich. Es ist vorbei! Ich werde nie wieder herauskommen", brach es aus ihr heraus, begleitet von Tränen, die sie nicht zurückhalten konnte.

"Nein, warte, Chrissi. Dann müssen wir anders vorgehen, aber wir finden einen Weg, okay? Schick diesen Dr. Cramer zu mir. Ich bin im Zimmer 205, und danach rufst du mich wieder an, verstanden?"

"Ich hoffe, du hast recht."

"Und, Christine, ich liebe dich auch", sagte er, bevor sie auflegte.

Ihr Herz begann wild zu flattern, als sie über seine Worte nachdachte. Trotz allem liebte er sie also noch. Doch was brachte ihr das jetzt? In wenigen Tagen würde sie Joshua heiraten – eine Tatsache, die ihr längst bewusst war. Es schien, als sei es ihr bestimmt, nie das zu bekommen, wonach sie sich sehnte. Dieses Gefühl der Leere begleitete sie schon so lange, und es fühlte sich an, als würde es sich niemals ändern.

Ihre Wünsche waren bescheiden – ein friedliches Leben mit Michael und Caleb, weit weg von Joshuas dunkler Präsenz. Doch dieser Traum erschien ihr jetzt so unerreichbar wie nie zuvor.

Am nächsten Tag bemerkte Dr. Cramer sofort, dass Christine nervös war.

"Christine, was ist los? Du scheinst etwas auf dem Herzen zu haben", sagte er besorgt.

"Ja, das stimmt. Ich habe Michael gefunden. Warum haben Sie mir nicht gesagt, wo er ist?" Christines Stimme klang verärgert.

"Christine, ich muss äußerst vorsichtig sein. Es könnte mich meinen Job kosten. Ich kann nicht einfach ..."

"Oh doch, das können Sie. Sie haben gesagt, Sie würden mir helfen! Oder haben Sie Ihre Meinung geändert?" Christines Ton war von Enttäuschung getränkt.

"Meine Güte, Christine. Sie verstehen nicht. Joshua ist mein Chef, und ich bin finanziell von ihm abhängig. Er erwartet, dass ich rund um die Uhr verfügbar bin. Momentan bin ich an ihn gebunden, verstehen Sie das?" Dr. Cramer versuchte, seine Situation zu erklären.

"Ja, natürlich verstehe ich das. Aber mein Baby und ich brauchen ein Zuhause, in dem wir in Freiheit leben können. Das sollten Sie doch auch nachvollziehen können, oder?" Christine sah ihn fest an. Dr. Cramer schwieg kurz. Es schien, als würde er über ihre Worte nachdenken. Dann richtete er seinen Blick auf Christine.

"Du hast Recht. Entschuldigung! Was kann ich tun?"

"Was ich jetzt sage, darf Joshua niemals erfahren, okay?"
Christine sah ihm direkt in die Augen. Dr. Cramer nickte
zustimmend.

"Ich habe mit Michael ein paar Mal telefoniert. Er liegt im
Presbyterien Hospital, Zimmer 205. Sie sollen dorthin
gehen."

"Warum?" Dr. Cramer war verwirrt.

"Das weiß ich nicht. Er hat mir nur gesagt, dass ich Ihnen
sagen soll, dass Sie dorthin kommen sollen. Bitte, Dr.
Cramer!"

"Okay, aber das ist ein einmaliges Ereignis, verstehen
Sie? Ich riskiere damit nicht nur meinen Job, sondern
auch uns alle." Dr. Cramer warnte sie eindringlich.
Christine nickte, auch wenn sie nicht sicher war, ob es
wirklich nur bei einem Mal bleiben würde.

Als Dr. Cramer das Anwesen verließ, spürte Christine
eine angespannte Stimmung. Würde er wirklich zu
Michael gehen? Und warum hatte Michael darauf
bestanden, dass Dr. Cramer vorbeikommt? Doch am
meisten plagte sie die Frage, ob sie Dr. Cramer vertrauen
konnte. Seit sie wusste, dass er Zweifel hatte, ihr aus
Angst um seinen Job zu helfen, war sie unsicher, wie
loyal er Joshua gegenüber war. Vielleicht hatte Michael
recht und Dr. Cramer würde Joshua alles verraten. Doch
nun konnte sie nichts mehr ändern und hoffte einfach
auf das Beste.

Am nächsten Tag wartete Christine unruhig auf
Neuigkeiten. Die Stunden zogen sich endlos hin,
während sie versuchte, ihre Nervosität vor Joshua zu
verbergen. Ihre Gedanken kreisten um Michael und Dr.
Cramer. Hatte der Arzt es geschafft, ins Krankenhaus zu
gelangen? Würde Michael einen Plan haben, um sie
beide aus dieser Hölle zu befreien?

Am Nachmittag, als Joshua das Haus verlassen hatte,
klopfte es plötzlich an ihrer Tür. Es war Dr. Cramer. Er trat
ein und blickte sich um, als wolle er sicherstellen, dass
sie ungestört waren.

"Christine," sagte er leise, "ich war bei Michael."

"Und?" fragte sie, ihre Stimme zitterte vor Anspannung.

"Er hat mir dieses Handy für dich mitgegeben," sagte Dr.
Cramer und reichte ihr das Gerät. "Er meinte, dass er
alles arrangieren werde, damit du und dein Baby in
Sicherheit seid. Aber du musst stark bleiben und darfst
nichts verraten."

"Was genau hat er gesagt?" fragte Christine, ihr Herz
schlug schneller.

"Er kennt jemanden, der euch helfen kann, aber es wird
gefährlich. Du musst dich darauf vorbereiten, in den
nächsten Tagen zu handeln."

Christine nahm das Handy mit zitternden Händen
entgegen. "Danke, Dr. Cramer. Ich weiß, dass Sie viel
riskieren."

Nachdem Dr. Cramer gegangen war, fühlte Christine eine
Mischung aus Hoffnung und Angst.

In den folgenden Tagen bereitete Christine sich still und
heimlich vor. Sie sammelte ihre wenigen Habseligkeiten
und versteckte sie an einem leicht zugänglichen Ort
außerhalb der Villa.

Endlich, eines Abends, als Joshua noch unterwegs war,
klingelte das Handy. Mit klopfendem Herzen hob
Christine ab.

"Christine," hörte sie Michaels vertraute Stimme am
anderen Ende der Leitung, "wie geht es dir?"

"Michael, ich heirate morgen!" flüsterte sie verzweifelt.

"Können wir es nicht irgendwie aufhalten?" fragte er
eindringlich.

"Nein, alles ist vorbereitet. Es gibt keinen Ausweg mehr!"
Ihre Stimme brach und sie begann zu schluchzen.

"Ich werde einen Weg finden. Und wenn es nach der
Hochzeit sein muss, dann ist es halt so, okay?",
versuchte er sie zu beruhigen.

"Ich muss Schluss machen, ich höre sein Auto die
Einfahrt hochfahren. Jetzt habe ich deine Nummer, ich
melde mich, sobald ich kann!" sagte sie hektisch und
legte auf. Sie musste das Handy loswerden, bevor Joshua
durch die Tür kam und es sah. Schnell ließ sie es in eine
Vase fallen und ging zurück auf die Couch.

"Amy, ich bin zuhause. Wie geht es meiner Braut?" rief
Joshua mit einer gespielten Fröhlichkeit, die ihr Übelkeit
verursachte. Wie sehr hasste sie dieses Wort momentan.
Sie hatte sich als Kind ausgemalt, wie sie eine
wunderschöne Braut sein würde, mit einer langen
Schleppe in einer großen Kirche voller Gäste. Doch die
Realität sah anders aus. Sie wollte nicht seine Braut sein
und das Kleid tragen, das er für sie ausgesucht hatte.
Ausgerechnet dieses Kleid – es war das Kleid seiner
Schwester. Der bloße Gedanke, es zu tragen, ekelte sie
an. Immerhin hatte Joshua vor einigen Jahren ein mehr
als nur brüderliches Verhältnis zu seiner Schwester
gehabt. Und jedes Mal, wenn sie mit Joshua Ärger hatte,
hatte sie das Gefühl, dass seine Schwester etwas damit
zu tun hatte.

Mit einem gezwungenen Lächeln antwortete sie: "Es geht mir gut." Innerlich fühlte sie sich jedoch wie ein Gefangener, der auf seine Hinrichtung wartete.

Die Stunden bis zur Hochzeit zogen sich endlos hin. Joshua war ungewöhnlich aufgeregt und verbrachte viel Zeit damit, die letzten Details zu überprüfen. Christine hingegen versuchte, sich auf das zu konzentrieren, was vor ihr lag. Sie wusste, dass Michael und Dr. Cramer alles tun würden, um ihr zu helfen. Doch in diesem Moment fühlte sich jede Hoffnung wie ein ferner Traum an.

Als der Morgen dämmerte, konnte Christine kaum glauben, dass der Tag ihrer Hochzeit tatsächlich gekommen war. Sie fühlte sich wie in einem Albtraum, aus dem es kein Erwachen gab. Joshua war bereits wach und bereitete sich auf die Zeremonie vor. Er strahlte vor Freude, während sie es innerlich zerriss.

Die Zeremonie fand auf Joshuas Anwesen statt. Selbst jetzt, bei ihrer eigenen Hochzeit, durfte Christine das Gelände nicht verlassen. Es sah eigentlich wunderschön aus: Die Stühle waren ganz in Weiß gehalten und der Altar stand unter einem Pavillon aus Rosen. Unter anderen Umständen hätte sie sich über eine solche Hochzeit sicherlich gefreut. Doch so schön es auch aussah, für Christine war es nur ein prachtvoll geschmückter Käfig und ihr Weg zur Hölle. Es waren nur wenige Gäste anwesend. Denise, seine Schwester, war mit ihrem Mann gekommen, und die Angestellten standen respektvoll im Hintergrund. Weiter hinten hielten sich einige Menschen von der Presse auf, bereit, den vermeintlichen Glanz des Ereignisses festzuhalten. Christine stand vor dem Pavillon, das weiße Kleid, das Joshua für sie ausgesucht hatte, fühlte sich wie eine Last auf ihren Schultern an. Sie wollte nicht daran denken, dass es das Kleid seiner Schwester war, in dem sie sich jetzt befand. Der Gedanke daran ekelte sie an, erinnerte sie an die ungesunde Nähe zwischen Joshua und Denise.

Joshua trat neben sie, legte seine Hand auf ihren Arm. Sie spürte den Druck seiner Finger, seine Besessenheit.

"Schau, wie schön du bist," sagte er, als er sie in dem Kleid sah, das er für sie ausgesucht hatte. "Du bist die perfekte Braut. " Joshua stand stolz neben ihr, ein selbstgefälliges Lächeln auf den Lippen. „Du siehst wunderschön aus," sagte er, während er sie musterte. „Heute wirst du endlich meine Frau."

Christine nickte nur stumm. Ihr Herz schlug wild, und die Worte von Michael hallten in ihrem Kopf wider. „Wir werden dich da rausholen," hatte er gesagt. Doch jetzt, in diesem Moment, fühlte sie sich hoffnungslos gefangen.

Die Zeremonie begann, und mit jedem gesprochenen
Wort fühlte sich Christine mehr und mehr wie ein
Schauspieler in einem grausamen Stück. Die Stimme
des Priesters drang wie durch Nebel zu ihr durch. Ihre
Gedanken wanderten zu Michael und dem Baby. Konnte
sie wirklich hoffen, dass sich noch etwas ändern würde?

„Willst du, Christine, diesen Mann zu deinem Ehemann
nehmen?". Sie zögerte, ihre Augen suchten verzweifelt
nach einem Ausweg, doch sie fand keinen. Joshuas Hand
drückte ihre, seine Augen funkelten warnend.

„Ja, ich will," sagte sie schließlich, ihre Stimme kaum
mehr als ein Flüstern. In diesem Moment fühlte sie sich,
als hätte sie all ihre Hoffnungen und Träume begraben.

Joshuas Lächeln wurde breiter, als er sie küsste. Die
Hochzeitsgäste klatschten, doch ihr Applaus klangen für
Christine hohl und fern. Sie wussten alle ganz genau,
was hier vor sich ging. Warum half ihr keiner?

Die Feierlichkeiten zogen sich in die Länge, und Christine
bewegte sich wie in Trance durch den Tag. Sie hatte
keinen Kontakt zu Michael oder Dr. Cramer und die
Hoffnung, dass jemand sie retten würde, schwand
immer mehr.

Als die Nacht hereinbrach und die Gäste sich
verabschiedeten, führte Joshua sie in das Schlafzimmer.
„Endlich bist du ganz mein," flüsterte er in ihr Ohr, seine
Hände fest um ihre Taille.

Christine nickte stumm. Sie wusste, dass sie jetzt keine
Wahl mehr hatte. Sie musste stark sein, um ihres Babys
willen. Während Joshua sich auszog, schloss sie die
Augen und dachte an die kleine Seele in ihrem Bauch.
„Es wird alles gut," flüsterte sie in die Dunkelheit, als
Joshua sie zu sich zog.

Mit jeder Berührung kämpfte sie gegen den Ekel und die
Angst an. Sie spürte seinen Atem auf ihrer Haut, wie
damals, als sie noch ein Teenager war. Derselbe Hass
und derselbe Ekel ihm gegenüber waren immer noch da.
Doch jetzt war sie laut Gesetz seine Ehefrau und das
Kind hatte gesetzlich einen Vater. Sie hatte gehofft,
seinen Namen aus der Geburtsurkunde heraushalten zu
können, aber jetzt war das eine Unmöglichkeit. Und so
wie Joshua war, würde er alles Amtliche übernehmen,
sodass sie gar keinen Einfluss darauf haben könnte.

Es waren nur noch zwei Monate bis zur Geburt, und ihre
Hoffnung, es vor der Geburt hier herauszuschaffen,
verschwand immer mehr. Joshua hatte sie fest im Griff,
seine Macht über sie war absolut. Jeder Tag war eine

Qual, und die Vorstellung, dass ihr Kind in diese Welt hineingeboren würde, machte sie krank.

Joshua zog sie näher an sich, seine Berührungen besitzergreifend und kalt. „Du gehörst mir," flüsterte er ihr ins Ohr, seine Stimme ein leises Zischen. Christine schloss die Augen und biss die Zähne zusammen. Sie musste stark bleiben, musste es für ihr Baby durchstehen.

„Es wird alles gut," flüsterte sie leise, als er sich endlich von ihr abwandte, doch die Worte fühlten sich leer und bedeutungslos an.

In den nächsten paar Tagen vibrierte ihr Handy mehrmals. Jedes Mal sah sie Michaels Nummer auf dem Display, aber sie hob nicht ab. Es war vorbei. Ihre Hoffnung war verflogen, und die Enttäuschung nagte an ihr. Michael hatte sein Versprechen gebrochen. Er hatte gesagt, er würde alles tun, um sie da herauszuholen, doch das hatte er nicht getan. Jetzt, da sie Joshuas Frau war, war jede Flucht sinnlos. Selbst wenn sie es schaffte zu entkommen, wäre sie immer noch legal mit ihm verheiratet, und Joshua würde niemals einer Scheidung zustimmen.

Deshalb wollte sie erst einmal nicht mit Michael reden. Sie brauchte Abstand, um sich mit ihrer Situation zurechtzufinden. Dr. Cramer konnte sie nicht ändern, schließlich war er von Joshua abhängig und kam täglich, um nach ihr zu sehen. Seine Besuche waren für sie eine ständige Erinnerung daran, wie gefangen sie war.

Am nächsten Tag sollten ein paar Bewerberinnen für die Anstellung als Nanny ins Haus kommen. Sie mochte den Gedanken immer noch nicht, aber Joshua bestand darauf. Es war seine Art, Kontrolle auszuüben, jede Entscheidung zu dominieren. Christine fühlte sich wie eine Marionette, deren Fäden Joshua in der Hand hielt.

Sie saß im Wohnzimmer, als Joshua mit einem triumphierenden Lächeln hereinkam. "Die Bewerberinnen kommen morgen. Ich habe die besten ausgesucht," sagte er, seine Stimme selbstgefällig. Christine nickte nur stumm. In der Stille des Hauses hörte sie das leise Ticken der Uhr, das sie daran erinnerte, wie ihr Leben an ihr vorbeizog.

„Was ist los, meine Liebe? Du bist heute etwas abwesend. Stimmt etwas nicht?"

„Es ist alles okay, Joshua. Dein Sohn ist heute nur ziemlich lebhaft und macht mir etwas zu schaffen."

Er legte seine Hand auf ihren Bauch. Sie durfte sich nichts anmerken lassen. Die Berührung seiner Hand auf ihrem Bauch ließ sie innerlich zusammenzucken, aber sie zwang sich, ruhig zu bleiben. Er musste es wissen, wie konnte er es nicht wissen? Aber sie durfte es ihm nicht zeigen. Wenn er etwas anderes sehen würde als die zufriedene Ehefrau, die er sehen wollte, müsste sie damit rechnen, dass er wieder verärgert werden würde.

„Ja, ich spüre es auch. Er ist ein sehr lebhafter junger Mann," sagte er mit einem Lächeln im Gesicht. Da war es wieder – das Lächeln, das sie damals so schön an ihm fand. Er schien sich wirklich auf das Baby zu freuen. Und Christine freute sich auch auf das Baby, selbst wenn es von ihm war. Aber sie wusste auch, dass er mit diesem Kind ein Druckmittel gegen sie hätte.

Christine zwang sich zu einem Lächeln und nickte. Innerlich kämpfte sie jedoch gegen den Ekel und die Verzweiflung an.

Joshua legte die heutige Zeitung auf den Tisch.

„Schau mal, wie hübsch wir aussehen." Sie hatte schon eine Ahnung, dass es etwas in der Zeitung über die Hochzeit gab. Immerhin war die Presse anwesend gewesen, und sonst brachte er nie eine Zeitung mit nach Hause. Sie schaute drauf und sah ein großes Bild der Hochzeit auf dem Titelblatt.

„Jetzt weiß jeder, dass du meine Frau bist!", sagte er. Christine schaute ihn nur an. Sie wusste, dass er irgendetwas vorhatte. Sein Blick war fest und starr, obwohl er versuchte, es mit einem Lächeln zu kaschieren.

„Wir sehen wirklich glücklich aus," sagte sie leise, ihre Stimme klang jedoch hohl. Der Gedanke, dass ihre Ehe nun öffentlich war und sie keinen Ausweg mehr hatte, ließ sie erschaudern.

"Du hättest wenigstens lächeln können, Amy!"

"Ich hatte Kopfschmerzen," entgegnete sie, ihre Stimme zitterte.

"Kopfschmerzen? Nein, du hattest keine Kopfschmerzen! Du willst mich vor der ganzen Welt bloßstellen." Seine Stimme wurde lauter, durchdringender. Sie schaute ihm in die Augen und spürte eine ungeheure Angst in ihr aufsteigen.

Als er seine Hand hob, zuckte sie zusammen, aber er strich ihr nur über das Gesicht. "Amy, ich bin kein Monster. Du trägst mein Kind in dir, da werde ich dir doch nichts tun," sagte er, seine Stimme klang so sanft und liebevoll. Christine schaute zu ihm auf und zwang sich zu einem Lächeln. Joshua nahm ihre Hand und führte sie ins Schlafzimmer.

„Komm mit," sagte er, und sie folgte ihm widerwillig. Joshua musterte sie von oben bis unten und biss sich auf die Lippe. In seinen Musikvideos zeigte er sich stets reizend und geheimnisvoll, und sie konnte verstehen, warum Mädchen auf ihn standen. Doch keiner kannte ihn so gut wie sie. Sie wusste, wer er wirklich war.

Im Schlafzimmer angekommen, wusste sie, was er wollte. „Du bist wundervoll," flüsterte er ihr ins Ohr, „vor allem jetzt, wo du meinen Sohn in dir trägst. Du machst mich wahnsinnig." Seine Hand glitt durch ihr Haar, und er küsste sie leidenschaftlicher als je zuvor. Zu ihrer Überraschung erwiderte sie seinen Kuss.

In ihrem Kopf hallten Gedanken wider: Das war es, was eine Frau wollte. Sein Kuss war intensiver als sonst, sie spürte jeden seiner Atemzüge. Etwas in ihr ließ ihn gewähren, als er begann, sie auszuziehen. Ihr Atem wurde schwerer, und ein leises Stöhnen entwich ihren Lippen. Ihre Hände wanderten über seinen Körper. Noch nie hatte sie seine Berührungen so intensiv gespürt. Etwas war anders. Er war zärtlich und vorsichtig in allem, was er tat. Es schien, als könnte sie es endlich genießen. Kein Ekelgefühl, keine Tränen. Es waren nur er und sie in einem Moment der Begierde.

„Das war einfach magisch," flüsterte er in ihr Ohr, bevor er aufstand und ins Bad ging. Als die Badezimmertür sich hinter ihm schloss, starrte Christine zur Decke. Was war gerade passiert? Warum hatte sie ein gutes Gefühl? Sie sollte sich doch jetzt ekeln und in Tränen ausbrechen, so wie es sonst immer geschah. Sie bereute es, was sie getan hatte – oder eher, was sie gefühlt hatte, als er es tat. War es die Schwangerschaft? Lange Zeit lag sie noch da, die Gedanken wirbelten in ihrem Kopf, bis sie schließlich einnickte.

„Amy, steh auf! Die erste Bewerberin kommt gleich. Du hast dich genug ausgeruht!" Jetzt war er wieder der alte. Seine Stimme war wieder dominant und fordernd. Wie schaffte er es innerhalb kurzer Zeit, sich so zu verändern? Aber sie tat, was er sagte und stand auf, richtete kurz das Bett und ging runter. Eine der Haushälterinnen hatte schon im Salon etwas zu trinken hingestellt sowie etwas ausgewähltes Gebäck, sodass alles sehr einladend wirkte. Mal schauen, wie lange die hier arbeiten würden, bevor sie Joshua durchschauen würden und dann sehen, was für ein Mensch er wirklich ist.

Es waren fünf Bewerberinnen, von jung bis alt, und alle hatten beeindruckende Referenzen vorzuweisen. Eine besonders attraktive Dame war ebenfalls darunter. Christine beobachtete sie und warf immer wieder verstohlene Blicke zu Joshua, doch er schien sie gar nicht zu beachten. Ein Funken Hoffnung glomm in ihr auf, dass er vielleicht Interesse an jemand anderem haben könnte, aber das schien nicht der Fall zu sein. Er hielt die ganze Zeit seine Hand fest auf Christines Knie. Es war ein meisterhaftes Schauspiel, wie er die Fassade einer intakten Familie aufrechterhielt.

Als die letzte Bewerberin endlich gegangen war, betrachtete Joshua noch einmal die Referenzen aller Kandidatinnen.

„Joshua, für wen wirst du dich entscheiden?" fragte Christine vorsichtig.

Er schaute kurz zu ihr hoch. „Wir haben noch Zeit, aber ich denke, die ältere Dame wird es sein. Sie weiß, was sie tut, und kommt noch von der alten Schule."

„Was meinst du damit?" fragte Christine verwirrt.

Joshua schaute ihr in die Augen und strich ihr durch das Haar. „Sie wird tun, was ich ihr sage und sich nicht in meine Erziehung einmischen. Die jüngeren Damen werden Ärger machen und Mutterinstinkte entwickeln. Es ist mein Sohn und mein Haus. Hier habe ich das Sagen."

Obwohl seine Stimme ruhig war, waren seine Augen kalt. Christine wusste, dass er es ernst meinte, wenn er so blickte. Seine Stimme hatte dabei auch immer einen dominanten Tonfall, den sie gelernt hatte, nicht zu widersprechen. Dennoch wagte sie es.

„Ich fand die dritte perfekt. Sie war jung und modern und ich fand sie nett."

„Habe ich dich nach deiner Meinung gefragt?" schrie er. „Sie soll eine Nanny sein und nicht deine Freundin oder deine neue Komplizin. Hast du das verstanden, Amy? Ich fälle in diesem Haus die Entscheidungen und daran wird sich nie etwas ändern, ist das klar?"

Ein eiskalter Schauer lief ihr über den Rücken, und sie zuckte kurz zusammen, obwohl sie mit so einer Reaktion gerechnet hatte. Es war auch ihr Kind, und sie hoffte, dass sie ein Mitspracherecht haben würde. Doch wie es aussah, war sie nur die Frau, die sein Kind austrug. Alle weiteren Entscheidungen würde er treffen.

Eine Wut schoss in ihr hoch. Sie durfte sich nichts anmerken lassen, nicht jetzt und nicht vor ihm. Sonst würde er richtig sauer werden, und wer wusste, wie sehr er seine Wut zurückhalten konnte. Sie versuchte, ihre eigene Wut zu unterdrücken, doch stattdessen schossen ihr die Tränen in die Augen.

„Amy, irgendwann wirst du mich verstehen und einsehen, dass ich das alles nur zu deinem Besten getan habe!" Er wollte ihr über die Wange streicheln, doch in diesem Moment wich sie aus und ging einen Schritt zurück. Joshua lächelte leicht, als ob alles ein Spiel wäre, und schüttelte den Kopf. Dann ergriff er ihre Haare und zog sie zu sich. Sie zitterte und wimmerte etwas vor sich hin, als er ihr in die Augen schaute und sagte: „Amy, mach das nie wieder! Treib es nicht zu weit!"

„Bitte, Joshua. Bitte lass los!"

„Bitte, bitte", imitierte er sie und lachte dabei, während er ihr ernst in die Augen schaute.

„Bitte, Joshua! Es tut mir leid. Lass los, bitte!" Sie fühlte einen großen Kloß in ihrem Hals und zitterte am ganzen Körper. Er schubste sie weg, während er losließ, und sie stürzte zu Boden.

„Amy, pass auf, was du sagst. Ich bin dein Ehemann, und du hast mir zu gehorchen. Schwanger oder nicht schwanger, du hast mir zu gehorchen!" Mit zittrigen Händen versuchte sie, sich wieder aufzurichten. „Hast du mich verstanden?" schrie er sie wieder an. Sie stammelte ein leises „Ja" und nickte, als er ihr aufhalf. „Alles okay?" fragte er, als wäre nichts passiert, seine Stimme wieder ruhiger. Wieder nickte sie nur. Er zog sie an sich und umarmte sie fest, während ihr die Tränen über das Gesicht liefen. Sie zitterte immer noch.

„Es ist alles wieder gut, okay? Du gehörst mir und du wirst mir gehorchen, dann wird es dir hier an nichts fehlen. Das wollen wir doch beide, nicht wahr?"

Sie schluchzte und nickte, unfähig, etwas zu sagen.

Die Wochen vergingen und die Geburt rückte immer näher. Michael hatte immer wieder versucht anzurufen, doch Christine sah keinen Grund, seine Anrufe entgegenzunehmen. Auch Dr. Cramer richtete ihr oft Grüße von Michael aus, da er ihn regelmäßig besuchte. Natürlich konnte Michael ihm nicht viel bezahlen, aber Dr. Cramer hatte ein gutes Herz und fühlte sich verpflichtet, nach ihm zu sehen – schließlich waren es Joshuas Leute gewesen, die ihn krankenhausreif geschlagen hatten. Mittlerweile ging es ihm etwas besser, nur ein paar Rippen brauchten noch etwas länger zum Heilen, aber das war für Michael nicht weiter schlimm. Er hatte sich noch nie leicht von etwas unterkriegen lassen.

An einem Morgen, als Joshua arbeiten war, schaute
Christine starr auf ihr Handy. Sie konnte es nicht
glauben, dass Joshua es bisher nicht gefunden hatte.
Oder vielleicht hatte er auch keinen Grund zu suchen, da
er auch keine Vermutungen hatte. Sie starrte immer
wieder auf das Display und sah, dass sie schon wieder
einen Anruf in Abwesenheit hatte. Plötzlich spürte sie,
wie ihr die Tränen in die Augen stiegen. Warum hatte sie
ihn nie zurückgerufen? Warum hatte sie so leicht
aufgegeben? Sie versuchte sich selbst immer wieder zu
sagen, dass sie nicht anrufen sollte und dass er
wahrscheinlich sowieso nicht drangehen würde und
doch spürte sie einen so großen Drang, ihn anzurufen,
dass sie wie in Trance auf den Zurückrufen-Knopf
drückte. Es klingelte eine Weile. Doch gerade als sie
wieder auflegen wollte, ging er ran.

„Chrissy, oh mein Gott. Ich habe so oft versucht, dich
anzurufen. Geht es dir gut?"

„Michael, es tut mir leid. Es tut mir alles so leid!", schoss
es aus ihr heraus.

„Was ist passiert?"

„Ich habe dir die Schuld gegeben. Ich habe mir immer
wieder eingeredet, dass du mir versprochen hast, mich
hier rauszuholen und du mich einfach nur belogen hast!"

„Ich war im Krankenhaus, das weißt du. Was sollte ich
denn machen?" Seine Stimme klang gekränkt und
verärgert.

Eine kurze Stille herrschte.

„Ich werde hierbleiben, Michael!", fing sie an. Michael
schien nicht richtig gehört zu haben. „Bitte, was hast du
da gesagt? Du willst bleiben? Was ist passiert? Was ist
mit dem Baby und vor allem, was ist mit uns? Ich dachte,
zwischen uns wäre etwas, Christine!"

„Ja, das ist es auch, oder es war, aber ich muss an
meinen Sohn denken. Und ich werde ihm niemals das
geben können, was Joshua ihm geben kann. Ich versuche
momentan auch, das Gute in ihm zu sehen ..."

„Das Gute? Christine, hörst du dir eigentlich zu? Er hat
dich jetzt genau da, wo er dich haben will, verstehst du
das nicht? Er hat dich geschlagen, dich entführt und sich
mehrfach an dir vergangen. Wo findest du da etwas
Gutes?"

„Michael, bitte," ihre Stimme zitterte und Michael hörte,
dass sie sehr bedrückt war und ihre Tränen zurückhielt.

„Bitte akzeptiere meine Entscheidung. Es wird alles
besser, wenn ich hier bin. Ich will nicht ständig mich mit
meinem Sohn verstecken müssen, verstehe das bitte!"

„Akzeptieren werde ich es nicht, aber deine Meinung ändern kann ich auch nicht, zumindest momentan nicht. Aber versprich mir, dass du dich bei mir meldest, egal, was passiert, okay? Und wenn du dich anders entscheidest, hole ich dich und deinen Sohn daraus, dass verspreche ich dir.“

„Okay. Ich liebe dich, Michael. Das habe ich immer getan, vergiss das nicht.“ Mit diesen Worten beendete sie das Gespräch. Schnell versteckte sie wieder das Handy und ging ins Bad. Sie sah sich im Spiegel an. Ihre Augen strahlten nicht mehr und sie sah nur noch müde aus. Sie verschloss die Tür und brach in Tränen aus.

Sie liebte Michael wirklich, aber das hatte alles keinen Sinn. Egal, wohin sie gehen würde, Joshua würde sie immer wieder aufspüren. Besonders jetzt, da sie in ein paar Wochen sein Kind in den Armen halten würde. Er würde sie niemals gehen lassen – nicht mit seinem Baby. Das wusste sie, und aus diesem Grund zwang sie sich, sich an den Gedanken zu gewöhnen, bis ans Ende ihrer Tage bei ihm bleiben zu müssen. Joshua könnte ihrem Sohn so viel mehr bieten, als sie es je könnte, oder auch Michael. Und wer weiß, wie lange die Liebe zwischen ihr und Michael halten würde, wenn sie mit ihm zusammen wäre. Vielleicht würde er es irgendwann leid sein, sich um ein Kind zu kümmern, das nicht seins ist. Vielleicht würden sie sich um alles Mögliche streiten und daran zerbrechen.

Nein, das durfte alles nicht passieren – sie hatte die richtige Entscheidung getroffen, versuchte sie sich immer wieder einzureden.

Die Geburt rückte immer näher, und Dr. Cramer stand nun vierundzwanzig Stunden bereit. Man konnte nie wissen, wann es losgehen würde. Auch eine Hebamme hatte Joshua bereits organisiert; Christine glaubte, ihr Name sei Camilla. Sie war schon öfter im Haus gewesen und hatte das Babyzimmer inspiziert. Mit Christine selbst hatte die Hebamme nur flüchtigen Kontakt. Sie kam immer nur kurz vorbei, um nach dem Rechten zu sehen, und unterhielt sich dann mit Dr. Cramer oder mit Joshua. Auch jegliche Vorbereitungen für das Kind wurden nicht mit Christine besprochen. Und obwohl Joshua ihr versicherte, dass dies in höheren Kreisen völlig normal sei, fand sie es doch sehr gewöhnungsbedürftig und fühlte sich immer mehr ausgeschlossen vom Leben ihres eigenen Kindes.

Auch die baldige Nanny, Tori Torres, kam immer wieder mal vorbei. Sie war etwa fünfundvierzig Jahre alt und Latina. Sie sah für ihr Alter gut aus, und das wusste sie auch. Sie war von Natur aus schön und brauchte nicht viel Make-up. Dennoch kam sie oft sehr elegant gekleidet, fast wie für einen Job als Anwältin. Christine schmunzelte darüber und fragte sich, wie lange Camilla das wohl durchhalten würde, wenn das Baby zum ersten Mal auf ihr Outfit spuckte. Camilla Torres wirkte stets selbstbewusst und souverän, wenn sie das Haus betrat. Sie hatte eine ruhige Ausstrahlung und schien schon viel Erfahrung mit Kindern zu haben. Christine konnte nicht leugnen, dass sie sich ein wenig unsicher fühlte in Anwesenheit dieser erfahrenen Frau, die scheinbar alles im Griff hatte.

Die Tage vergingen und die Spannung stieg. Christine konnte spüren, wie ihr Baby immer aktiver wurde, und die Vorfreude mischte sich mit Nervosität. Sie fragte sich, ob sie bereit war für die bevorstehende Geburt und für die Veränderungen, die ihr Leben auf den Kopf stellen würden.

Trotz ihrer Bedenken fühlte Christine eine gewisse Erleichterung, dass sowohl Dr. Cramer als auch die Hebamme und die Nanny bereits im Vorfeld organisiert waren. Es gab ihr ein Gefühl der Sicherheit zu wissen, dass sie in guten Händen war, auch wenn sie sich manchmal ausgeschlossen fühlte von den Entscheidungen und Vorbereitungen, die um sie herum getroffen wurden.

Mit jedem Tag, der verging, wuchs auch ihre Neugierde auf die Begegnung mit ihrem Kind. Sie konnte es kaum erwarten, es endlich in den Armen zu halten und all die Emotionen zu spüren, die damit verbunden waren.

In der Zwischenzeit versuchte sie, sich auf die letzten Wochen ihrer Schwangerschaft zu konzentrieren, bevor sich ihr Leben für immer verändern würde.

Kapitel 5: Die Kraft der Liebe

Das Schreien hallte durch die ganze Villa, als es endlich losging. Das Baby wollte jetzt raus. Christine lag mit gespreizten Beinen auf dem Bett, eine wasserfeste Unterlage darunter – Joshuas Anordnung. Sie schrie vor Schmerzen, und Tränen liefen ihr über das Gesicht. Dr. Cramer und die Hebamme, Tori, waren anwesend. Nur Joshua fehlte noch.

„Sir, bitte, Sie müssen schnell kommen! Die Wehen haben eingesetzt, und Dr. Cramer sagt, das Baby will kommen!" rief einer der Angestellten ins Telefon, als sie

Joshua endlich erreicht hatten. Durch den Hörer hörte Joshua das Schreien seiner Frau und setzte sich sofort ins Auto.

Kurze Zeit später stürmte er ins Zimmer. „Amy, wie geht es dir?" fragte er, während er ihr sanft über den Kopf strich. Christine schaute ihn an, ihre Augen voller Schmerz und Angst, und schrie erneut.

„Ich kann nicht mehr, es tut so weh!"

Joshua versuchte, ruhig zu bleiben, obwohl er selbst vor Aufregung zitterte. „Alles wird gut, Amy. Bald ist es vorbei, und dann ist unser Sohn da." Er hielt ihre Hand, doch als die nächste Wehe eintrat, drückte sie so fest zu, dass er kaum glauben konnte, wie viel Kraft in ihr steckte.

Die Hebamme ermutigte Christine mit sanften Worten, während Dr. Cramer konzentriert arbeitete.

„Du machst das großartig, Amy," flüsterte er. „Ich bin so stolz auf dich."

Nach Stunden der Qual war es endlich so weit: Das Baby war geboren. Christine war erschöpft, aber nichts konnte ihre Sehnsucht dämpfen, ihren Sohn, Caleb, endlich zum ersten Mal zu sehen. Dr. Cramer kam mit dem Neugeborenen im Arm auf sie zu und wollte ihn ihr gerade überreichen, als Joshua dazwischenging.

„Er sieht gut aus, aber gib ihn bitte erst der Hebamme. Und dann zur Nanny. Amy braucht jetzt erstmal Ruhe."

„Joshua, bitte, es ist mein Baby!" Christines Stimme war verzweifelt.

„Ja, das stimmt, aber du musst dich jetzt erholen. Du wirst mir später dafür danken!" Mit diesen Worten verließ er den Raum.

„Dr. Cramer, bitte...", flehte sie mit Tränen in den Augen.

Dr. Cramer schaute sie an, seine Augen voller Entschuldigung, und ging dann mit der Hebamme und dem Baby hinaus.

Christine schrie auf, aber diesmal nicht vor körperlichen Schmerzen. Es war ein seelischer Stich ins Herz, gemischt mit einer brennenden Wut darüber, dass sie ihr Baby nach all den Strapazen nicht zu Gesicht bekam. Sie fühlte sich verraten und hilflos, und die Tränen liefen ihr unaufhaltsam über das Gesicht.

Es schien eine Ewigkeit zu vergehen, bis Dr. Cramer schließlich die Tür zu Christines Zimmer öffnete.

„Joshua?" fragte Dr. Cramer

„Er ist nicht hier," antwortete Christine schnell.

„Sehr gut!", sagte er und huschte mit dem Baby im Arm zu ihr.

„Ich danke Ihnen sehr, Doktor! Kann ich ihn halten?"
fragte Christine, ihre Augen voller Hoffnung.

„Beeilen Sie sich. Joshua könnte jeden Moment
zurückkommen."

Christine nahm ihren Sohn in die Arme. Es war ein
magisches Gefühl, das sie durchströmte. Noch nie zuvor
hatte sie so viel Liebe gespürt wie in diesem Moment.

„Ich muss ihn zurück zur Hebamme bringen, sonst
schöpfen sie Verdacht!", sagte Dr. Cramer und machte
Anstalten, das Zimmer wieder zu verlassen.

„Aber warum? Ich bin seine Mutter, rief Christine ihm
hinterher, doch er war bereits mit dem Baby draußen.

Obwohl der Moment kurz war, erfüllte er sie mit tiefer
Zufriedenheit. Die Wärme, die sie verspürte, war eine
Liebe, die niemand sonst ihr hätte geben können. Sie
legte sich mit einem Lächeln im Gesicht hin und
versuchte, etwas Schlaf zu finden, da die Geburt sie sehr
erschöpft hatte.

Als sie erwachte, fand sie Joshua auf einem Stuhl neben
ihrem Bett, das Baby sanft in seinen Armen haltend.

„Er ist gesund, fünfzig Zentimeter groß und wiegt fast
viertausend Gramm. Willkommen zuhause, Ethan Joshua
Johnson!"

Christine starrte ihn entgeistert an. „Nein, Joshua! Sein
Name ist Caleb. Das habe ich dir doch schon gesagt."

Joshua sah sie mit einem ruhigen, aber unnachgiebigen
Blick an. „Amy, nur weil du etwas willst, heißt das nicht,
dass du es auch bekommst. In diesem Haus entscheide
ich über alles. Das haben wir schon besprochen." Seine
Stimme war leise, aber in ihrer Dominanz unverkennbar.
„Und jetzt lass uns nicht darüber streiten. Er schläft.
Willst du ihn wirklich aufwecken?"

Christine war fassungslos – nein, sie war erschüttert über
die Art und Weise, wie er ihr selbst das letzte Stück
Mitbestimmung über den Namen ihres Kindes entzog.

„Ethan ist doch ein schöner Name," sagte er mit einem
sarkastischen Unterton. „Nach meinem Vater und mir.
Gefällt dir der Name etwa nicht?"

Sie wusste, dass sie diesen Kampf verloren hatte, und
versuchte, ihn zu besänftigen. „Ja, Ethan ist tatsächlich
ein schöner Name. Das hätte ich auch selbst wählen
können," murmelte sie. Sie fühlte sich übergangen und
hilflos, unfähig, etwas dagegen zu unternehmen. Sie
hatte das Kind monatelang in sich getragen, und nun
sollte sie ihre gesamte Mutterrolle einfach aufgeben?
Ihren Sohn – ihren Caleb – einfach an ihn abtreten? Nein,
das konnte und wollte sie auf keinen Fall. Doch was

konnte sie dagegen tun? Es schien, als wären alle gegen
sie, und sie verstand nicht einmal warum. Die Frustration
wuchs und immer wieder überkam sie der Gedanke, ihr
Kind zu nehmen und wegzulaufen. Aber wohin sollte sie
gehen? Er würde sie überall finden. Vielleicht hatte sie
beim ersten Mal Glück gehabt, doch diesmal, mit seinem
Baby, würde es nicht gelingen.

„Dr. Cramer? Hallo, hier ist Michael Dalton. Sie hatten
mir im Krankenhaus Ihre Nummer gegeben. Erinnern Sie
sich?"

„Ja, natürlich, Michael, ich erinnere mich. Wie geht es
Ihnen? Haben Sie sich nach dem Unfall gut erholt?"

„Ja, danke. Aber ich rufe an, um mich nach Amy zu
erkundigen. Wie geht es ihr?"

„Warum rufen Sie sie nicht selbst an? Mr. Johnson ist bis
zum Nachmittag nicht im Haus, und ich denke, sie würde
sich über Ihren Anruf freuen."

„Ich bin mir nicht sicher. Wir haben schon lange nicht
mehr gesprochen, und ich weiß nicht, ob sie sich wirklich
über einen Anruf von mir freuen würde."

„Ich glaube, Sie machen sich zu viele Gedanken.
Versuchen Sie es einfach. Amy und dem Baby, Ethan,
geht es gut."

„Ethan? Aber sie wollte ihn doch Caleb nennen. Das hat
sie immer gesagt."

„Sprechen Sie am besten mit ihr darüber. Ich bin sicher,
eine vertraute Stimme würde ihr jetzt guttun. Ich muss
los!" Mit diesen Worten verabschiedete sich Dr. Cramer
und legte auf.

Ein beklemmendes Gefühl überkam Michael. Warum
hatte ihr Sohn plötzlich einen anderen Namen? Christine
war von Anfang an so entschlossen gewesen, ihn Caleb
zu nennen. Was hatte sie dazu gebracht, ihre Meinung zu
ändern? Und warum war Dr. Cramer heute so kurz
angebunden, ganz anders als sonst? Was ging hier vor
sich? Vielleicht bildete er sich alles nur ein, aber das
Gefühl, dass etwas nicht stimmte, ließ ihn nicht los. Und
meistens lag er richtig, wenn er so etwas spürte. Also
griff er zum Handy.

Er starrte auf das Display, als würde es von selbst die
Nummer wählen, aber schließlich drückte er die
Kurzwahltaste, unter der Christines Nummer gespeichert
war. In Gedanken malte er sich alle möglichen Szenarien
aus und hoffte inständig, dass es ihr gut ging. Aber
warum hätte Dr. Cramer ihm sonst versichert, dass es ihr
gutging? Er vertraute Dr. Cramer, doch heute war etwas

anders. Der Arzt hatte das Gespräch schnell beenden wollen, was nicht seine Art war.

„Oh, mein Gott, Michael. Warte kurz ...!", flüsterte Christine ins Telefon. Michael hörte, wie sie eine Tür schloss. „Was ist los?"

„Nichts, ich musste mich nur im Bad einschließen. Ich will nicht, dass jemand mitbekommt, dass ich mit dir telefoniere. Aber warum rufst du nach so langer Zeit an?"

„Es tut mir so leid, Chrissy. Ich weiß, ich habe dich enttäuscht. Ich habe es nicht rechtzeitig geschafft, dich zu holen. Bitte verzeih mir. Aber ich will, dass du weißt, dass ich mich immer bei Dr. Cramer nach dir erkundigt habe."

„Ist das wahr, Michael?"

„Ja, und ich weiß auch, dass dein Sohn jetzt Ethan heißt. Wie kam es dazu? Du wolltest ihn doch Caleb nennen."

„Oh, Michael, du hast keine Ahnung," sagte sie und begann zu schluchzen. „Er hat mir alles genommen. Ich darf meinen Sohn nur noch zum Stillen sehen. Ansonsten kümmert sich die Nanny um ihn. Er hat ihm den Namen gegeben, Nathan Joshua, nach seinem Vater. Ich hatte keine Wahl, das hat er alles gemacht, während ich noch schlief!" Ihre Stimme bebte und die Wut und Verzweiflung brachen aus ihr hervor.

„Und du willst trotzdem bei ihm bleiben?"

„Ich denke jeden Tag daran, abzuhauen, Mike. Aber es hat keinen Sinn. Er würde uns finden. Es geht ihm nicht um mich, aber er will sein Kind. Er hat mir klar gesagt, wenn ich gehe, dann ohne mein Kind."

„Und was willst du jetzt tun? Willst du das wirklich alles einfach so hinnehmen? Das bist nicht du, Chrissy. Du bist stärker als das!"

„Ich muss los, er kommt gleich nach Hause."

„Warte! Meldest du dich wieder? Bitte!" Seine Stimme klang flehend.

„Ich melde mich, okay? Ich muss nur sehen, wie ich das regeln kann." Mit schwerem Herzen legte sie auf.

„Tori, kann ich Ihnen irgendwie helfen?" fragte sie, als sie die Nanny bemerkte. Tori blickte sie kurz erschrocken an, bevor sie sich hastig wieder Ethan zuwandte, der in einer Hängematte schlief.

Hatte Tori etwas mitbekommen? Ihr Verhalten kam Christine merkwürdig vor. Oder bildete sie sich das nur ein und benahm sich selbst seltsam? Christine konnte den Gedanken nicht abschütteln, dass etwas mit Tori

nicht stimmte. Immer wieder warf Tori ihr Blicke zu, als
ob sie etwas verbergen müsste. Irgendetwas lastete
doch auf ihrem Herzen, oder etwa nicht?

„Tori, ich merke doch, dass Sie etwas bedrückt. Was ist
los?"

„Es ist nichts, alles ist in Ordnung," antwortete Tori und
wandte sich ab.

„Sie wissen doch, dass Sie mit mir reden können, wenn
etwas nicht stimmt, oder?"

Tori schaute sie kurz an und schmunzelte. „Als ob ich von
einer Verrückten Hilfe annehmen würde," murmelte sie
im Vorbeigehen.

„Was haben Sie gesagt?" Christines Stimme wurde
lauter.

„Mr. Johnson hat mir alles über Ihre Erkrankung und die
depressiven Episoden erzählt. Deswegen passe ich auf
Ethan auf und nicht Sie. Sie schaffen es ja nicht!"

Christine erstarrte. Was hatte Tori gerade gesagt? Hatte
Joshua ihr wirklich erzählt, dass sie verrückt sei? Das
würde einiges erklären – warum Ethan nach der Geburt
nicht zu ihr, sondern zu Joshua gebracht wurde und
warum sie keine Mitsprache bei den Entscheidungen
über ihren Sohn hatte. Joshua hatte dafür gesorgt, dass
alles nach seinem Willen lief. Und alle glaubten ihm.

„Das ist eine bodenlose Frechheit, das stimmt alles gar
nicht." Christines Stimme wurde unsicher und stotterte
leicht.

„Ja, Mr. Johnson hatte mich auch gewarnt, dass Sie alles
leugnen würden," antwortete Tori kühl.

„Tori, Sie müssen mir glauben! Das ist alles erfunden. Ich
heiße schon lange nicht mehr Amy. Ihren Namen habe
ich geändert, als ich von hier geflüchtet bin. Er hat mich
gefunden. Ich bin Christine, aber Joshua will das nicht
akzeptieren. Für ihn bleibe ich immer Amy. Wenn Sie mir
nicht glauben, fragen Sie Dr. Cramer."

Christine rief ihr die Worte hinterher, es war ihr letzter
verzweifelter Versuch, Toris Aufmerksamkeit zu
gewinnen. Doch Tori nahm Ethan und verließ wortlos den
Raum.

Christine war fassungslos. Würde ihr in diesem Haus
überhaupt jemand glauben? Vielleicht brauchte Tori
einfach mehr Zeit, um die Wahrheit zu erkennen.
Vielleicht würde sie später von selbst verstehen, was
wirklich vor sich ging. Doch jetzt musste Christine sich
zusammenreißen – Joshua würde bald nach Hause
kommen. Trotz ihrer Wut auf ihn durfte sie sich nicht in

Gefahr bringen, indem sie ihm erzählte, was Tori gesagt
hatte. Vielleicht würde Joshua Tori sogar bestrafen oder
feuern, und sie war doch die Einzige, die tagsüber immer
da war, abgesehen vom Küchenpersonal und ein paar
Leibwächtern. Christine wollte es sich mit Tori nicht
verderben; sie hoffte, dass Tori selbst erkennen würde,
dass Joshua ein falsches Spiel spielte. Dann hätte sie
vielleicht jemanden an ihrer Seite, der ihr helfen könnte,
hier herauszukommen. Es ging schließlich nicht nur um
ihr eigenes Wohl, sondern auch um das ihres Babys,
Caleb, oder wie Joshua ihn nannte, Ethan.

„Hallo Amy, wie war dein Tag?" Joshua stand plötzlich
hinter ihr. Obwohl sie nicht geträumt hatte, hatte sie ihn
nicht hereinkommen gehört und schrak zusammen.

„Alles in Ordnung? Du bist heute wieder so schreckhaft,"
fragte er.

„Ich habe dich einfach nicht reinkommen gehört. Ja,
alles ist gut," antwortete sie mit einem gezwungenen
Lächeln.

„Ich dachte, wir könnten heute mal wieder ausgehen.
Seit der Geburt waren wir nicht mehr aus. Ich habe uns
einen Tisch reservieren lassen. Zieh dich um."

„Soll ich Ethan auch etwas Hübsches anziehen?", fragte
sie zögerlich.

„Nein, ich denke, er ist bei Tori besser aufgehoben."
Christine schluckte die Worte hinunter, die ihr auf der
Zunge lagen, und nickte stumm. Warum hatte sie immer
wieder das Gefühl, dass die Nanny eine größere Rolle in
der Erziehung ihres Sohnes spielte als sie selbst? Weil es
so war. Tori war den ganzen Tag über bei ihrem Sohn. Sie
wickelte ihn, zog ihn an und brachte ihn ins Bett.
Christine war nur dafür da, ihn zu stillen – und selbst
dann hatte sie ihren Sohn nie für sich allein, denn Tori
saß immer in einem Sessel daneben und wartete darauf,
Ethan wieder in ihre Obhut zu nehmen. Je mehr Christine
versuchte, diese Gedanken zu unterdrücken, desto
stärker wurde der Drang, einfach zu schreien: „DAS BABY
GEHÖRT MIR!"
Christine nahm einen tiefen Atemzug, um die
aufsteigende Panik zu unterdrücken. Sie zwang sich,
ruhig zu bleiben. Ein Ausbruch würde jetzt nichts
ändern—im Gegenteil, es könnte alles nur noch
schlimmer machen. Also lächelte sie Joshua an, auch
wenn es sie innerlich zerriss, und ging ins Schlafzimmer,
um sich umzuziehen. Während sie langsam ein Kleid aus
dem Schrank nahm, überschlugen sich ihre Gedanken.

Wie sollte sie das alles noch länger aushalten? Jeder Tag fühlte sich an, als würde ein weiteres Stück von ihr verloren gehen. Joshua hatte alles perfekt inszeniert – er hatte ihr den Sohn genommen, ihre Identität geleugnet und nun kontrollierte er jeden Aspekt ihres Lebens. Und Tori, die Frau, die sie eigentlich als Verbündete gewinnen wollte, schien mehr auf Joshuas Seite zu stehen als auf ihrer.

Aber Christine wusste, dass sie jetzt keinen Fehler machen durfte. Sie musste stillhalten, die Fassade wahren, bis sich eine echte Gelegenheit bot, das Blatt zu wenden. Ihre Gedanken wanderten zurück zu Dr. Cramer. Vielleicht konnte er ihr helfen, vielleicht würde er bestätigen, dass sie nicht verrückt war, dass Joshua sie manipulierte. Aber um das herauszufinden, musste sie einen Weg finden, mit ihm allein zu sprechen, ohne dass Joshua oder Tori davon Wind bekamen.

Sie glättete das Kleid über ihrem Körper und sah ihr eigenes Spiegelbild an. Die Frau, die ihr entgegenblickte, war blass und müde, aber hinter den Augen glomm Entschlossenheit. Für Caleb - oder Ethan, wie Joshua ihn nannte - musste sie stark bleiben. Sie konnte und durfte nicht aufgeben.

Als sie zurück ins Wohnzimmer kam, erwartete Joshua sie bereits, gut gekleidet und lächelnd, als wäre alles in bester Ordnung. „Du siehst schön aus," sagte er und nahm ihre Hand.

„Danke," murmelte sie, während sich ihr Magen vor Nervosität zusammenzog.

Auf dem Weg zum Restaurant versuchte Christine, eine Strategie zu entwickeln. Vielleicht könnte sie während des Essens das Thema behutsam auf ihre Situation lenken, um herauszufinden, wie viel Joshua wirklich wusste und vor allem, was seine Pläne waren. Doch bevor sie einen klaren Plan fassen konnte, hielten sie bereits vor dem schicken Restaurant. Joshua half ihr aus dem Auto, und als sie gemeinsam hineingingen, war Christine sich sicher, dass der Abend entscheidend werden würde—ob zum Guten oder Schlechten, das würde sich erst noch zeigen.

Im gedämpften Licht des Restaurants setzte Joshua sich gegenüber von ihr und beobachtete sie aufmerksam.

„Ich habe das Gefühl, dass du mir etwas sagen möchtest, Amy," begann er.

Christine schluckte. Dies war der Moment, auf den sie gewartet hatte, eine Chance, vorsichtig vorzutasten.

„Joshua ..." begann sie langsam, „ich möchte mit dir über

unsere Situation sprechen. Über Ethan und ... und über mich."

Joshua hob eine Augenbraue, seine Miene blieb jedoch undurchdringlich. „Was genau möchtest du besprechen?"

„Ich weiß, dass du dir Sorgen um mich machst, aber ... ich fühle mich ausgeschlossen. Es ist, als ob ich Ethan kaum kenne, als ob ich nicht wirklich seine Mutter bin. Ich möchte mehr Zeit mit ihm verbringen, ihn besser kennenlernen." Sie wählte ihre Worte mit Bedacht, versuchte, nicht zu verzweifelt zu klingen.

Joshua lehnte sich zurück und sah sie nachdenklich an. „Amy, ich verstehe deine Bedenken. Aber du musst mir vertrauen. Alles, was ich tue, ist zu deinem und Ethans Besten. Ich weiß, dass es schwer ist, aber ich sorge mich um dich. Du erinnerst dich doch, warum wir diese Entscheidungen getroffen haben, oder?"

Christine spürte, wie sich ihre Kehle zuschnürte, doch sie wusste, dass sie vorsichtig sein musste. Die Angst vor Joshua saß tief. Statt einer direkten Konfrontation entschied sie sich für einen sanfteren Ansatz. „Joshua ... ich weiß, dass du immer nur das Beste für uns willst. Aber manchmal fühle ich mich etwas ... verloren in all dem. Ich weiß, dass du viele Entscheidungen triffst, aber vielleicht könnten wir ... gemeinsam überlegen, was das Beste für Ethan ist? Ich möchte einfach mehr Zeit mit ihm verbringen, mehr Mutter sein dürfen." Ihre Stimme zitterte leicht, aber sie hielt ihren Blick gesenkt, um seine Reaktion nicht direkt zu sehen.

Joshua betrachtete sie lange, bevor er antwortete. „Vielleicht ... vielleicht könnten wir dir mehr Zeit mit Ethan geben. Aber du musst verstehen, dass ich immer nur das Beste für dich will."

Christine nickte, obwohl ihr Herz schmerzte. „Danke," murmelte sie schließlich, wohl wissend, dass dies nur ein kleiner, vorsichtiger Schritt war. Sie musste ihre nächsten Schritte sorgfältig planen, ohne dass er Verdacht schöpfte. Für einen Moment spielte sie mit dem Gedanken, ihm von ihrem Gespräch mit Tori zu erzählen, doch sie verwarf die Idee schnell. Das Risiko war zu groß. Auch wenn Joshua sich hier ruhig geben würde, wusste sie, dass es zu Hause zu einem Albtraum werden könnte. Zudem ahnte sie, dass Tori vielleicht über das Telefonat mit Michael Bescheid wusste und es ihm verraten würde, nur um ihr das Leben noch schwerer zu machen.

Als der Abend zu Ende ging, fuhren sie zurück nach Hause. Erstaunlicherweise war der Abend gar nicht so schlecht verlaufen. Es schien, als ob Joshua ihr tatsächlich zugehört hatte, etwas, das er sonst nie tat. Aber warum tat er das? Es passte überhaupt nicht zu ihm. Spielte er nur ein Spiel, um sie gefügig zu machen? Was auch immer der Grund war, in diesem Moment war es ihr egal. Endlich hatte er ihr einmal zugehört, und obwohl sie zögerte, daran zu glauben, dass er wirklich etwas an der Situation mit Ethan ändern würde, wollte sie die Hoffnung nicht ganz aufgeben.

Der Abend war lang gewesen, und sie sehnte sich nach Schlaf. Im Schlafzimmer zog Christine sich hastig um, als sie hörte, wie Joshua hereinkam. Sie wollte gerade zur Tür hinaus, um sich ein Glas Wasser zu holen, als er plötzlich die Tür vor ihr zuschlug und sie mit seiner Hand zudrückte. „Wo willst du hin?" fragte er, seine Stimme nun ganz anders als im Restaurant. In diesem Moment wurde ihr klar, warum er zuvor so einfühlsam gewesen war – es war alles nur ein Spiel.

„Ich wollte mir nur ein Glas Wasser holen. Ich bin gleich wieder da," sagte sie, bemüht, ruhig zu bleiben. „Wir beide wissen, dass du nicht gleich wiederkommst, Amy," erwiderte er mit einem harten Ton. „Ich denke, du weißt, was ich will, oder?"

Sie nickte stumm, während sie innerlich zitterte. Er packte ihren Arm fester, und sie konnte die Furcht kaum verbergen. „Wir hatten doch einen schönen Abend, nicht wahr, Amy?" Er zog die Worte in die Länge, wie er es immer tat, und wartete darauf, dass sie nickte. Das tat sie, wie immer.

„Gut, dass du das auch so siehst," sagte er schließlich. „Dann gib deinem Ehemann, was ihm zusteht, nach so einem teuren Essen!" Mit diesen Worten zog er sie zum Bett. Der Abend war von einer unangenehmen Spannung durchzogen. Im sanften Licht des Zimmers standen sie sich

gegenüber, und sie konnte die drängende Entschlossenheit in seinen Augen sehen. Ihre Berührungen waren beharrlich, und als er sie näher an sich zog, versuchte sie, sich zurückzuziehen, doch seine Hände hielten sie sanft aber bestimmt fest.

„Ich möchte das nicht," flüsterte sie, ihre Stimme von Unsicherheit geprägt. Doch ihre Worte schienen in der dichten Atmosphäre kaum Gehör zu finden. Er ließ sich nicht beirren, seine Berührungen wurden einfühlsamer, aber auch nachdrücklicher.

Ihre Widerstände schmolzen langsam dahin, als seine Lippen sanft, aber beharrlich über ihren Hals und ihre Schultern strichen. Trotz ihrer inneren Zerrissenheit gab sie schließlich nach, ein leises Seufzen entglitt ihr, als sie sich seiner Nähe fügte. Ihre Bewegungen wurden langsamer, und sie ließ zu, dass er sie sanft in die Nähe des Bettes führte.

Im Zwielicht des Raumes verloren sich die Worte, und die Situation entwickelte sich zu einem Moment des Zugeständnisses. Ihre Augen waren geschlossen, als sie sich seinem Drängen hingab, die Anspannung in ihrem Körper ließ allmählich nach, während sie sich in der Intimität des Augenblicks verlor.

Als er sich von ihr zurückzog und ins Bad ging, um sich frisch zu machen, konnte sie es kaum glauben. Was war nur mit ihr geschehen? Warum hatte sie sich erneut darauf eingelassen, und warum schien sie - schon zum zweiten Mal - eine unerklärliche Art von Vergnügen zu empfinden? Sie verachtete ihn, sie fühlte sich von ihm abgestoßen, und dennoch hatte er seinen Willen bekommen. Diese inneren Konflikte nagten an ihr, während sie sich mit dem widersprüchlichen Gefühl auseinandersetzte, dass sie sich in einem Moment des Genusses wiederfand, den sie nicht begreifen konnte. Christine lag regungslos da. Der Raum war still, nur das leise Summen der Klimaanlage war zu hören. Er war schon zurück und schlief bereits, aber sie konnte kein Auge zudrücken. Jetzt, allein mit ihren Gedanken, wurde ihr klar, wie verwirrend die Situation war. Ein Teil von ihr hatte den Moment mit ihm genossen, doch das Gefühl des Unbehagens überlagerte alles.

Christine drehte sich hin und her, versuchte, sich in eine bequeme Position zu bringen. Die Nähe zu ihm machte es schwer, sich zu entspannen. Ihre Gedanken waren ein Chaos aus Widersprüchen: Abscheu und ein seltsames Gefühl der Erschöpfung vermischten sich in ihrem Kopf. Sie wollte einfach nur schlafen, doch die Gedanken an das, was passiert war, ließen sie nicht zur Ruhe kommen. Der Drang, sich von ihm zu entfernen, war stark, aber gleichzeitig fühlte sie sich gefangen in diesem emotionalen Zwiespalt. Mit einem letzten tiefen Atemzug versuchte sie, sich zu beruhigen und schließlich in den Schlaf zu finden.

Am nächsten Morgen erwachte Christine, als die ersten Sonnenstrahlen durchs Fenster drangen. Die Nacht war kurz und unruhig gewesen, doch sie wusste, dass der Tag beginnen musste. Neben ihr lag Joshua noch im tiefen

Schlaf. Seine Nähe erdrückte sie, und sie spürte den Drang, so schnell wie möglich aufzustehen.

Vorsichtig schob sie die Decke zur Seite und stand leise auf. Sie wollte ihn nicht wecken, nicht jetzt, wo sie ein paar Minuten für sich haben konnte. Im Badezimmer spritzte sie sich kaltes Wasser ins Gesicht, hoffte, damit die Müdigkeit und die schweren Gedanken der letzten Nacht wegzuwaschen. Doch das Gefühl der Beklemmung blieb.

Als sie in den Spiegel sah, erkannte sie die Frau kaum, die ihr entgegenblickte. Die Augen waren müde, die Schultern hingen schlaff herab. Wo war die Energie, die sie früher hatte? Die Entschlossenheit, die sie einmal ausgemacht hatte? Sie hatte das Gefühl, dass sie mit jedem Tag ein Stück mehr davon verlor.

Sie zog sich hastig an und ging leise aus dem Zimmer. Im Flur begegnete sie Tori, die Ethan auf dem Arm trug. Der Junge war wach und strahlte sie an, seine Augen leuchteten vor Freude. Christine lächelte gequält zurück und strich ihm über den Kopf. Dieser unschuldige Blick ihres Sohnes ließ für einen Moment all ihre Sorgen verblassen.

„Guten Morgen," sagte Tori und schaute sie forschend an, als ob sie etwas in Christines Gesicht suchte.

„Guten Morgen," erwiderte Christine, ihre Stimme klang fester, als sie sich fühlte. „Ich nehme ihn, danke."

Tori zögerte kurz, gab Ethan dann aber widerstandslos in Christines Arme. Er schmiegte sich sofort an sie, und Christine spürte, wie sich ihre Anspannung ein wenig löste. Der kleine Körper, warm und vertraut, gab ihr das Gefühl, dass sie trotz allem noch einen Anker hatte.

„Wie war eure Nacht?" fragte Tori, doch Christine merkte, dass die Frage eher beiläufig gestellt war.

„Gut," antwortete sie schnell, obwohl sie wusste, dass das nicht stimmte. „Wir haben gut geschlafen."

Tori nickte, sagte nichts weiter, und Christine war dankbar dafür. Sie wollte jetzt keine Fragen beantworten, nicht über die Nacht und schon gar nicht über das, was in ihr vorging. Sie brauchte diese wenigen Momente der Ruhe, um sich zu sammeln, bevor der Tag wirklich begann.

Als sie mit Ethan in den Armen ins Wohnzimmer ging, spürte Christine eine Beklemmung in ihrer Brust. Hatte sie richtig gehandelt, indem sie Tori einfach das Baby abgenommen hatte? Oder hätte sie lieber warten sollen, bis Joshua erwachte? Sie war sich nicht sicher und wusste auch nicht, wie Joshua reagieren würde, wenn er aufwachte und sie mit ihrem Sohn im Arm sah.

Der Gedanke daran ließ sie frösteln. Joshua mochte es nicht, wenn sie etwas ohne seine Zustimmung tat, besonders wenn es um Ethan ging. Die Unsicherheit nagte an ihr, während sie auf das kleine Gesicht ihres Sohnes hinunterschaute. Seine Unschuld beruhigte sie etwas, aber die Angst blieb.

Sie setzte sich auf die Couch, Ethan noch immer fest an sich gedrückt, und versuchte, ihre Gedanken zu ordnen. Sollte sie einfach so weitermachen, als wäre alles in Ordnung? Oder sollte sie Ethan zurückgeben, bevor Joshua es bemerkte? Aber warum sollte sie das tun? Er war ihr Sohn. Sie hatte das Recht, ihn zu halten.

Doch die Zweifel ließen sie nicht los. Was, wenn Joshua wütend wurde? Was, wenn er ihr diesen kleinen Moment der Nähe zu Ethan wieder nehmen würde? Sie hasste es, dass sie sich so fühlte – so unsicher, so klein. Aber sie konnte nicht anders. Die letzten Monate hatten sie gebrochen, und es fiel ihr schwer, die Frau zu sein, die sie früher einmal war.

Christine strich Ethan über den Kopf und küsste seine Stirn. „Ich werde immer für dich da sein, Caleb." flüsterte sie, als ob sie sich selbst Mut zusprechen wollte. Aber in ihrem Inneren wusste sie, dass es nicht so einfach war. Nicht mit Joshua.

Sie lauschte, ob sie Schritte auf der Treppe hörte, doch das Haus blieb still. Für einen Moment wagte sie zu hoffen, dass sie diesen friedlichen Augenblick noch ein wenig länger genießen konnte. Doch die Beklemmung in ihrer Brust blieb, und sie konnte das Gefühl nicht abschütteln, dass dies nur die Ruhe vor dem Sturm war.

„Caleb, ich will, dass du weißt, dass ich deine Mutter bin und dich liebe. Ich werde alles in meiner Macht tun, um dich zu beschützen – um uns beide zu beschützen," flüsterte Christine, während sie Ethan, oder Caleb, wie sie ihn heimlich nannte, sanft an sich drückte. Ihre Worte waren ein leises Versprechen, das sie in den Wind sprach, in der Hoffnung, dass es irgendwie bei ihrem Sohn ankam.

„Wie herzzerreißend," ertönte plötzlich eine kalte Stimme hinter ihr. Christine erstarrte, das Blut gefror in ihren Adern. Langsam drehte sie sich um und sah Joshua in der Tür stehen. Er hatte ein spöttisches Lächeln auf den Lippen, aber in seinen Augen loderte etwas Bedrohliches.

„Vor wem oder was willst du Ethan beschützen, Amy?",
fuhr er fort, seine Stimme triefend vor Hohn. „Und wage
es, ihn Caleb zu nennen. Sein Name ist Ethan!"
Christine spürte, wie ihre Kehle trocken wurde. Sie hatte
nicht gehört, wie Joshua ins Zimmer gekommen war, und
nun war er da, direkt vor ihr, mit dieser Mischung aus
Arroganz und Kälte, die sie so sehr fürchtete. Die Nähe zu
ihm brachte ihre Entschlossenheit ins Wanken, aber sie
wusste, dass sie stark bleiben musste, auch wenn die
Angst an ihr nagte.

„Er ist mein Sohn," erwiderte sie leise, fast flüsternd,
während sie Ethan noch enger an sich zog. „Ich habe das
Recht, ihn zu beschützen."

„Dein Sohn?" Joshua lachte leise, ohne wirklich amüsiert
zu sein. „Du bist seine Mutter, das ist richtig. Aber du
hast hier keine Rechte, Amy. Du tust, was ich sage, und
du nennst ihn bei seinem richtigen Namen: Ethan.
Verstanden?"

Christine konnte nur nicken. Die Bedrohung in seiner
Stimme war unmissverständlich. Sie wusste, dass sie
jetzt nichts weiter tun konnte, als nachzugeben, um
Schlimmeres zu vermeiden. Doch tief in ihrem Herzen
formte sich ein stiller Widerstand.

„Gut," sagte Joshua zufrieden und trat näher. „Jetzt gib
ihn mir, Amy."

„Nein, Joshua, bitte. Nur noch ein bisschen," flehte sie
unter Tränen.

„Amy, gib ihn mir. Jetzt!" Seine Stimme war unerbittlich,
schneidend wie Eis.

Zögernd und unter Tränen reichte sie ihm schließlich
Ethan. Als Joshua den Jungen in die Arme nahm, spürte
Christine, wie etwas in ihr zerbrach, wieder einmal. Es
war, als ob ein weiterer Teil von ihr ihm zum Opfer fiel.
Doch sie wusste, dass sie Geduld haben musste, dass
sie eines Tages stark genug sein würde, um ihrem Sohn
wirklich zu helfen. Heute war jedoch nicht dieser Tag.

Joshua verließ den Raum mit Ethan im Arm, um ihn Tori
zu übergeben. Als er kurz darauf zurückkehrte, war sein
Blick eiskalt, und Christine spürte sofort, dass sie einen
Fehler gemacht hatte. Sie hätte ihm nicht widersprechen
dürfen.

„Bitte, Joshua, nicht!" Ihre Stimme zitterte, als er die Tür
verriegelte und mit einem starren Blick auf sie zukam.
Panik überkam sie, und sie schüttelte verzweifelt den
Kopf, murmelte immer wieder Entschuldigungen, doch er
schien sie nicht zu hören. Stattdessen packte er sie grob

an den Haaren und zog sie hart zu sich. Christine wand sich vor Schmerz.

„Bitte, lass mich los, Joshua, bitte!" flehte sie.

„Amy, Amy, Amy," sagte er in einem fast belustigten Ton, „du lernst es einfach nicht. Warum versuchst du es immer wieder? Warum widersprichst du meinen Anweisungen?" Er ließ abrupt ihren Haaransatz los, und sie fiel zu Boden. Verzweifelt versuchte Christine, sich mit Händen und Füßen wegzuschieben, aber er setzte seinen Fuß auf ihren Bauch und drückte sie nieder.

„Schau, wie hilflos du bist," spottete er, bevor er sein Bein von ihrem Bauch hob und sie brutal in die Leistengegend trat. Sie schrie vor Schmerz auf. Ohne zu zögern, setzte er sich auf sie, klemmte ihre Arme unter seinen Knien fest und hielt ihr den Mund zu.

„Du wirst es auf die harte Tour lernen müssen: Du widersprichst mir nicht – nie wieder! Verstanden?" Tränenüberströmt und zitternd vor Schmerz nickte sie ihm zu.

„Und die Zeit, die du mit deinem Sohn verbringen wolltest, ist jetzt vorbei, bis du lernst, mir zu gehorchen!"

„Nein, bitte, nimm ihn mir nicht weg!" stotterte sie leise, als er seine Hand von ihrem Mund nahm.

„Du lernst es einfach nicht, nicht wahr?", sagte er kalt, und dann begann er, sie gnadenlos zu schlagen. Immer wieder, als hätte er lange auf diesen Moment gewartet. Als er endlich aufhörte, stand er ruhig auf und verließ den Raum, ohne ein weiteres Wort zu sagen.

Als sie hörte, wie Joshua sich im Bad die Hände wusch, wusste sie, dass er fertig war. Das war immer sein Ritual nach einem seiner Wutanfälle, als würde er sich von etwas Unreinem befreien müssen. Es war, als hätte er gerade ein Tier geschlachtet und müsste nun das Blut von sich waschen. Christine zitterte am ganzen Körper, und der bittere Geschmack von Blut auf ihrer Lippe erinnerte sie daran, wie brutal er gewesen war. Mühsam versuchte sie, sich aufzurichten, und lehnte sich schwer gegen die Couch. Einen Moment lang ließ sie ihren Kopf hängen, unfähig, die Tränen zurückzuhalten, die nun unaufhaltsam über ihr Gesicht strömten. Jeder Teil ihres Körpers schmerzte, und die seelische Wunde schnitt noch tiefer.

Sie wusste, dass es wieder geschehen würde. Er hatte sich diesmal länger zurückgehalten, aber das bedeutete nichts. Die Gewalt würde immer wiederkommen. Als sie die Haustür laut zuschlagen hörte, wurde ihr klar, dass Joshua das Haus verlassen hatte.

„Miss, oh, mein Gott, geht es Ihnen gut?" Eine leise
Stimme drang aus dem Flur an ihr Ohr, es war Tori.
„Miss!" rief sie etwas lauter, aber immer noch vorsichtig,
aus Angst, Joshua könnte sie hören.
„Es ist alles okay, gehen Sie ... bitte," rief Christine mit
zittriger, verweinter Stimme zurück. „Er wird gleich
wiederkommen, und wenn er Sie hier sieht, wird er
wütend. Bitte, Tori, gehen Sie, bevor er noch mehr
Schaden anrichtet."
Ihre Worte waren eine verzweifelte Warnung. Sie wusste,
dass es nur schlimmer werden würde, wenn Joshua Tori
hier entdeckte.

Christine zitterte, als sie das Telefon nahm und Michaels
Nummer wählte. Jeder Ton, der durch die Leitung drang,
ließ ihr Herz schneller schlagen. Endlich hörte sie ein
Klicken, gefolgt von seiner vertrauten Stimme.
„Christine? Was ist los?" fragte Michael, sofort besorgt.
„Michael," flüsterte sie, die Tränen in ihrer Stimme
unüberhörbar. „Ich ... ich brauche deine Hilfe."
„Was ist passiert?" Seine Stimme war angespannt, als
hätte er bereits geahnt, dass etwas Schlimmes
vorgefallen war.
„Es ist Joshua. Er ... er hat mich wieder verletzt,"
stammelte sie. „Ich weiß nicht, wie lange ich das noch
ertrage."
„Verdammt, Christine," murmelte Michael. „Ich komme
sofort, ich ..."
„Nein!" unterbrach sie ihn hastig. „Du kannst nicht
herkommen. Es ist zu gefährlich. Joshua hat alles unter
Kontrolle, er würde es merken, und ... ich will nicht, dass
dir etwas passiert."
Michael schwieg einen Moment, seine Sorge war fast
greifbar durch das Telefon. „Christine, du kannst das
nicht alleine durchstehen. Wir müssen einen Weg finden,
dich da rauszuholen."
„Ich weiß," antwortete sie, ihre Stimme leise und
verzweifelt. „Aber ich habe Angst. Angst um Ethan, um
uns beide.
Das Geräusch der sich öffnenden Haustür ließ ihr das
Herz in die Kehle rutschen. „Michael, ich muss auflegen,
er ist da!" flüsterte sie hastig, Panik in ihrer Stimme.
„Bitte, pass auf dich auf!" hörte sie noch Michaels
besorgte Worte, bevor sie das Gespräch abrupt
beendete.
Mit zitternden Händen suchte sie verzweifelt nach einem
Versteck für das Handy. In ihrer Panik schob sie es unter

die Couch, hoffend, dass Joshua es nicht finden würde.
Als er auf sie zukam, fürchtete sie das Schlimmste. Doch
er streckte ihr nur seine Hand entgegen, um ihr
aufzuhelfen. Ängstlich sah sie zu ihm auf.

„Keine Sorge," sagte er mit einem unerwartet sanften
Ton. „Ich will dir nur hochhelfen."

Zögernd nahm sie seine Hand, und er half ihr, wieder auf
die Beine zu kommen.

„Du weißt, dass das alles nicht hätte passieren müssen,
nicht wahr?" Seine Stimme klang ruhig, fast freundlich,
doch sie spürte die unterschwellige Bedrohung.

„Es tut mir leid. Es wird nicht wieder vorkommen,"
flüsterte sie, bemüht, ihre Angst zu verbergen.

Er strich ihr sanft über die Haare, und Christine musste
sich beherrschen, nicht zusammenzuzucken bei seiner
Berührung. Sie zwang sich zu einem Lächeln,
wohlwissend, dass es ihn beruhigen würde. Dann beugte
er sich vor und küsste sie. Ein unerwartetes Kribbeln
durchlief ihren Bauch, und sie spürte, wie ihr warm ums
Herz wurde. Trotz allem musste sie sich eingestehen,
dass sie ihm verfallen war. Obwohl er grausam zu ihr war
und sie immer wieder verletzte, gab es diese seltenen
Momente, in denen er so zärtlich war, dass sie fast
vergaß, wer er wirklich war. In diesen Augenblicken fragte
sie sich immer wieder, ob er sich vielleicht doch ändern
könnte, ob es eine Chance gab, dass er aufhören würde,
sie zu verletzen. Diese Hoffnung, so klein und trügerisch
sie auch war, hielt sie gefangen in einem Netz aus Angst
und Verlangen.

Doch tief in ihrem Inneren wusste sie, dass sie ihrem
Sohn eine solche Familie nicht antun wollte. Irgendwann
würde er erkennen, wie sein Vater wirklich war, und
womöglich sein Verhalten als Vorbild nehmen. Das
durfte sie auf keinen Fall zulassen. Ihr Sohn sollte von
einem anständigen Mann erzogen werden, jemandem,
der ihm beibrachte, wie man eine Frau respektiert und
gut behandelt – ein Mann wie Michael.

Aber selbst wenn Michael in der Lage wäre, ihm die
Werte zu vermitteln, die sie sich für ihren Sohn
wünschte, musste sie sich eingestehen, dass er
finanziell niemals so viel bieten könnte wie Joshua.

„Ich muss noch etwas arbeiten. Du bleibst hier und
machst nichts Unüberlegtes!" Joshua lächelte dabei, als
würde er einen Scherz machen, doch Christine wusste
nur zu gut, dass er es ernst meinte. Mit diesen Worten
verabschiedete er sich.

Kurz darauf trat Tori mit Ethan im Arm ein. „Miss, er hat
Hunger," sagte sie und übergab Christine das Baby. Als
Tori Christine ansah, war ein prüfender Blick in ihren
Augen, der die Schwellung im Gesicht und die
aufgeplatzte Lippe von Christine registrierte. Der Raum
war von einer bedrückenden Stille erfüllt, als sich ihre
Blicke begegneten. Tori wandte sich schließlich wortlos
ab und setzte sich neben Christine auf die Couch. Die
Spannung zwischen den beiden Frauen war greifbar, und
niemand wagte es, das Schweigen zu brechen. Christine
wollte den Vorfall nicht zur Sprache bringen, und Tori
schien unentschlossen, ob sie überhaupt etwas sagen
sollte. Ihre Nervosität lag förmlich in der Luft, und es war
offensichtlich, dass sie sich aus Angst oder Unsicherheit
zurückhielt. Die Stille blieb bestehen, bis Christine mit
dem Stillen fertig war. Tori nahm Ethan vorsichtig in ihre
Arme und ging zur Tür. Plötzlich blieb sie stehen, drehte
sich mit einem verängstigten Blick zu Christine um,
verharrte einen Moment – dann verschwand sie eilig aus
dem Raum.

Christine ließ sich zurück in die Kissen sinken, spürte die
Erschöpfung in ihren Knochen. Das Schweigen im Raum
fühlte sich fast erdrückend an, jetzt, wo Tori und Ethan
fort waren. Ihr Körper schmerzte immer noch von
Joshuas letzter Gewaltanwendung, doch der Schmerz in
ihrem Inneren war noch schlimmer. Sie konnte es nicht
länger ertragen. Christine spürte, wie ihr Herz einen
Schlag aussetzte, als sie an das Handy unter der Couch
dachte. Sie musste Michael wieder anrufen, musste
wissen, ob es einen Ausweg gab. Die kleine Hoffnung, die
er ihr am Telefon gegeben hatte, war alles, was sie hatte.
Hastig griff sie unter die Couch, ihre Finger tasteten die
vertraute Stelle ab – doch da war nichts. Das Handy war
weg.

Für einen Moment schien die Zeit stillzustehen. Ihr Atem
wurde flach, Panik ergriff sie. Sie tastete weiter, schob
ihre Hand tiefer, in jede Ritze – nichts. Ihr Herz raste.
Hatte sie es woanders versteckt und es vergessen? Das
konnte nicht sein. Das Handy musste hier sein! Aber es
war verschwunden. Ihr Magen zog sich zusammen,
Übelkeit stieg in ihr auf. Wenn er es gefunden hatte …
Ihre Gedanken wirbelten durcheinander. Ihr ganzer
Körper begann zu zittern, als die grausame Realität in ihr
Bewusstsein drang.

Ein plötzliches Geräusch aus dem Flur riss sie aus ihren
Gedanken. Schritte. Sie kamen näher. Ihr Herz setzte
einen Schlag aus, und Panik erfasste sie. Joshua war
zurück.

„Amy!" Seine Stimme durchbrach die Stille wie ein Messer. Ihr ganzer Körper spannte sich an. Wieso konnte er sie nicht einfach in Ruhe lassen? Sie versuchte, ihre Atmung zu kontrollieren, aber es war, als würde ihr die Luft im Hals stecken bleiben. Dann öffnete sich die Tür.

„Da ist ja meine Amy." Joshua trat näher, seine Stimme weich, aber bedrohlich. Er ließ sich neben sie sinken, die Nähe erstickend. „Tut es noch weh?" fragte er mit einem scheinheiligen Lächeln, das ihr das Blut in den Adern gefrieren ließ.

„Ich dachte, du musst arbeiten," flüsterte sie, der Kloß in ihrem Hals kaum zu unterdrücken.

„Ach, das kann warten. Ich habe beschlossen, lieber hier bei dir zu bleiben. Wer weiß, was du sonst anstellst." Seine Finger strichen sanft über ihre Wange, und obwohl die Geste fürsorglich wirken sollte, jagte sie ihr einen Schauer über den Rücken. Da war diese Kälte in seinen Augen, die ihr sofort signalisierte: Er genoss das. Sie wich instinktiv zurück, aber Joshua griff blitzschnell nach ihr, seine Finger fanden ihre aufgesprungene Lippe. Ein scharfer Schmerz schoss durch ihren Körper. Sie zuckte zusammen, zog den Kopf weg, aber er hielt sie fester.

„Sei doch brav, Amy," flüsterte er, seine Stimme nun leise, drängend, gefährlich. Eine Welle von Übelkeit durchströmte sie, das Gefühl, sich übergeben zu müssen, wuchs drückend in ihrem Magen. Sie wusste genau, was kommen würde. Und sie wusste, dass es keinen Ausweg gab. Nichts, was sie tun konnte, würde das verhindern.

Mit jedem Atemzug verschloss sich ihr Inneres mehr und mehr. Ihr einziger Gedanke: Sie musste durchhalten. Also ließ sie es geschehen, wie sie es schon so oft getan hatte.

Als er schließlich von ihr abließ, lächelte er zufrieden, denn er hatte bekommen, was er wollte, und er wollte es ihr deutlich machen. Er verließ den Raum, und Christine starrte nur zur Decke. In diesem Moment war da nichts. Keine Tränen, kein Zorn, nur Leere. Sie fühlte nichts mehr. Ihr Körper schmerzte, doch innerlich war sie völlig ausgebrannt – eine Hülle, die nur noch existierte, weil sie musste.

Als Joshua am frühen Morgen das Haus verließ, spürte Christine eine erdrückende Erleichterung. Endlich war er weg. Er hatte die Hausdame geschickt, um ihr auszurichten, dass er die Arbeit von gestern nachholen müsse. Die Nachricht hätte kaum gleichgültiger klingen können, doch in Christine breitete sich ein kleiner Funken Hoffnung aus.

Sie atmete tief durch und ließ sich zurück ins Bett sinken. Die Erinnerungen an die vergangene Nacht waren noch frisch – die Schmerzen, die Demütigung. Körperlich schmerzte es, aber die seelischen Narben waren tiefer. Sie spürte sie in jeder Faser ihres Seins. Heute, entschied sie, würde sie einfach liegen bleiben. Sie musste sich sammeln, sich erholen – irgendwie.

Als das Personal leise an ihre Tür klopfte und sie zum Frühstück rief, lehnte sie ab. „Lasst es einfach unten stehen," murmelte sie und drehte sich weg. Joshua war nicht da, also musste sie nicht pünktlich erscheinen.

Sie erinnerte sich an das letzte Mal, als sie es gewagt hatte, das Frühstück zu verpassen. Es hatte in einem Albtraum geendet – Joshua war völlig ausgerastet. Er hatte sie gepackt, sie gegen die Wand gedrückt und mit einem hasserfüllten Blick gewürgt. „Du lässt mich nie wieder warten!" hatte er geflüstert, seine Stimme wie Gift in ihren Ohren. Der Gedanke ließ sie frösteln, aber heute war er nicht hier.

Heute konnte sie diesen kleinen Moment der Freiheit genießen, auch wenn sie wusste, dass es ein gefährliches Spiel war. Jeder Atemzug, den sie ohne seine erdrückende Präsenz tat, fühlte sich an wie gestohlene Zeit. Doch der Gedanke, dass er jeden Moment wieder zurückkommen könnte, nagte unaufhörlich an ihr.

Was, wenn er etwas vergessen hatte? Was, wenn er plötzlich in der Tür stand, während sie noch im Bett lag, das Frühstück unberührt? Der Gedanke ließ ihre Brust sich zusammenziehen, und die vertraute Angst kroch in ihr hoch. Sie konnte nie sicher sein. Joshua war unberechenbar – ein Monster mit einer Maske der Freundlichkeit, die er jederzeit abstreifen konnte.

Amy zwang sich, die Augen zu schließen und ein paar tiefe Atemzüge zu nehmen, aber die Unruhe ließ sie nicht los. Ein falscher Schritt, eine Sekunde zu lange im Bett, und alles könnte wieder von vorn beginnen.

Immer mehr wurde ihr bewusst, dass ihr gesamtes Leben – ihre Gedanken, ihre Entscheidungen, ihre Ängste – sich nur noch um Joshua drehten. Wie war seine Laune heute? Wo war er gerade? Würde er bald wieder da sein? Es gab keinen Moment der Ruhe, keinen Moment, in dem sie wirklich frei atmen konnte. Selbst wenn er nicht da war, schwebte seine bedrohliche Präsenz wie ein Schatten über ihr.

Ihre Gedanken drehten sich im Kreis, gefangen in einem endlosen Wirbel aus Angst und Anpassung. Warum konnte sie nicht einmal abschalten, nur für einen

Augenblick? Einfach frei sein von der ständigen Sorge, was er als Nächstes tun würde. Selbst in seiner Abwesenheit war er da – in ihren Gedanken, in jeder Entscheidung, die sie traf. Die Kontrolle, die er über sie hatte, ging tiefer als nur die körperliche Gewalt. Sie hatte das Gefühl, dass er in ihr eingesperrt war, in ihrer Seele, und langsam all ihre Kraft und ihren Willen fraß.

Christine hörte Schritte auf dem Flur und sprang hastig aus dem Bett. Ihr Herz schlug schneller, und sie zog sich eilig etwas über, bevor sie die Zimmertür öffnete. Im nächsten Moment stand Tori mit Ethan im Arm vor ihr.

„Er muss gestillt werden, Miss," sagte Tori ruhig und reichte ihr den Jungen.

„Ist Joshua hier?" fragte Christine sofort, ihre Stimme angespannt.

„Nein," antwortete Tori. „Er ist heute Morgen früh raus. Das sollte Ihnen …"

„Ja, ich weiß," unterbrach Christine sie schnell. „Ich habe nur etwas gehört und dachte, es könnte er sein."

Sofort wich die Anspannung aus Christines Gesicht. Eine deutliche Erleichterung trat an ihre Stelle, sichtbar in ihren Augen und der Art, wie sie leicht die Schultern sinken ließ. Sie nickte Tori zu und ging mit ihr ins Esszimmer.

„Ich werde ihn hier stillen, während ich frühstücke," erklärte Christine, als sie sich setzte und Ethan auf den Schoß nahm.

Tori schien etwas sagen zu wollen, zögerte aber. „Joshua würde …"

„Joshua ist nicht hier, wie Sie wissen," unterbrach Christine sie scharf, ohne aufzusehen.

Tori senkte den Blick, als wollte sie sich zurückziehen, doch als sie sich zur Tür wandte, hielt Christine sie auf. „Bleiben Sie. Essen Sie mit mir. Bitte."

Überrascht zögerte Tori, ihre Augen suchten unsicher Christines Gesicht. Doch schließlich setzte sie sich leise an den Tisch, und allmählich schwand die Anspannung zwischen den beiden Frauen. Eine Weile herrschte eine unerwartete Ruhe, als sie zusammen das Frühstück teilten – eine kurze, flüchtige Pause inmitten des ständigen Sturms, den Joshua verursachte.

Christine seufzte leise, als sie sich mit Ethan auf dem Schoß an den Tisch setzte. Während sie den kleinen Jungen stillte, blickte sie auf das üppige Frühstück vor sich, doch ihr Appetit war verschwunden. Tori saß ihr gegenüber, unsicher und sichtlich überrascht über die plötzliche Einladung, mit ihr zu essen. Die Spannung im Raum war immer noch spürbar, doch allmählich wich sie einer leichten, fast unerwarteten Ruhe.

„Danke, dass Sie bleiben," sagte Christine leise und griff nach einem Stück Brot. Ihre Stimme war noch angespannt, aber nicht mehr so schneidend wie zuvor. Sie fühlte sich plötzlich verletzlich – vielleicht, weil Joshua nicht da war, vielleicht, weil sie sich danach sehnte, auch nur einen Moment nicht allein zu sein. „Es tut mir leid... für vorhin. Ich wollte nicht so scharf zu Ihnen sein."

Tori hob vorsichtig den Blick, als wolle sie prüfen, ob die Entschuldigung echt war. „Schon in Ordnung, Miss," antwortete sie leise. Ihre Hände spielten nervös mit der Tischdecke. „Es ist nur ... schwer, manchmal."

Christine nickte. Das war eine Untertreibung. Alles war schwer, ständig. Aber gerade in diesem Moment, wo Joshua nicht da war, verspürte sie eine Art Erleichterung, als könnte sie für einen winzigen Augenblick durchatmen. „Ja, das ist es," murmelte sie.

Für einen Moment aßen beide schweigend. Ethan nuckelte friedlich, und Christine strich ihm sanft über den Kopf, während sie die Stille genoss. Es war selten, dass sie einen solchen Moment der Ruhe hatte, und sie wollte ihn so lange festhalten, wie es nur ging.

„Ich habe nicht oft Gesellschaft beim Essen," sagte Christine plötzlich, ihre Stimme leise und zögerlich, als sie die Stille durchbrach. „Joshua mag es nicht, wenn ich ..." Sie hielt inne, ließ den Satz unvollendet. Es war unnötig, weiterzusprechen – Tori verstand. Sie wusste genug.

„Ich ... danke Ihnen, Miss," erwiderte Tori vorsichtig und legte ihr Besteck behutsam zur Seite. Ihre Stimme war sanft, aber der Ausdruck in ihren Augen verriet Bedauern. „Es tut mir leid, dass ich nicht mehr tun kann."

Christine sah ihr direkt in die Augen, und für einen Moment blitzte da etwas auf – Verständnis, vielleicht sogar Mitgefühl. In diesem Augenblick wurde Christine bewusst, dass sie nicht die Einzige war, die unter Joshuas Herrschaft litt. Tori war ebenfalls gefangen, nur auf eine andere, stillere Weise.

„Es wird nicht immer so sein," sagte Christine schließlich, mehr zu sich selbst als zu Tori. Ihre Stimme klang fest, obwohl in ihrem Inneren die Unsicherheit wuchs. „Es muss sich etwas ändern."

Tori schwieg, doch ihr Blick war durchdringend, als ob sie Christines Worte abwägte. Glaubte sie daran? Christine war sich selbst nicht sicher, aber eines wusste sie: Die Zeit des Aushaltens würde irgendwann vorbei sein. Sie konnte nicht ewig so weiterleben – nicht für sich, und schon gar nicht für Ethan.

Plötzlich hob Tori den Kopf und sah sie besorgt an. „Was werden Sie tun? Er könnte Ihnen wieder wehtun!"

Christine spürte, dass Tori mehr wusste, als sie bisher gezeigt hatte. Vielleicht hatte sie mehr mitbekommen als nur die Spuren von Gewalt, die der Abend hinterlassen hatte. Christines Gefühle schwankten. Einerseits fühlte sie eine seltsame Wärme – das Mitgefühl, das von Tori ausging. Doch gleichzeitig stieg eine bittere Wut in ihr auf. Warum tat Tori nichts, wenn sie doch wusste, was geschah?

Christine wandte ihren Blick ab und sah Ethan an, der friedlich in ihren Armen lag. „Ich hole uns hier raus," flüsterte sie, mehr zu sich selbst als zu Tori. „Das habe ich ihm versprochen."

Das Hauspersonal trat ein, um nach dem Rechten zu sehen, und das Gespräch verstummte sofort. Christine wusste, dass Joshua immer jemanden hatte, der ihm berichtete, was zu Hause vor sich ging – seine Art, die Kontrolle zu behalten, selbst wenn er nicht anwesend war. Die Anwesenheit der Mitarbeiter machte sie nervös, aber sie versuchte, es sich nicht anmerken zu lassen.

Als die Angestellten schließlich den Raum wieder verließen, wollte Christine Ethan gerade zurück in Tori`s Arme legen, als sie plötzlich innehielt. Etwas hielt sie zurück. „Warten Sie, ich habe noch etwas für Sie," sagte Tori unerwartet und zog ein Handy aus ihrer Hosentasche.

Christine hielt für einen Moment den Atem an, und ein erleichtertes Lächeln breitete sich auf ihrem Gesicht aus. „Ich dachte schon, Joshua hätte es gefunden," flüsterte sie.

„Ich habe es vorsichtshalber an mich genommen," erklärte Tori ruhig. „Es hat vibriert. Ich glaube, da hat jemand angerufen."

Christine fühlte eine Welle der Dankbarkeit und gleichzeitig eine leise Panik. „Tori, ich danke Ihnen. Aber tun Sie mir einen Gefallen und behalten Sie es vorerst bei sich. Ich werde es holen, wenn ich es brauche. Sie dürfen doch ein Handy bei der Arbeit haben, oder?"

Tori nickte. „Ja, das darf ich."

„Gut," sagte Christine, und ihre Stimme wurde ein wenig leiser, verschwörerischer. „Wenn Joshua in der Nähe ist und es vibriert, gehen Sie einfach ran. Sagen Sie Michael – das ist ein Freund von mir – dass ich später zurückrufen werde. Kann ich auf Sie zählen?"

Tori zögerte einen Moment, dann nickte sie wieder, ihre Augen ernst. „Natürlich, Miss. Ich werde darauf achten."

„Lassen Sie sich nicht erwischen, passen Sie gut auf sich auf," flüsterte Christine und sah Tori eindringlich an.

„Aber ... woher wird dieser Michael das wissen?", fragte Tori unsicher.

Christine lächelte leicht, ihre Stimme fest. „Ich werde ihm eine Nachricht zukommen lassen. Machen Sie sich da keine Sorgen."

Zum ersten Mal seit langer Zeit spürte Christine einen kleinen Funken Hoffnung in sich aufsteigen. Es war nur ein winziger Lichtschein, aber er war da. Sie wusste, dass sie vorsichtig sein mussten, jede Bewegung bedacht, jedes Wort kontrolliert. Aber mit Tori als Verbündete fühlte sie sich nicht mehr ganz so allein.

Ein paar Stunden später klingelte es an der Tür, und das Personal ließ Dr. Cramer hinein. Er hatte sich angekündigt, um nach Ethan und seiner Entwicklung zu sehen. Der Arzt ging die Treppen hinauf in Ethans Zimmer, wo Tori bereits mit dem Baby auf ihn wartete. Nach ein paar kurzen Untersuchungen nickte er zufrieden.

„Ethan entwickelt sich prächtig. Der kleine Kerl macht sich gut," sagte er mit einem Lächeln.

Doch plötzlich hörte er hinter sich das leise Klicken der Zimmertür. Sie wurde von innen verriegelt. Dr. Cramer wirbelte herum und entdeckte Christine, die sich in den Raum geschlichen hatte. „Christine! Was machst du hier? Das ist zu gefährlich!", flüsterte er scharf und warf einen schnellen Blick auf Tori, die die beiden verwirrt anstarrte.

Christine hielt den Atem an und sprach leise, aber bestimmt: „Es ist in Ordnung, sie weiß Bescheid."

Tori sah sie beide mit weit aufgerissenen Augen an, völlig perplex. „Dr. Cramer ... ist der Informant?"

„Ja," antwortete Christine leise, „er kennt die ganze Geschichte."

Dr. Cramer reichte Christine einen Umschlag. Sie nahm ihn zögerlich entgegen, und Tori beobachtete alles misstrauisch. „Sind das Ihre Medikamente, Miss?" fragte sie unsicher.

Christine sah kurz zu Dr. Cramer, bevor er das Wort an Tori richtete. „Tori," begann er vorsichtig, „was auch immer Joshua Ihnen erzählt hat – dass Christine verrückt sei oder an schweren Depressionen leidet – das ist alles eine Lüge. Sie dürfen ihm keinen Glauben schenken."

Tori blinzelte, sichtlich erschüttert, und ihre Gedanken rasten. Sie hatte Joshua geglaubt, seine Version der Geschichte, ohne zu hinterfragen akzeptiert. Und jetzt erfuhr sie, dass sie Teil eines perfiden Spiels gewesen war. Sie erinnerte sich daran, wie sie Joshua half, Christine von ihrem Baby fernzuhalten – weil er ihr gesagt hatte, es wäre das Beste für Ethan. Das Gewicht ihrer Entscheidungen lastete plötzlich schwer auf ihr.

„Aber," setzte Dr. Cramer fort, „er darf niemals merken, dass Sie die Wahrheit wissen. Schaffen Sie das?"

Tori zögerte, ihr Gesicht war eine Mischung aus Erstaunen, Schuld und Furcht. Sie wusste nicht, wem sie vertrauen konnte, doch der Gedanke, dass sie Joshua in all dem unterstützt hatte, quälte sie tief im Inneren.

„Ich ... ich wusste nicht ..." stammelte sie. „Ich ... ich habe ihm geglaubt."

„Es ist nicht deine Schuld," sagte Christine sanft, aber fest. „Jetzt weißt du die Wahrheit, und das ist alles, was zählt. Aber wir müssen vorsichtig sein. Er darf nichts merken."

Tori nickte langsam, ihre Augen glasig vor unterdrückten Tränen, und sie flüsterte kaum hörbar: „Ich werde tun, was ich kann."

Christine packte Dr. Cramer fest am Arm, ihre Augen flehend. „Bitte, sagen Sie Michael, dass alles in Ordnung ist."

Der Arzt sah sie skeptisch an, sein Blick wanderte zu ihrem Gesicht. „Nach in Ordnung sieht dein Gesicht aber nicht aus, Christine," sagte er leise, während er die dunkelblaue Umrandung um ihr Auge und die aufgesprungene Lippe musterte.

„Ich weiß," murmelte sie und versuchte, ruhig zu bleiben. „Aber Michael soll nur wissen, dass mein Handy jetzt bei Tori ist. Wenn er anruft und sie drangeht, werde ich zurückrufen. Das ist alles, was er wissen muss. Bitte sagen Sie es ihm."

Dr. Cramer zögerte einen Moment, seine Stirn in Sorgenfalten gelegt. „Natürlich werde ich es ihm ausrichten. Aber soll ich nicht auch nach deinen Wunden sehen?" fragte er, während er ihre Verletzungen erneut musterte, seine Augen voller Sorge.

Christine schüttelte den Kopf und zwang sich zu einem schwachen Lächeln. „Es geht schon, Doc. Vielleicht ein anderes Mal. Bitte ... nur die Nachricht."

Er seufzte, nickte jedoch schließlich. „Wie du willst."

Christine blieb im Zimmer bei Ethan, während Dr. Cramer von Tori zur Tür begleitet wurde. Gerade als er die Schwelle erreichte, lehnte er sich noch einmal zu Tori und flüsterte ihr zu: „Seien Sie vorsichtig. Die Wände haben Ohren."

Mit diesen Worten verließ er das Haus, und eine schwere Stille legte sich wieder über die Räume.

Christine saß mit Ethan im Arm auf dem gemütlichen Sessel neben dem Krippenbett und summte leise "Bruder Jakob". Die Melodie war wie ein ferner, vertrauter Begleiter, den sie lange nicht mehr gehört hatte. Während die Töne durch den Raum glitten, drifteten ihre Gedanken in eine längst vergangene Zeit – ins Kinderheim.

Das Heim war kalt gewesen, nicht nur von den Temperaturen, vor allem die Atmosphäre dort. Die Wände waren karg, die Stimmen der Betreuer oft hart und die Tage verliefen nach strengen Regeln, ohne Raum für echte Wärme. Doch es gab eine Ausnahme: eine Nonne, die immer eine besondere Zuwendung für die Kinder hatte. Während sie die Babys wickelte, summte sie oft das gleiche Lied, das Christine nun für ihren Sohn sang.

Christine schmunzelte bei der Erinnerung an diese Nonne, die inmitten all der Strenge etwas Sanftes in den Alltag brachte. Ihre Wärme war wie ein kleiner Lichtblick in einer ansonsten gefühllosen Umgebung. Jetzt, so viele Jahre später, fand Christine Trost darin, diese Melodie weiterzugeben – als eine leise Verbindung zu einer Zeit, die längst vergangen war, aber nie ganz vergessen werden konnte.

„Wo ist Ethan?" Joshuas Stimme hallte durch die Dielen, sein Zorn war förmlich greifbar. „Wo ist er?" Christine erstarrte. Sie hatte ihn gar nicht kommen hören. Ihr Herz setzte für einen Moment aus, bevor es schneller schlug. Sie legte Ethan vorsichtig in sein Bettchen, bemühte sich um jede sanfte Bewegung. Ihre Hände zitterten leicht, aber sie zwang sich, ruhig zu bleiben. Dann verließ sie das Zimmer, so leise und schnell wie möglich, in der Hoffnung, Joshua würde die Treppen noch nicht hinaufkommen.

Unten hörte sie seine wütende Stimme lauter werden, als er Tori zur Rede stellte. Christine hielt inne, lauschte kurz. Tori versuchte sich zu erklären. „Ich habe nur Dr. Cramer zur Tür gebracht, Sir … Ethan schläft ruhig in seinem Bettchen, ich war nur eine Minute weg."
Doch Joshua war unnachgiebig. „Ich habe dir gesagt, du sollst ihn nicht aus den Augen lassen! Wie oft muss ich dir das noch eintrichtern?" Seine Stimme wurde schriller, die Spannung in der Luft erdrückend. Immer wieder stammelte Tori Entschuldigungen, während er sie unterbrach, jede Erklärung mit einem neuen Vorwurf ertränkte.

Christine zwang sich weiterzugehen. Ihr Atem ging schneller, aber sie durfte jetzt nicht die Nerven verlieren. Mit zitternden Händen öffnete sie die Tür zum Wohnzimmer und setzte sich auf ihre gewohnte Stelle auf der Couch. Sie griff nach einem Buch, irgendeinem Buch, und schlug es auf, ohne die Worte darauf wirklich wahrzunehmen. Alles, was zählte, war, ruhig zu wirken, als ob nichts gewesen wäre.
Der Schock, dass Joshua plötzlich wieder da war, brannte noch in ihr nach. Sie spürte das Adrenalin in ihren Adern, und ihre Finger krampften sich um das Buch. Sie wusste, dass er bald nach oben kommen würde. Und sie wusste, dass er jede kleinste Veränderung an ihr bemerken würde. Ihr Zittern. Die Angst in ihren Augen. Sie musste sich beruhigen. Tief einatmen. Ruhig bleiben. Tu so, als sei alles in Ordnung.

Die Schritte auf der Treppe kamen näher.
„Amy, wie geht es dir?" Joshuas Stimme klang überraschend sanft, als er sich neben sie auf die Couch setzte. Christine, die sich gerade noch darauf vorbereitet hatte, die Fassade aufrechtzuerhalten, war plötzlich verwirrt. Seine Augen, die sie in den letzten Tagen und Wochen nur mit Wut und Kontrolle angestarrt hatten, sahen sie jetzt anders an. Fast fürsorglich. Sogar liebevoll.
Seine Hand streichelte sanft über ihr Gesicht, und Christine spürte die Wärme seiner Berührung. Unwillkürlich schmiegte sie ihr Gesicht an seine Handfläche. Für einen Moment erlaubte sie sich, diesen Augenblick zu genießen – diese unerwartete Zuwendung, die sie von ihm bekam. Doch tief in ihr drängte sich die Frage auf, wie lange das wohl anhalten würde.

War das nur eine weitere Täuschung? Ein Moment der Ruhe vor dem nächsten Sturm?

Sie war verblüfft, wie schnell er sich verändert hatte. Eben noch hatte sie ihn unten gehört, wütend auf Tori, schreiend und voller Zorn. Jetzt war er hier, bei ihr, und behandelte sie so sanft, als wäre nichts gewesen.

„Was ... was ist mit Tori?" fragte sie leise, ihre Stimme zögerlich, während sie versuchte, hinter seine Fassade zu blicken.

Joshua zuckte mit den Schultern und lächelte, als wäre der Streit bereits vergessen. „Das war nichts, mach dir keine Sorgen. Du weißt, wie es manchmal ist. Ich wollte nur sicherstellen, dass Ethan in Sicherheit ist." Seine Hand glitt über ihre Wange, beruhigend, doch in seinem Blick lag etwas, das sie nicht deuten konnte.

Christine hielt den Atem an, als Joshuas Worte auf sie herabprasselten. "Amy, ich bin nur kurz hier, um dir zu sagen, dass ich mich dazu entschlossen habe, dass Ethan ein Geschwisterchen bekommen soll." Er sprach es so aus, als wäre es die selbstverständlichste Sache der Welt. "Ich denke, das wäre gut für ihn, meinst du nicht auch?" Seine Stimme war ruhig, fast sanft, aber Christine spürte die Kälte dahinter.

Sie wollte etwas sagen, wollte widersprechen, aber die Worte blieben ihr im Hals stecken. Sie wusste, dass diese Frage rein rhetorisch war. Er erwartete keine Antwort, zumindest nicht die Wahrheit. Sie kannte den Preis, den sie zahlen würde, wenn sie es wagte, ihm zu widersprechen.

"Noch ein Kind ..." Der Gedanke raste durch ihren Kopf. Es war nicht die Aussicht auf ein weiteres Baby, die sie erschreckte, sondern die Art und Weise, wie Joshua diesen Entschluss gefasst hatte – als wäre sie nicht mehr als ein Mittel zum Zweck, ein Gefäß für seine Pläne. Sie war nicht mehr als ein Objekt, das er kontrollierte.

Sie sah ihn an, bemühte sich, die Woge des Schocks zu unterdrücken, die in ihr aufstieg. Ihr Herz hämmerte, doch sie zwang sich, ruhig zu bleiben. Ein schwaches, gezwungenes Lächeln formte sich auf ihren Lippen, und sie nickte stumm. Sie wusste, dass Widerstand jetzt nichts als Ärger bringen würde, und das Letzte, was sie brauchte, war eine Eskalation.

Joshua beobachtete sie genau, als ob er jede Regung in ihrem Gesicht analysieren wollte. Als er ihre Zustimmung

wahrnahm, lächelte er zufrieden. "Gut," sagte er, als
wäre alles geklärt. „Das wird Ethan guttun."

Er stand auf, zog sein Jackett glatt und beugte sich kurz
zu ihr herunter, um ihr einen Kuss auf die Stirn zu
drücken. "Ich werde bald wieder da sein." Dann ging er,
so leise und schnell, wie er gekommen war.
Tori kam mit Ethan auf dem Arm ins Wohnzimmer.

"Lassen Sie uns einen Moment allein", sagte Christine
eindringlich und fügte leise hinzu: "Achten Sie darauf,
dass keiner kommt, okay?" Ihre Stimme war ruhig, doch
Tori spürte die Dringlichkeit in ihren Worten. Sie nickte
stumm, ihre Augen voller Verständnis, und verließ den
Raum, ohne ein weiteres Wort zu verlieren.
Als die Tür hinter Tori leise ins Schloss fiel, herrschte eine
gespannte Stille. Christine atmete tief durch, ihre Hände
zitterten leicht, während sie das Handy fest
umklammerte. Christine wartete einen Moment, bis sie
sicher war, dass Tori das Haus bewachte und niemand in
der Nähe war. Dann holte sie tief Luft und wählte schnell
Michaels Nummer. Ihr Herz schlug schneller mit jedem
Tuten, und als er endlich abhob, war ihre Stimme ein
Flüstern, kaum mehr als ein Hauch.
Christine hielt das Telefon fest an ihr Ohr, während sie
flüsterte: "Michael, ich muss hier raus. Er ... er will noch
ein Baby." Ihre Stimme zitterte, und das Gewicht dieser
Worte schien den Raum zu erdrücken.
Am anderen Ende herrschte für einen Moment Stille,
bevor Michael leise antwortete: "Noch ein Baby?
Christine, das wird alles nur schlimmer machen."
"Ich weiß." Sie schluckte hart und fühlte, wie sich ihre
Brust zusammenzog. "Er glaubt, es wäre gut für Ethan.
Aber es geht ihm nicht um Ethan. Es geht ihm um die
Kontrolle. Er will mich noch fester an sich binden."
Ihre Gedanken rasten, während sie Michaels Schweigen
auf der anderen Seite spürte. "Mit jedem Kind verliere ich
ein Stück mehr von mir, Michael. Ich bin jetzt schon
gefangen, aber wenn ich noch ein Baby bekomme ..."
"Christine, du kannst nicht bleiben. Das wird dich
kaputtmachen."

"Ich weiß." Sie presste ihre Lippen zusammen, ihre
aufgesprungene Lippe brannte. „Aber er wird mich nicht
gehen lassen, und jedes Mal, wenn er mich ansieht ... ich
weiß, dass er sich nur ausmalt, wie er mich weiter
kontrollieren kann. Mit einem weiteren Kind bin ich für
immer hier festgehalten. Ich kann nicht einfach an mich

denken, ich muss an Ethan denken. Er braucht eine Mutter, die frei ist. Michael," flüsterte sie und ihre Stimme brach fast, "ich weiß nicht, wie lange ich das noch aushalte."

"Ich werde dir helfen," sagte Michael fest. "Wir finden einen Weg. Aber du musst vorsichtig sein, Christine. Er wird jeden Moment spüren, wenn du etwas planst."

"Das weiß ich." Mit diesen Worten beendete Christine das Gespräch, ihre Finger zitterten leicht, als sie das Handy sinken ließ. Für einen Moment blieb sie reglos sitzen, der Schock über das, was gerade passiert war, pulsierte in ihren Adern. Sie hatte es ausgesprochen. Das war der erste Schritt.

"Tori," rief sie leise, fast heiser, während sie tief durchatmete, um die Kontrolle über ihre aufgewühlten Gedanken zurückzugewinnen. Tori betrat den Raum sofort, als hätte sie nur darauf gewartet, gerufen zu werden. In ihren Augen lag Sorge, vielleicht sogar Angst. Beide Frauen wussten, dass sie in einem gefährlichen Spiel gefangen waren.

"Miss?" fragte Tori leise, während sie vorsichtig nähertrat. Christine drehte sich zu ihr um, ihr Gesicht müde, aber entschlossen. "Es muss etwas geschehen," flüsterte sie und sah kurz zu Ethan hinüber, der friedlich schlief. "Wir müssen bereit sein, wenn der richtige Moment kommt."

Tori nickte und nahm das Handy, um es wieder unter der Decke zu verstecken. "Ich habe alles gehört. Ich bin bereit, Miss. Aber was, wenn ..." Sie verstummte, der Satz hing in der Luft. Sie mussten nicht aussprechen, wovor sie beide Angst hatten.

"Keine Sorge," sagte Christine mit einer neuen Schärfe in der Stimme, "wir müssen nur vorsichtig sein."

Die Tage vergingen quälend langsam, und Christine spürte, wie ihre Verzweiflung wuchs. Michael hatte sich seit dem letzten Gespräch nicht mehr gemeldet. Die Stille war unerträglich, und ihr Kopf war voller Zweifel. Versuchte er überhaupt noch zu helfen oder hatte er sie aufgegeben? Diese Gedanken nagten an ihr, ließen sie kaum noch schlafen. Warum war es beim ersten Fluchtversuch so anders gewesen? Damals war Michael ständig in Kontakt, hatte Pläne geschmiedet, Wege gesucht, sie rauszuholen. Und jetzt? Nichts.

Hatte Michael Angst? Angst, dass Joshua ihn wieder finden würde? Oder, schlimmer noch – hatte Joshua schon etwas herausgefunden?

Jede Minute, in der sie nichts von Michael hörte, brachte sie näher an den Abgrund. Ihr Atem ging schneller, als ihr klar wurde, dass sie vielleicht alleine war. Ganz allein in diesem Albtraum, ohne einen sicheren Ausweg.

Kapitel 6: Bis dass der Tod uns scheidet

Die Wochen vergingen, und schließlich meldete sich Michael wieder. Doch wie so oft hatte er keine Neuigkeiten, nichts Greifbares, das Hoffnung in Christine wecken könnte. "Geduld," wiederholte er immer wieder. "Du musst Geduld haben." Aber Christine hatte längst keine Geduld mehr. Jeder Tag in Joshuas Nähe fühlte sich wie ein weiterer Schlag ins Gesicht an, und sie spürte, wie ihr Glaube an Michael als ihren Retter allmählich zerbröckelte.

Sie begann zu begreifen, dass sie sich vielleicht auf eine Illusion verlassen hatte. Diese Fantasie von Rettung, die in den Gesprächen mit Michael so real gewirkt hatte, schien sich mit der Zeit aufzulösen. Ein Teil von ihr hatte aufgehört zu glauben, dass es je gelingen würde, von Joshua wegzukommen. Und dieser Gedanke war vielleicht noch schlimmer als jeder Schlag, jede Demütigung: Die Vorstellung, dass dies ihr Leben war, und es keine Flucht gab.

Joshua kam jetzt jede Nacht zu Christine, entschlossen, seinen Wunsch nach einem zweiten Kind zu erfüllen. Seine Besessenheit wuchs von Tag zu Tag. Er war überzeugt, dass ein weiteres Baby nicht nur seine Kontrolle über Christine festigen, sondern auch sein perfektes Familienbild vervollständigen würde.

Er ging sogar so weit, die Antidepressiva, die er Christine heimlich verabreicht hatte, abzusetzen. Stattdessen gab er ihr heimlich ein neues Medikament, das ihre Fruchtbarkeit steigern sollte. Für ihn war das nur ein weiterer Schritt, um sicherzustellen, dass sie ihm das gab, was er wollte – koste es, was es wolle.

Christine ahnte nichts von diesem neuen Spiel. Sie spürte nur, dass etwas anders war, aber in ihrer ständigen Erschöpfung und dem emotionalen Nebel, in dem sie lebte, konnte sie es nicht genau benennen. Ihr Körper fühlte sich fremd an, als würde sie die Kontrolle über ihn verlieren.

Tori merkte jedoch schnell, dass etwas nicht stimmte. Christine, die ohnehin schon blass und erschöpft war, schien noch lethargischer, ihre Augen wirkten glasig, und ihre Stimmung schwankte plötzlich auf unerklärliche Weise. Es war nicht mehr nur die emotionale Belastung, die Christine zusetzte – es war etwas anderes, etwas Tieferes, das sie veränderte.

"Miss Christine, geht es Ihnen gut?" fragte Tori erneut, ihre Stimme zitterte leicht vor Sorge, als sie sah, wie Christine erschöpft und apathisch im Bett lag. Ethan lag in Tori's Armen, doch Christine schenkte ihm kaum einen Blick. Das war untypisch für sie. In den letzten Wochen hatte Tori viel Zeit mit ihr verbracht und wusste genau, dass Christine nie so distanziert von ihrem Sohn war.

Christine hob schwach den Kopf und lächelte gequält, ein lebloser Ausdruck. "Es geht schon ... mir fehlt nur etwas Schlaf," flüsterte sie, ihre Stimme kaum hörbar.

"Miss, geht es Ihnen wirklich gut?" wiederholte Tori, diesmal entschlossener. Die leise Unruhe, die sich in den letzten Tagen in ihr ausgebreitet hatte, wuchs weiter. Joshua hatte ihr mehrmals gesagt, dass Christine nur Ruhe brauche und dass sie nichts weiter tun solle. Aber etwas stimmte nicht. Christine war müde, ja, aber es war mehr als das. Es war, als würde sie innerlich zerbrechen.

"Bitte, Tori. Kümmern Sie sich heute Morgen um Ethan. Ich kann jetzt nicht!" Christine sprach die Worte hastig aus, ihre Stimme war schwach und flehend. Tori nickte nur, besorgt um das, was mit Christine geschehen war. Sie nahm Ethan vorsichtig auf den Arm und ging mit ihm aus dem Zimmer, in der Hoffnung, Christine etwas Ruhe zu geben.

Als die Tür hinter Tori ins Schloss fiel, überschlugen sich ihre Gedanken. Was war nur mit Christine geschehen? Der Unterschied zwischen der Frau, die sie einst gekannt hatte, und der, die jetzt im Schlafzimmer lag, war schockierend. Das bedrückende Schweigen im Haus schien wie ein Schatten auf ihren Schultern zu lasten. Und dann war da die Sache mit dem Namen: Warum nannte Christine Caleb jetzt Ethan? Das tat sie nur, wenn Joshua in der Nähe war, und dieser Gedanke schnürte Tori die Kehle zu. Im Wohnzimmer setzte sie Ethan in seinen Hochstuhl und begann, ihn mit seinem Frühstück zu versorgen. Doch selbst die fröhlichen Quatschgeräusche des Babys konnten die düstere Stimmung nicht vertreiben. Während sie ihm Löffel für Löffel anbot, kreisten ihre Gedanken weiter um Christine, und ihre Sorge wuchs ins Unermessliche. "Wir gehen gleich noch einmal nach deiner Mama schauen, okay?"

flüsterte sie Ethan zu, der mit großen, unschuldigen Augen auf seinen Löffel starrte.

Ein Schauer lief Tori über den Rücken, als sie sich fragte, was sie tun könnte, wenn Christine weiterhin so abwesend blieb.

Als sie die Tür zu Christines Zimmer öffnete, stockte ihr der Atem. Sie lag reglos im Bett, das Gesicht blass, der Ausdruck verzweifelt, als ob sie in einem tiefen Albtraum gefangen war. Der Raum war in ein gespenstisches Licht getaucht, und Tori konnte nicht anders, als sich zu fragen, ob Joshua etwas damit zu tun hatte. Was hatte er mit ihr gemacht? Leise und behutsam schloss Tori die Tür wieder und lehnte sich dagegen, um einen Moment der Klarheit zu gewinnen. Vielleicht hatte Joshua doch recht, und Christine brauchte einfach etwas Ruhe. Doch der Gedanke ließ sie nicht los: Sollte sie Dr. Cramer rufen? Ein mulmiges Gefühl breitete sich in ihrem Magen aus. Was würde sie dem Hauspersonal sagen? Sie wusste, dass alles, was im Haus vorging, an Joshua weitergetragen wurde, und er würde Fragen stellen – Fragen, auf die Tori keine Antworten geben konnte und auch nicht wollte.

Am Nachmittag schien sich Christine endlich etwas gefangen zu haben. Nach stundenlangen Heulkrämpfen und erschöpfenden Schlafphasen erhob sie sich schwerfällig aus dem Bett. Ihre Augen waren rot und geschwollen, das Gesicht von den Tränen gezeichnet, und es war, als wäre jedes Leben aus ihrem Blick gewichen. Doch trotz all dem schleppte sie sich zum Kinderzimmer, fest entschlossen, nach Ethan zu sehen.

Als sie in der Tür stand, wandte sich Tori hastig zu ihr um, sichtlich überrascht. "Miss, geht es Ihnen besser?" fragte sie besorgt. Christine nickte schwach, versuchte ein Lächeln zu erzwingen.

"Ja, etwas. Danke dir", antwortete sie mit einer Stimme, die brüchig klang. "Wie geht es Caleb?" Da war sie, die Christine, die Tori kannte – diejenige, die sich für ihren Sohn aufopferte, die so voller Liebe war, dass sie ihm einen geheimen Namen gab.

Doch Tori reagierte sofort. Mit einer hastigen Bewegung legte sie den Finger an die Lippen und deutete nach unten. Christine runzelte verwirrt die Stirn, bis ihr klar wurde, was Tori damit sagen wollte: Joshua ist im Haus. Der Name hing unausgesprochen im Raum, und eine Schwere legte sich auf die Luft.

Christine hörte Schritte die Treppe hinaufkommen, ihr Herz setzte für einen Moment aus. Schnell ging sie ins Wohnzimmer, gerade rechtzeitig, denn kurz darauf öffnete Joshua die Tür und betrat den Raum. Ihr Körper spannte sich augenblicklich an, als er auf sie zukam und sie in die Arme nahm. Sie zwang sich, ruhig zu bleiben, obwohl jede Berührung von ihm sich anfühlte, als würde sie innerlich erstarren. Seine Stimme klang sanft, beinahe fürsorglich, als er sagte: "Amy, endlich bist du aufgestanden. Ich habe mir schon Sorgen um dich gemacht."

Er löste die Umarmung und strich ihr behutsam über die Wange, als wäre nichts falsch an der Welt. Christine bemühte sich um ein Lächeln, auch wenn es sie innerlich alles kostete, die Fassade aufrechtzuerhalten. "Mir geht es wieder besser, Joshua. Ich weiß nicht, was es war. Vielleicht habe ich nur etwas Falsches gegessen." Sie hoffte inständig, dass er es einfach dabei beließ.

"Bist du extra wegen mir zuhause geblieben?" Sie setzte ein schwaches Lächeln auf, als sie ihm die Frage stellte.

Joshua hielt ihren Blick fest, als er antwortete: "Ich habe mir Sorgen um dich gemacht, Amy." Sein Ton war ernst, und dennoch lag etwas Unheimliches darin.

"Hat dir Tori Bescheid gegeben?" fragte sie zögernd.

"Nein," sagte er ruhig. "Danielle."

Der Name ließ ihr Blut in den Adern gefrieren. Danielle – das Zimmermädchen, sie war die stille Beobachterin im Haus, die immer wusste, was vor sich ging, ob man es wollte oder nicht. "Sie hat mir gesagt, dass du nicht gut aussiehst und im Bett liegst. Da bin ich sofort hergefahren. Ich muss doch nach der Frau schauen, die ich liebe, wenn es ihr nicht gut geht." Wieder strich er sanft über ihr Gesicht, doch die Geste, die vielleicht fürsorglich wirken sollte, brachte Christine nur Unbehagen.

"Bist du dir sicher, dass es dir wieder besser geht?" Er blickte ihr forschend in die Augen.

Christine nickte rasch. "Ja, es geht mir besser."

Joshua musterte sie einen Moment, als wollte er sicherstellen, dass sie die Wahrheit sagte, dann griff er nach seinem Jackett. "Dann kann ich wieder ins Studio fahren?" fragte er, obwohl die Antwort klar war.

Er drückte ihr einen Kuss auf die Stirn, und Christine schloss die Augen, den Atem anhaltend, bis er sich abwandte. "Ich habe Danielle beauftragt, mich sofort anzurufen, wenn so etwas wieder vorkommt," sagte er

mit einem Hauch von Drohung in seiner Stimme, bevor er
sich endgültig verabschiedete und aus der Tür trat.

Als die Haustür hinter Joshua ins Schloss fiel, fühlte
Christine, wie die Anspannung in ihr wie eine Flutwelle
brach. Ihr Atem ging schwer, ihre Hände zitterten,
während sie noch immer reglos im Wohnzimmer stand.
Ihr Herz hämmerte in ihrer Brust, doch nicht nur wegen
der Begegnung mit Joshua – sondern wegen der
grausamen Wahrheit, die sich ihr nun offenbarte:
Danielle. Das Zimmermädchen. Sie war diejenige, die
Joshua alles verriet.

Jeder Schritt, jedes Wort, jede Bewegung im Haus –
Danielle sah es, hörte es, und Joshua wusste es.

Christine biss sich auf die Lippe und schloss kurz die
Augen, um ihre Gedanken zu ordnen. Sie durfte sich
keinen Fehltritt leisten, nicht jetzt. Sie atmete tief durch
und ging langsam ins Kinderzimmer, wo Tori gerade Ethan
beruhigte.

"Er ist weg", sagte Christine und ließ die Tür leise hinter
sich ins Schloss fallen. Tori drehte sich sofort um, die
Sorge stand ihr ins Gesicht geschrieben. "Was ist
passiert?" fragte sie. Christine trat näher und sah Tori
fest in die Augen. "Sei leise", flüsterte sie, ihre Stimme
kaum hörbar. "Ich weiß jetzt, wer es ist ..."

Tori runzelte die Stirn. "Wer? Was meinst du?"

"Danielle", antwortete Christine flüsternd. "Sie ist
diejenige, die alles an Joshua weitergibt."

Toris Augen weiteten sich vor Schock. "Danielle? Das
Zimmermädchen? Bist du dir sicher?"

"Er hat es mir selbst gesagt", flüsterte Christine zurück
und kämpfte gegen die aufsteigende Panik an. "Sie
beobachtet alles und meldet es ihm."

Tori wirkte fassungslos. Danielle – das unscheinbare,
freundliche Mädchen, das immer so unauffällig im
Hintergrund blieb, war also Joshuas Spitzel? Es ergab
keinen Sinn. "Was hat sie davon? Warum macht sie
das?" fragte Tori, ihre Stimme bebend vor Wut und
Verwirrung.

Christine schüttelte den Kopf, ihre Gedanken rasten.
"Das werde ich vielleicht nie erfahren. Aber eins ist
sicher: Sie sieht alles. Und sie wird nicht aufhören, ihm
alles zu berichten. Wir müssen vorsichtiger sein."

Christine fühlte, wie sich die Panik langsam in ihrer Brust
zusammenzog, aber sie zwang sich zur Ruhe. "Was
sollen wir jetzt tun?" flüsterte sie entschlossen. "Wir
müssen vorsichtig sein, extrem vorsichtig. Danielle ist

nicht die Einzige, die für Joshua arbeitet. Ich bin mir sicher, dass sie nicht allein handelt."

Tori blickte sie fassungslos an, die Angst in ihren Augen deutlich sichtbar. "Aber wie können wir so weitermachen? Wenn sie uns beobachtet, wenn sie alles meldet, was wir tun ... wie sollen wir das schaffen?"

Christine dachte schnell nach, ihr Kopf arbeitete fieberhaft. "Wir müssen sie täuschen. Ihr das Gefühl geben, dass alles normal ist, dass Joshua mich wieder völlig unter Kontrolle hat. Und während sie glaubt, dass ich aufgegeben habe, bereiten wir uns vor." Christine ließ sich auf den Sessel sinken, während ihre Gedanken rastlos kreisten. Ihre Entschlossenheit schien einen Moment zu schwanken, als die Realität auf sie einprasselte. Der Plan, Joshua zu täuschen, war riskant – vielleicht zu riskant. Ihre Hände zitterten leicht, als sie versuchte, die Fassade der Stärke aufrechtzuerhalten.

Christine spürte die Unsicherheit in sich aufsteigen wie eine dunkle Wolke. Ihr Plan klang mutig und entschlossen, aber in ihrem Inneren wuchs die Angst, dass sie vielleicht doch scheitern könnten. Was, wenn Joshua sie durchschauen würde? Was, wenn er schon ahnte, dass sie sich gegen ihn auflehnen wollte?

"Christine," sagte Tori leise und trat einen Schritt näher, "bist du sicher, dass wir das schaffen können?"

Christine holte tief Luft, um die zitternde Unsicherheit in ihrer Stimme zu unterdrücken. "Ich weiß es nicht" gab sie zu, ihre Augen kurz zu Boden gesenkt. "Ich habe keine Garantie, dass es funktioniert. Aber ich kann nicht einfach hierbleiben und so tun, als wäre alles in Ordnung. Er will noch ein Kind, Tori. Wenn ich nicht bald handle ..." Sie verstummte, unfähig, den Gedanken weiter auszusprechen.

Tori legte ihr eine Hand auf den Arm, sanft, aber fest. "Wir schaffen das," sagte sie, ihre Stimme stärker als ihre eigenen Zweifel. "Aber wir dürfen uns nichts anmerken lassen. Nicht einen Moment. Er darf keinen Verdacht schöpfen, sonst sind wir verloren."

Christine nickte langsam. Sie wusste, dass Tori recht hatte. Jede ihrer Bewegungen, jedes Wort musste jetzt berechnet sein. So lange, bis sich eine Gelegenheit ergab. Sie durfte nicht aufgeben, sie musste stark bleiben – für sich, für Ethan, für ihre Freiheit.

"Du hast recht," sagte Christine schließlich, auch wenn ihre Stimme ein wenig zitterte. "Ich muss uns Zeit

verschaffen. Ich spiele seine Spielchen, so wie er es
erwartet. Bis sich die Gelegenheit bietet."

Tori drückte ihren Arm leicht. "Und wenn die Gelegenheit
kommt, musst du vorbereitet sein."

Christine sah Tori in die Augen und zwang sich zu einem
schwachen Lächeln. "Ja, das muss ich. Aber bis dahin...
keine Fehler. Keine Unsicherheit. Ich tu, was er will, und
halte durch."

"Und was ist, wenn er misstrauisch wird?" fragte Tori
leise, ihre Augen voller Sorge.

Christine schüttelte langsam den Kopf. "Das darf er
nicht. Wir müssen ihn glauben lassen, dass alles normal
ist. Solange wir das schaffen, haben wir eine Chance. Es
wird nicht leicht, aber ich kann nicht länger warten.
Irgendwann wird sich eine Gelegenheit ergeben, Tori.
Und wenn dieser Moment kommt, bin ich bereit."

Die beiden Frauen sahen sich in die Augen, ein stummes
Verständnis zwischen ihnen. Bis dahin mussten sie die
Fassade aufrechterhalten, als wäre alles normal.

"Christine, warte. Ich muss dir etwas sagen!" Toris
Stimme zitterte leicht, als Christine sie ansah. In ihrem
Kopf rasten die Gedanken. Hatte Tori doch etwas an
Joshua weitergegeben? Oder stand noch etwas
Schlimmeres bevor? Die Unsicherheit nagte an ihr.

"Bitte, setz dich wieder." Toris Worte ließen Christines
Herz schneller schlagen, während sie sich langsam
zurück in den Sessel sinken ließ. Die Aufregung stieg in
ihr hoch, gemischt mit einem Hauch von Angst.

"Ich weiß, warum es dir heute Morgen so schlecht ging,"
sagte Tori, und sah Christine ernst an.

"Wirklich?" Christine konnte ihre Neugier kaum zügeln,
doch ein Teil von ihr ahnte bereits, dass es nichts Gutes
war.

"Ich habe mit Dr. Cramer gesprochen," begann Tori
vorsichtig. "Und er hat mir gesagt, dass Joshua dich
schon damals auf Antidepressiva gesetzt hatte. Er
glaubt, dass er es wieder getan hat."

Christines Herz setzte einen Schlag aus. "Woher will er
das wissen?" Ihre Stimme bebte. "Oder ... hat er selbst
etwas damit zu tun?" Ein flüchtiger Gedanke jagte durch
ihren Kopf. Bitte nicht, nicht auch er.

Tori schüttelte energisch den Kopf. "Nein, Dr. Cramer
steckt da nicht mit drin. Aber er kennt die Symptome. So,
wie du dich heute Morgen verhalten hast ... es könnten
die Nebenwirkungen von Prozac sein, wenn man es
plötzlich absetzt."

Christine starrte sie ungläubig an. " Aber warum sollte er mir erst die Medikamente geben und dann wieder absetzen?“ Die Stille, die folgte, war drückend. Es war, als würden sie beide das Gleiche denken, aber niemand traute sich, es auszusprechen.

Schließlich durchbrach Christine die Spannung. "Natürlich ...“ Ihre Stimme war leise, aber klar. "Er will, dass ich wieder schwanger werde.“

Tori nickte kaum merklich, ihre Augen voller Mitgefühl. "Genau das befürchte ich. Die Medikamente könnten eine Schwangerschaft verhindern. Deshalb hat er sie wahrscheinlich abgesetzt.“

Christine spürte, wie sich die Welt um sie herumdrehte, als die Wahrheit über sie hereinbrach. Das war es also. Joshua hatte nicht nur ihre Freiheit in der Hand – er kontrollierte ihren Körper, ihr Leben, jede ihrer Entscheidungen. Mit einem Mal traf sie die volle Wucht der Erkenntnis: Sie lebte mit einem Mann, der zu allem fähig war. Er hatte ihr heimlich Medikamente verabreicht, ohne dass sie es bemerkt hatte. Was, wenn es etwas Schlimmeres gewesen wäre? Ein Gift? Eine Dosis, die sie hätte töten können, ohne dass jemand Verdacht schöpfte?

Ihr Atem stockte, als der Gedanke sich in ihrem Kopf festsetzte. Wenn Joshua bereit war, so weit zu gehen, dann gab es keine Grenze, die er nicht überschreiten würde. Er hatte längst bewiesen, dass er vor nichts zurückschreckte, und die Gefahr, die von ihm ausging, war greifbarer und tödlicher, als sie es je für möglich gehalten hatte.

Dieser Mann war nicht nur kontrollierend – er war lebensgefährlich.

Die nächsten Tage und Wochen verliefen in einer gespenstischen, angespannten Ruhe. Christine spürte jeden Moment die unsichtbare Bedrohung, die in der Luft lag, wie ein Schwert, das jeden Augenblick auf sie herabfallen konnte. Joshua zeigte sich mal sanft, mal brutal. Seine Wutausbrüche kamen unvermittelt, als würde er nur darauf warten, dass sie den kleinsten Fehler machte. An manchen Tagen schien er geradezu nach einem Vorwand zu suchen, um ihr seine Macht zu demonstrieren – um ihr zu zeigen, dass er noch immer die Kontrolle hatte, dass sie ihm gehörte.

Christine musste sich bei jedem Wort zügeln, vorsichtig, immer in der Hoffnung, seine Launen zu entschärfen. Aber es half oft nichts. Joshua wollte die Oberhand behalten, koste es, was es wolle.

Ethan wurde älter, und mit jedem Tag schien er mehr von der düsteren Atmosphäre im Haus zu begreifen. Das Geschrei hinter verschlossenen Türen ließ ihn immer wieder aufschreien, als würde er spüren, was sich nur wenige Schritte entfernt abspielte. Christine spürte es auch. Wie lange noch, fragte sie sich, bis er alt genug war, um die Realität zu verstehen?

Tori tat alles, um Ethan vor dem Chaos zu bewahren. Jedes Mal, wenn Joshua seine Wut herausbrüllte, nahm sie das Kind rasch mit nach draußen, als könnte die frische Luft die Spannungen im Haus einfach wegwehen. Doch Christine wusste, dass dieser Frieden nur oberflächlich war. Je älter Ethan wurde, desto weniger konnte man ihn vor der Wahrheit verstecken. Es war nur eine Frage der Zeit, bis auch er die ganze Furcht, die in diesen Wänden schwelte, begreifen würde.

Und Christine wusste, dass sie handeln musste – bevor es zu spät war. Doch wann? Diese Frage quälte sie Tag für Tag. Es ergab sich nie eine Gelegenheit, die Sicherheit zu entkommen. Joshua war entweder ständig zu Hause oder das Personal schlich durch die Flure, immer aufmerksam, immer bereit, zu berichten. Vor allem Danielle, das stille Zimmermädchen, war wie ein Schatten, der nie verschwand. Jeder ihrer Schritte schien beobachtet, jede ihrer Bewegungen überwacht.

Christine spürte, wie die Zeit gegen sie arbeitete. Sie konnte nicht einfach weglaufen. Der kleinste Fehltritt würde sie verraten, und Joshua würde noch mehr Kontrolle über sie erlangen. Jede Nacht, wenn er neben ihr lag, spürte sie seine Nähe wie eine Last auf ihrer Brust. Sie hielt den Atem an, fragte sich, ob er ihre Gedanken erriet, ob er ihre Angst spürte.

Doch der Gedanke, einfach so zu verschwinden, ließ sie nicht los. Sie beobachtete jede kleinste Routine, suchte nach Rissen im perfekt getakteten Alltag, nach einem Moment, der ihr vielleicht die Flucht ermöglichen würde. Aber dieser Moment kam nie. Stattdessen fühlte sie, wie die Unsicherheit immer größer wurde, wie das Netz, das Joshua um sie gesponnen hatte, sich enger und enger zog.

"Amy, ich muss bald für ein paar Tage weg. Die Firma möchte, dass ich nächste Woche ein Interview in Seattle gebe. Ich habe es gerade erst erfahren." Joshua trat in die Stube, seine Stimme klang geschäftsmäßig, fast wie eine Maschine.

Christine spürte, wie sich ihr Magen zusammenzog.
"Wann bist du wieder hier?" fragte sie, obwohl sie es
bereits ahnte.

"Ich weiß es noch nicht genau. Ich rechne mit zwei oder
drei Tagen, mehr nicht. Ich würde euch gerne
mitnehmen, aber das geht nicht!" Er wirkte
entschlossen, doch in seinen Augen blitzte etwas, das
sie nicht ganz deuten konnte.

"Das ist schade, ich hätte gerne das Sky View
Observatory gesehen", erwiderte Christine und
versuchte, ihre aufgesetzte Traurigkeit glaubwürdig zu
verkaufen. Ihr Herz raste, während sie sich innerlich
darauf vorbereitete, was diese Abwesenheit bedeutete.

Joshua beugte sich vor und küsste sie flüchtig auf die
Stirn. "Mach dir keine Sorgen, Amy. Es wird schnell vorbei
sein. Das Personal wird sich in der Zeit gut um dich
kümmern und mir Bescheid geben, wenn etwas sein
sollte." Seine Worte klangen sanft, aber Christine spürte,
wie sein Blick sie durchdrang, als er sich zurückzog.

Als er das Zimmer verließ, blieb Christine allein zurück,
und die Erleichterung vermischte sich mit einem Sturm
von Gedanken. Zwei oder drei Tage – diese kurze
Zeitspanne könnte alles verändern. Vielleicht war dies
die Gelegenheit, auf die sie so lange gewartet hatte.
Doch gleichzeitig nagte die Angst an ihr. Was würde
Joshua tun, wenn er zurückkam? Würde er spüren, dass
sie einen Plan schmiedete? Was ist, wenn er über alles
Bescheid wusste?

Mit einem tiefen Atemzug versuchte sie, ihre Gedanken
zu ordnen.

Die Atmosphäre im Raum war aufgeheizt, als Joshua sich
langsam näherte. Das Licht der Stehlampe warf sanfte
Schatten auf ihre Haut, und die Musik im Hintergrund
schien in einen hypnotischen Rhythmus zu fallen.
Christine fühlte sich von seinem Blick gefangen, der vor
Verlangen glühte.

Joshua trat näher, seine Hände fanden den Weg zu ihrem
Gesicht, und er beugte sich zu ihr hinunter. "Du weißt,
wie sehr ich dich will, oder?" flüsterte er mit einer
Stimme, die rau und voll von Sehnsucht war.

Christine schluckte und nickte, während ihre Herzen im
gleichen Takt schlugen. Er beugte sich noch näher, seine
Lippen fanden die ihren und zogen sie in einen Kuss, der
zunächst sanft begann, dann aber von einer intensiven
Leidenschaft durchzogen wurde. Es war, als würde die
Welt um sie herum verschwinden, und alles, was zählte,
war dieser eine Moment.

Joshua zog sie näher an sich, seine Hände glitten über ihren Rücken, während er sie leidenschaftlich küsste. Christine spürte, wie ein warmes Kribbeln durch ihren Körper zog, als er sie auf die Couch drückte, sanft, aber bestimmt.

Er ließ seine Lippen von ihren abgleiten und begann, zärtlich über ihren Hals zu küssen, seine Hände wanderten über ihre Taille, und sie seufzte leise, als sie seinen heißen Atem auf ihrer Haut spürte. "Du bist so schön, Amy", murmelte er zwischen den Küssen.

Seine Hände fanden den Reißverschluss ihres Kleides und zogen ihn vorsichtig nach unten. Das Kleid glitt sanft von ihren Schultern, und als Joshua ihre nackte Haut berührte, durchfuhr sie ein Schauer. Er sah sie an, als wäre sie das Einzige, was auf dieser Welt zählte, und das machte sie gleichzeitig nervös und elektrisiert.

Christine schloss die Augen, während er seine Lippen auf ihren Schultern und dem Dekolleté platzierte. "Joshua", hauchte sie, und das Geräusch ihres Namens in seinen Lippen schickte Wellen des Verlangens durch ihren Körper.

Er kniete sich vor sie, seine Hände glitten über ihre Oberschenkel, und er küsste ihren Bauch, während sie sich zurücklehnte und den Kopf in den Nacken legte. "Ich will dich", flüsterte er, und seine Stimme war voller Verlangen.

Er nahm sich Zeit, um sie zu erkunden, ihre Haut mit seinen Lippen zu bewundern, während er sie mit sanften Berührungen und Küssen verwöhnte. Christine konnte nicht anders, als sich zu winden und zu stöhnen, während das Verlangen in ihr wuchs.

Joshua ließ seine Hände nicht ruhen, er erkundete jeden Zentimeter ihres Körpers, während er immer leidenschaftlicher wurde. Es war, als würden sie in einer eigenen Welt sein, in der nur sie beide existierten. Und in diesem Moment wollte sie nur noch eins: ihn ganz bei sich zu haben. Joshua ließ sich nicht aufhalten. Mit jedem Kuss, jeder Berührung, schien er sie tiefer in seinen Bann zu ziehen. Christine spürte, wie ihre Wangen heiß wurden, als er sich weiter vorwagte, seine Hände glitten über ihre Haut, und ein Schauer durchlief sie.

"Du bist perfekt", murmelte er, während er mit den Lippen sanft über ihren Bauch fuhr, bevor er sich wieder nach oben arbeitete. Sein Blick war intens und hungrig, als würde er jede Reaktion von ihr studieren.

"Joshua …", hauchte Christine, während sie die Intensität seiner Berührungen spürte. Ihre Hände fanden den Weg

zu seinen Haaren, und sie zog ihn sanft zu sich. "Komm
zurück zu mir." Er folgte und ihre Lippen trafen sich
erneut, diesmal mit einer solchen Dringlichkeit, dass sie
die Welt um sich herum vergaßen. Joshua ließ seine
Hände in ihren Haaren spielen, während sie sich
aneinanderdrängten. Der Raum schien zu vibrieren von
der Hitze ihrer Leidenschaft.

Mit einer geschickten Bewegung drehte Joshua sie um,
sodass sie jetzt auf dem Sofa lag. Er kniete neben ihr,
seine Augen durchdrangen sie wie ein loderndes Feuer.
"Ich will dich fühlen", flüsterte er, seine Stimme klang rau
und voller Verlangen.

Christine war überwältigt von einem Gefühl der Hingabe,
das sie nicht zurückhalten konnte. Er beugte sich über
sie, seine Lippen fanden ihren Hals, während seine
Hände zärtlich über ihren Körper strichen. Sie konnte
nicht anders, als sich ihm hinzugeben. Sein Körper
drängte sich näher an ihren, und das Verlangen zwischen
ihnen wuchs unaufhaltsam. Joshua setzte seine Küsse
fort, seine Hände wanderten weiter über ihren Körper,
und sie fühlte sich in einem Wirbelwind aus Lust und
Leidenschaft gefangen.

"Lass mich dich lieben", forderte er, als er seine Lippen
auf ihren Mund presste und seine Zunge sanft gegen ihre
drängte. Christine erwiderte seinen Kuss mit all der
Leidenschaft, die sie aufbringen konnte. In diesem
Moment gab es nichts anderes, nichts, das zwischen
ihnen stand.

Sie spürte, wie er sich über sie beugte, seine Hände
streiften über ihren Körper, während er sie mit zärtlicher
Dringlichkeit liebte. Joshua nahm sich Zeit, jede
Berührung, jeden Kuss zu zelebrieren, und Christine
verlor sich in dem Gefühl, in dem sie sich von ihm geliebt
fühlte.

Die Nacht verging in einem Rausch aus Zärtlichkeit und
Sehnsucht. Christine fühlte, wie ihre Sorgen und Ängste
in den Hintergrund traten, während Joshua sie mit seiner
Leidenschaft und Fürsorglichkeit umhüllte. In diesen
Momenten schien alles andere unwichtig, und sie gab
sich dem Gefühl der Nähe und Verbundenheit hin.

Es war eine leidenschaftliche Nacht, geprägt von
Momenten, die in ihre Erinnerungen eingebrannt wurden.
In den stillen Augenblicken zwischen den Küssen fühlte
Christine, wie Joshua sie in seinen Bann zog. Diese
Zärtlichkeit, die er ihr entgegenbrachte, war seine Art, sie
zu halten. Doch in ihrem Inneren wusste sie, dass sie
immer wachsam bleiben musste, denn so schön die
Nacht auch sein mochte, morgen konnte alles anders

aussehen. Die Zärtlichkeit, die er ihr jetzt schenkte, war möglicherweise nur eine Maske, hinter der sich sein wahres Gesicht verbarg.

Christine spürte, wie das Verlangen und die Leidenschaft sie für einen Moment verführten, aber die Schatten ihrer Realität schlichen sich immer wieder in ihre Gedanken.

Während sie sich in seinem Arm sicher fühlte, schien die Dunkelheit seiner Persönlichkeit nie weit entfernt. Die Küsse, die jetzt so intensiv waren, könnten morgen in wütende Vorwürfe und verletzende Worte umschlagen.

Und als Joshua sie in seine Umarmung zog, fühlte sie sich gleichzeitig geborgen und verletzlich, als ob sie auf einem Drahtseil balancierte, immer in der Gefahr, zu fallen.

In dieser Nacht war sie die Geliebte, die er sich wünschte, und sie wollte nicht, dass etwas zwischen ihnen stand.

Die Zärtlichkeit und Leidenschaft, die Joshua ihr gab, schienen alles andere zu verdrängen wenigstens nur für diesen kleinen Moment.

Am nächsten Morgen war er wieder weg. Der Raum war still, nur das leise Rascheln der Vorhänge war zu hören, als ein sanfter Wind durch das Fenster strömte. Auf seinem Kopfkissen lag eine Rose – eine tiefrote, perfekt geformte Blüte, deren Anblick sofort Erinnerungen in Christine wachrief. Diese Szene kam ihr bekannt vor. Er hatte das schon einmal gemacht, damals, als sie noch ein Teenager war, als er alles tat, um sie für sich zu gewinnen.

Ein mulmiges Gefühl breitete sich in ihrem Bauch aus, während sie die Rose anstarrte. Hatte er wirklich ein schlechtes Gewissen, weil er nach Seattle fliegen würde? Oder war das nur eine weitere Manipulation, um sie in seine Welt zurückzuziehen?

Christine fühlte sich hin- und hergerissen. Die Rose war schön, ein Zeichen von Zuneigung, aber gleichzeitig schien sie auch eine Warnung zu sein – eine Erinnerung daran, dass sie in diesem Spiel nie ganz sicher war. Er war charmant und liebenswürdig, wenn er wollte, aber er konnte auch kalt und tyrannisch sein. Was steckte hinter dieser Geste? Was führte er im Schilde?

Langsam erhob sie sich aus dem Bett und griff nach der Blume, um sie genauer zu betrachten. Sie war frisch und duftend, und in diesem Moment wollte sie die positiven Erinnerungen daran nicht verdrängen. Doch je länger sie darüber nachdachte, desto mehr fühlte sie, dass diese Geste nicht ohne Hintergedanken war.

Während sie den ersten Schluck Kaffee nahm, beschloss sie, dass sie nicht länger in der Vergangenheit verweilen konnte. Die Rose mochte schön sein, aber sie war auch ein Symbol für die Ketten, die er um sie geschlungen hatte.

"Guten Morgen, Christine!" Tori trat in die Küche, Ethan im Arm. Der kleine Junge lächelte seine Mutter mit großen, leuchtenden Augen an, und für einen kurzen Moment schien alles gut zu sein.

"Ist die Rose von ihm? Das ist aber eine schöne Geste," bemerkte Tori und deutete auf die Blüte, die nun auf dem Tisch lag. Sie sah Christine mit einem fragenden Ausdruck an, als ob sie eine Erklärung erwartete.

Christine atmete tief durch, spürte das Gewicht der Worte, die sie gleich aussprechen würde. "Er war so anders gestern, so liebevoll. Die Nacht war schön ... aber das ändert nichts." Ihre Stimme zitterte leicht, als sie das Geständnis machte. "Ich werde es durchziehen. Ich weiß, dass er nicht lange diesen lieben Ehemann spielen kann."

Tori schüttelte den Kopf und ihre Stirn runzelte sich vor Sorge. "Ich habe gestern gesehen, wie er sich mit dem Personal unterhalten hat, Christine. Bist du sicher, dass niemand etwas weiß?"

"Sicher ... das ist ein Wort, das hier in diesem Ort nicht zu suchen hat!" Christine ließ den Kopf hängen, die Anspannung in ihrer Brust fühlte sich wie ein schwerer Stein an. "Nein, sicher bin ich nicht. Aber er hat gesagt, er hat besprochen, dass man auf mich aufpasst und ihn informiert, wenn etwas vorfällt!"

"Das klingt nicht gut," murmelte Tori, ihre Augen verengten sich. "Wenn Joshua tatsächlich mit dem Personal redet, könnte das bedeuten, dass er misstrauisch ist. Und das wäre nicht gut für dich."

Christine nickte, ihr Herz schlug schneller. "Ich weiß, aber ich kann nicht einfach so weiterleben. Ich muss handeln, bevor es zu spät ist. Diese Rose ... das ist nur ein weiteres Zeichen seiner Manipulation. Ich darf nicht darauf hereinfallen."

Ethan plapperte fröhlich, als hätte er die Ernsthaftigkeit des Gesprächs nicht mitbekommen. Christine schenkte ihm ein warmes Lächeln, das für einen Moment die dunklen Gedanken vertreiben konnte. "Er ist alles, was ich brauche. Ich werde ihn beschützen, und dafür muss ich stark sein. Ich kann nicht zulassen, dass Joshua mir das nimmt."

Tori sah Christine an, ihre Augen voller Mitgefühl und Besorgnis. "Ich bin für dich da, Christine. Wir schaffen das zusammen, ich verspreche es."

Während Joshua ins Auto stieg, fühlte Christine den Druck in ihrer Brust zunehmen. Sie wandte sich an Tori mit einem klaren Auftrag. "Kannst du bitte eine kleine Tasche für Ethan packen? Nur das Nötigste – ein paar Windeln, Kleidung, vielleicht ein paar Spielsachen. Wir müssen schnell handeln. Es muss alles griffbereit sein."

Tori nickte, ihre Miene ernst. "Natürlich, Christine. Aber was ist mit seiner Geburtsurkunde?"

Christine schluckte hart. "Die ist in Joshuas Tresor. Wir können nicht unbemerkt drankommen, und ohne das Dokument kann ich niemals bestätigen, dass Ethan mein Kind ist." Ein Schauer lief ihr über den Rücken bei dem Gedanken, dass Joshua das letzte Wort in dieser Sache hatte.

"Dr. Cramer, hier ist Christine," sagte sie in den Hörer, während ihr Herz raste.

"Schön von dir zu hören. Wie geht es Ethan?" Die Stimme des Arztes klang besorgt und warm.

"Ja, er mag das Zirkusbuch sehr," antwortete Christine, doch sie konnte die Kälte in der Luft spüren. Dr. Cramer wurde still, auf diesen Moment hatte er gewartet. Das war das Passwort. "Es ist also bald soweit? Das freut mich. Pass auf dich auf, okay?"

Christine setzte sich auf die Kante des Sofas, ihre Gedanken rasten. "Dr. Cramer, ich brauche Ethans Geburtsurkunde."

"Christine, da komme ich nicht dran. Er hat sie nicht mehr in seinem Tresor, sondern in einem Schließfach. Ich weiß noch nicht einmal, wo es ist." Die Antwort des Arztes traf sie wie ein Schlag ins Gesicht.

"Nein, nein, das kann nicht sein. Das konnte nicht wahr sein." Christine konnte es nicht fassen. Er hatte alles durchdacht. Er war immer einen Schritt voraus.

Christine schloss die Augen und versuchte, die aufkommende Panik zu kontrollieren. "Ich kann nicht einfach aufgeben," flüsterte sie, während die Tränen in ihren Augen aufstiegen. "Ich werde einen Weg finden. Egal wie."

Tori spürte einen Knoten in ihrem Magen, als sie Joshua sah, wie er zuerst mit dem Fahrer und dann mit Danielle sprach. Beide standen nahe der Auffahrt, ihre Körperhaltung angespannt und vertraulich. Tori konnte keine Worte verstehen, doch die Art, wie sie miteinander sprachen, machte sie nervös. Sie war zu weit entfernt, um auch nur ein Wort zu erhaschen, aber ein ungutes Gefühl beschlich sie. Warum sprach er ausgerechnet jetzt mit ihnen? Joshua schien immer dann besonders freundlich oder kooperativ, wenn er etwas plante.

Als sie Ethan sanft in ihren Armen wiegte, überlegte sie kurz, näher heranzugehen – vielleicht würde sie etwas hören, das wichtig sein könnte. Doch die Gefahr war zu groß. Wenn Joshua oder Danielle bemerkten, dass sie lauschte, wäre alles vorbei. Sie konnte sich nicht erlauben, jetzt einen Fehler zu machen. Stattdessen blieb sie stehen, den Blick auf die beiden gerichtet, während ihre Gedanken rasten. "Was bespricht er mit ihr?", fragte sie sich. "Und

warum jetzt, kurz bevor er verreist?" Danielle war in letzter Zeit immer auffälliger geworden, als ob sie versuchte, die Fassade des stillen Zimmermädchens aufrechtzuerhalten, aber gleichzeitig Informationen sammelte.

Später, als Christine sie auf Ethan angesprochen hatte, erzählte sie ihr von dem Moment.

"Er hat mit Danielle gesprochen," flüsterte Tori, als sie sicher waren, dass niemand in der Nähe war. "Ich konnte nichts hören, aber es war ... angespannt. Als ob sie über etwas Wichtiges sprachen."

Christine spürte, wie ihr Herz einen Schlag aussetzte. Sie versuchte, ruhig zu bleiben, ihre Stimme kontrolliert. "Das ist beunruhigend, aber es sind wahrscheinlich nur Vorbereitungen für seine Abfahrt."

Tori schaute skeptisch. "Es wirkte anders, Christine. Als hätte sie etwas zu verbergen."

Christine biss sich nervös auf die Lippe, während ihre Gedanken rasten. " Vielleicht hat er ihr nur letzte Anweisungen gegeben. Für das Haus, für Ethan ..." Doch auch sie glaubte ihren eigenen Worten kaum.

"Wir dürfen uns nichts anmerken lassen," flüsterte sie schließlich, ihre Augen fest auf Tori gerichtet. "Egal, was er plant. Wir müssen so tun, als wäre alles in Ordnung. Keine Unsicherheiten. "

Tori nickte, doch ihre Stirn blieb in Sorgenfalten gelegt. "Und was, wenn er Danielle benutzt, um uns zu überwachen?"

Christine atmete tief durch. "Dann müssen wir so unauffällig wie möglich bleiben. Danielle darf keinen Grund haben, uns zu misstrauen." Sie dachte an die flüchtigen Momente, in denen Joshua ihr liebevoll über die Wange gestrichen hatte, an die Art, wie er sie so subtil manipulierte. Er war nicht dumm, und das wusste sie nur zu gut.

"Und sobald er weg ist, handeln wir. Das ist unsere Chance." Ihre Worte klangen entschlossen, aber innerlich tobte ein Sturm aus Angst und Unsicherheit.

In der Dunkelheit lag Christine wach, das sanfte Heben und Senken von Joshuas Atem neben ihr klang wie das Ticken einer Uhr, das die verbleibende Zeit bis zum Morgen zählte. Die Stunden zogen sich endlos hin, und jeder Atemzug erinnerte sie daran, dass dies wahrscheinlich ihre letzte Nacht in dieser Villa war, in diesem Bett, neben ihm. Eine letzte Nacht in der Nähe des Mannes, der ihr Leben so lange beherrscht hatte – und doch war die Vorstellung, ihn und dieses Leben hinter sich zu lassen, beängstigend.

Die Aufregung und Angst kämpften in ihrem Inneren gegeneinander. Es war, als würde die Dunkelheit des Raumes auch die Dunkelheit ihrer Gedanken einhüllen, die ständige Unsicherheit, ob sie es tatsächlich schaffen würde. Aber sie musste es. Für sich. Für Ethan. Sie drehte sich auf die Seite, versuchte, ihren Herzschlag zu beruhigen, doch die Gedanken ließen ihr keine Ruhe. Was, wenn Joshua ihre Flucht ahnte? Was, wenn Danielle etwas mitbekommen hatte? Oder, schlimmer noch, was, wenn er sie absichtlich in diese Falle laufen ließ? Christine schloss die Augen und versuchte, sich zu zwingen zu schlafen. Sie brauchte ihre Kraft für morgen. Der Gedanke an Ethan, wie sie ihn in die Freiheit bringen würde, hielt sie am Leben. Doch die Nervosität wuchs. Ihr Herz klopfte so laut, dass sie befürchtete, Joshua könnte es hören. Aber sie durfte sich jetzt keine Zweifel erlauben. Sie musste schlafen. Sie brauchte ihre Energie für das, was vor ihr lag – für den Morgen, für Ethan und für ihre Flucht in die Freiheit. Sie müsste erst einmal bei Michael unterkommen und dann würde sie mit ihm zusammen alles weitere planen. Vielleicht zurück nach Mexiko oder nach Hawaii. So genau wusste sie es noch nicht.

In der Stille der Nacht war es schwer, die Gedanken loszulassen, aber langsam ließ die Erschöpfung sie doch in einen leichten, unruhigen Schlaf fallen, der von der Hoffnung auf ein besseres Morgen getragen wurde.

Christine öffnete die Augen und lauschte dem fröhlichen Zwitschern zweier Vögel, die auf der Fensterbank saßen. Das Zwitschern war nicht ungewöhnlich, doch heute klang es wie ein Signal, als würden die Vögel ihren Mut stärken. Heute war ihr Tag – der Tag, den sie so lange herbeigesehnt hatte. Vorsichtig drehte sie sich zur Seite. Joshua schlief noch, sein Gesicht entspannt und ahnungslos. Ein kalter Schauer lief ihr über den Rücken, aber sie zwang sich, ruhig zu bleiben. Der Gedanke, dass sie diesen Raum, dieses Leben hinter sich lassen würde, gab ihr einen unvergleichlichen Schub. Heute konnte alles anders werden.

Christine verharrte einen Moment und blickte auf das friedliche Gesicht des Mannes, der so vieles zerstört hatte – ihre Freiheit, ihr Vertrauen, die Kindheit, einfach alles. Jetzt, im Schlaf, sah er ruhig und verletzlich aus, fast wie ein anderer Mensch. "Wenn er doch immer so friedlich wäre," flüsterte sie leise, kaum hörbar. "Du hättest so viel sein können. Ein guter Mann, vielleicht sogar ein guter Vater ..."

Sie musterte ihn ein letztes Mal und spürte einen Hauch von Bedauern. Er war gutaussehend und charismatisch, und es gab Momente, in denen selbst sie sich in seinen Bann hatte ziehen lassen. Doch dieses anziehende Äußere war eine Fassade, eine Maske für die Dunkelheit, die in ihm lauerte. Sie wusste es nur zu gut. Sein zerstörerischer Drang, der Zwang, alles und jeden zu kontrollieren – er würde nie wirklich jemandem Frieden oder Liebe schenken können. Selbst seine eigenen Dämonen würden ihm nie Ruhe lassen.

Christine schüttelte den Gedanken ab. Es half nichts, Mitleid mit ihm zu haben. Ihr Leben lag in ihrer Hand, nicht in seiner. Noch einmal tief durchatmend wandte sie sich ab und verließ das Schlafzimmer.

Beim Frühstück saß Joshua bereits am Tisch, und die Spannung zwischen den beiden Frauen war fast greifbar, als Tori mit Ethan den Raum betrat. Beide versuchten, sich nichts anmerken zu lassen, doch die stumme Übereinkunft zwischen ihnen hing schwer in der Luft. Christine zwang sich zu einem Lächeln, als Joshua aufblickte und sagte: "Geben Sie ihn mir, Tori. Ich füttere ihn heute."

Tori hielt Ethan kurz, ihre Finger zitterten kaum merklich, bevor sie den Jungen widerwillig an Joshua übergab. "Miss, Ethan muss gefüttert werden," sagte sie und vermied es, Christine bei ihrem Namen anzusprechen, obwohl ihr das Wort beinahe herausgerutscht wäre. Sie wusste, dass Joshua es nicht gutheißen würde, wie nah sie Christine inzwischen war.

"Ich denke, Amy braucht heute eine Pause," sagte Joshua fast beiläufig, während er Ethan sanft auf seinem Schoß setzte und ihm geduldig den Löffel reichte. "In den nächsten Tagen wird sie genug um die Ohren haben, und außerdem wird Ethan mich erst mal nicht sehen."

Unbemerkt tauschten Christine und Tori einen flüchtigen, alarmierten Blick. Hatte er etwas bemerkt? Christine räusperte sich und lächelte angespannt. "Natürlich, Joshua," sagte sie leise, während ein stummer Plan in ihrem Kopf Gestalt annahm. Doch innerlich kochte sie. Dieser sanfte Ton, die Art, wie er das scheinbar perfekt inszenierte Familienbild präsentierte, es war seine Art, sie weiter unter Kontrolle zu halten, sie an die Rolle zu binden, die er ihr aufzwang.

Tori trat einen Schritt zurück, beobachtete die Szene, während ihr eigenes Herz schneller schlug. Als Joshua mit Ethan fertig war, reichte er ihn schweigend an Tori zurück. "Gehen Sie mit ihm nach draußen, ein wenig frische Luft tut ihm gut," sagte er kühl, ohne Christine aus den Augen zu lassen. "Ich möchte noch ein paar Minuten mit meiner Frau verbringen ... allein."

Tori nickte verstehend und schob sich leise mit Ethan aus dem Raum. Die Tür schloss sich, und eine unbehagliche Stille breitete sich im Raum aus.

Joshua rückte näher an Christine heran, seine Augen durchdringend und wachsam. "Amy," begann er, seine Stimme leise, aber schneidend, "du kennst die Regeln. Keine unüberlegten Schritte." Er legte eine kaum merkliche Pause ein, bevor er weitersprach. "Das Personal wird mir berichten, wenn irgendetwas nicht stimmt - sei es mit dir oder mit Ethan. Jeden Abend werde ich dich anrufen," setzte er hinzu, sein Blick schwer, "die genaue Uhrzeit werde ich Danielle mitteilen."

Christine nickte, die Hände fest in ihrem Schoß gefaltet, bemüht, ruhig und gefasst zu bleiben. Diese Anweisungen hatte sie unzählige Male gehört, eingebrannt wie eine finstere Lektion, die sie all die Jahre ertragen musste. Für Joshua waren seine Regeln unumstößliche Wahrheiten – so fest und unverrückbar wie die kalten Wände dieser Villa, die er zu seinem sicheren Reich gemacht hatte.

Doch in Christines Augen war dieses Haus kein Schutz, keine Zuflucht, sondern die dunklen Mauern der Hölle. Jede Wand, jeder Raum wirkte wie ein Käfig, der sie und Ethan gefangen hielt, eine Verdammnis, aus der sie nur eine Chance zur Flucht hatten. Sie spürte die Dringlichkeit brennend in ihrem Inneren. Noch ein paar Stunden, dachte sie, dann würde sie ihren Sohn aus diesem Albtraum befreien. Der Plan, so oft in Gedanken durchgespielt, schien zum Greifen nah, und sie musste nur noch warten, bis Joshua das Haus endlich verlassen würde.

Sie hob den Blick, ließ ihn über seine Gestalt schweifen, seine selbstsichere Miene, die ruhige Haltung, hinter der er nichts als Kontrolle und Misstrauen verbarg. Wie ahnungslos er war. Er hatte keine Vorstellung davon, dass er nur noch einen Schritt davon entfernt war, das Letzte von ihr zu verlieren.

Endlich war der Moment gekommen. Joshua zog sein Jackett über und ging zur Tür, während der Fahrer bereits draußen wartete. Er warf Christine noch einen prüfenden Blick zu und rief dann in Richtung des Hauses: "Tori, bringen Sie mir meinen Sohn!" Seine Stimme klang fest, durchdrungen von der gleichen Bestimmtheit, die er nie ablegte. Mit einem letzten Kuss auf ihre Stirn verabschiedete er sich von Christine und von Ethan, während sie ihm ein unschuldiges Lächeln schenkte. Sie sah ihm nach, wie er ins Auto stieg und der Wagen langsam die Auffahrt hinunterrollte, bis er außer Sicht war.

Mit einem kaum merklichen Nicken gab Christine Tori das Zeichen, noch ein paar Minuten zu warten – für den Fall, dass er es sich doch noch anders überlegte und zurückkehrte. Jede Sekunde der Unsicherheit dehnte sich schier endlos, doch als die Minuten verstrichen und der Wagen nicht wieder auftauchte, wusste sie, dass sie bereit war.

Tori hastete die Treppe hinauf ins Kinderzimmer, um die letzten Sachen zusammenzusuchen, die sie am Vortag vergessen hatte. Christine hingegen war im Schlafzimmer, ihr Blick huschte hektisch über die Möbel, während sie alles griffbereit machte, was sie brauchen könnte. Ihre Hände zitterten vor Nervosität, doch sie wusste, dass sie sich jetzt keine Schwäche erlauben durfte. Noch war Danielle nicht in Sichtweite, und das restliche Personal war am anderen Ende des Hauses mit Aufräumarbeiten beschäftigt. Joshua war zwar ein Arbeitstier, aber zu Hause ließ er gerne alles liegen und wartete darauf, dass andere es für ihn erledigten.

"Wie lange soll ich hier warten?" fragte der Fahrer ungeduldig, als er an einer Straßenecke hielt.

"Nicht lange, in ein paar Minuten fahren Sie zurück", antwortete Joshua, der mit einem Blick auf die Uhr auf dem Rücksitz saß.

Ein Geräusch von Reifen auf Kies lenkte ihre Aufmerksamkeit. Sie hörte zwar einen Wagen in die Auffahrt fahren, schenkte ihm jedoch wenig Beachtung. Flüchtig schaute sie aus dem Fenster und bemerkte die

Rückkehr des Fahrers. Nichts Außergewöhnliches. Er parkte seinen Wagen und nutzte den Hintereingang, um wieder im Personalraum zu verschwinden.

Christine wandte sich wieder dem Packen zu. Es war so angenehm still im Haus. Niemand war da, oder zumindest nicht in der Nähe. Diese Ruhe gab ihr ein Gefühl von Freiheit, das sie seit so langer Zeit nicht mehr erlebt hatte. Sie atmete tief ein, als könnte sie den Duft der frischen, unberührten Möglichkeiten in der Luft schmecken.

Jede Minute, die verstrich, brachte sie dem Ziel näher. Sie griff hastig nach ein paar Kleidungsstücken, doch in ihrem Inneren brodelte die Aufregung, als sie sich vorstellte, wie es wäre, endlich aus dieser Gefangenschaft zu entkommen.

Plötzlich hörte sie Schritte, und die Schlafzimmertür öffnete sich.

"Tori, hast du alles? Hast du auch nichts vergessen?" Christine sprach schnell mit den Rücken zur Tür gewandt.

"Du musst dich beeilen, bevor ich zurückkomme!" Christine erstarrte, das Blut gefror in ihren Adern. Die Angst schoss wie ein kalter Pfeil durch ihren Körper. Diese Stimme, das war nicht Tori. Das war Joshua.

Seine Worte waren wie ein Schlag ins Gesicht, der sie aus ihren Gedanken riss. Herzklopfen hämmerte in ihrem Ohr, und der Raum schien sich um sie herum zu verengen. Sie hatte gehofft, dass sie noch etwas Zeit hatte, aber jetzt war sie nicht mehr sicher, ob sie nicht gerade einen schrecklichen Fehler gemacht hatte.

"Hast du wirklich gedacht, dass ich nicht wüsste, was du vorhast?" Seine Stimme war wie ein dunkler Schatten, der sich über den Raum legte. Christine drehte sich langsam um und erstarrte. Er stand da, die Glock in seiner Hand, das kalte Metall schimmerte im Licht. Diese Waffe hatte er sonst immer weggesperrt.

"Meinst du wirklich, dass du mich einfach verlassen kannst, Amy? Du gehst nirgendwohin. Hast du schon vergessen, das bis der Tod uns scheidet?"

"Joshua, bitte, es tut mir leid!" Ihre Stimme zitterte, die Furcht in ihr überrollte sie.

"Hast du wirklich gedacht, dass ich so unwissend bin? Du und diese kleine Schlampe von Nanny könnt mich nicht hintergehen!"

Christine zitterte am ganzen Körper, als er mit jedem Schritt näherkam. Er drückte sie gegen die Wand, das Gefühl des kalten Putzes an ihrem Rücken war beängstigend real. Die Waffe schwang vor ihrem Gesicht hin und her, und Panik überflutete sie. Tränen liefen über ihre Wangen. Was hatte sie nur getan?

"Joshua, bitte ..." flehte sie, doch er schnitt ihr das Wort ab.

"Ich habe dir Leben gegeben, und ich kann es dir auch nehmen!" Seine Schreie hallten in ihrem Kopf wider, und sie spürte, dass er es ernst meinte. Er würde sie umbringen, wenn sie auch nur einen falschen Schritt machte. Die Panik, was er mit ihr machen würde, stieg in ihr auf, und sie wusste, dass sie sich irgendwie bemerkbar machen musste. Die Angst das sie ihren Sohn mit ihm alleine lassen würde, ihn im Stich lassen würde stieg in ihr hoch. Sie hatte es sich und ihren Sohn versprochen, lebend herauszukommen. Sie durfte jetzt nicht zu panisch werden, sonst wäre sie nicht mehr Herrin ihrer Taten. Mit einem verzweifelten Versuch griff sie nach etwas in der Nähe, doch er schubste sie immer wieder zurück. Plötzlich traf sie ihn mit aller Kraft am Handgelenk. Die Waffe fiel zu Boden, und für einen kurzen Moment schien die Zeit stillzustehen.

Jetzt durfte sie nicht nachlassen. Es war sie gegen ihn, und der Kampf tobte in ihr. Doch die Kräfte schwanden, als er sie erneut gegen die Wand drückte und seine Hände um ihren Hals schlossen. Ihr Atem wurde flach, das Licht um sie herum flackerte, und sie wusste, dass sie alles riskieren musste. Sie versuchte zu schreien, doch der Ton blieb in ihrer Kehle stecken, erstickte durch die Furcht und die Bedrohung.

"Christine!" Tori schrie, als die Tür plötzlich aufbrach. Die Entschlossenheit in ihrer Stimme hallte durch den Raum, doch Joshua drehte sich mit einem wütenden Ausdruck um.

"Verschwinde, du undankbares Miststück!", rief er, als er Tori in der Tür stehen sah, die panisch auf die Szene vor ihr blickte.

"Lass sie los!" Toris Stimme war fest, doch die Angst war unüberhörbar.

"Verschwinde, sonst bist du die Nächste!" Joshuas Drohung war klar, und Christine spürte, wie seine Hände fester um ihren Hals schlossen. Sie konnte nichts mehr sagen, nur flehend zu Tori schauen. Ihre Augen waren weit und schmerzerfüllt, in ihnen spiegelte sich der verzweifelte Wunsch nach Hilfe.

Tori war hektisch, ihr Blick huschte zwischen den beiden Gestalten hin und her. In dem Moment, als Joshua sich wieder Christine zuwandte, sah Tori ihre Chance. Mit einem raschen, entschlossenen Griff schnappten ihre Hände nach der Waffe, die am Boden lag.

Das Metall fühlte sich kalt und schwer in ihrer Hand an. Sie zitterte, während ihr Herz rasend schlug. Alles, was sie wusste, war, dass es jetzt oder nie war. Sie musste schießen, um Christine zu retten. Der panische Blick auf die beiden Figuren vor ihr war durchtränkt von der Angst, etwas Falsches zu tun.

"Du verlässt mich nicht!" Joshua schrie wieder, und Christines Gesicht war blass, ihre Augen flehten um Gnade.

In einem entscheidenden Moment drückte Tori ab. Der Schuss hallte durch den Raum, und für einen kurzen Augenblick blieb Christine das Herz stehen. Joshua ließ sie los, sein Griff wurde schwächer, dann fiel er zu Boden. Blut breitete sich schnell unter ihm aus.

Die Realität traf die beiden Frauen wie ein Schlag ins Gesicht. Tori hatte tatsächlich geschossen. Schockiert und wie versteinert standen sie da, während das Echo des Schusses langsam verklang und nur noch das Pochen ihrer Herzen die Stille durchbrach.

Wie in Trance kniete Tori sich neben Joshua nieder, den Blick starr und leer.

"Ist ... ist er tot?" Christines Stimme bebte, und ihr Herz raste unkontrolliert.

Vorsichtig legte Tori zwei Finger an seine Halsschlagader. Ein schwerer Moment verstrich, dann nickte sie, stand auf und trat zu Christine. Die hatte die Waffe aufgehoben, hielt sie mit beiden Händen umklammert und richtete sie auf Joshua, für den Fall, dass er sich doch noch rührte. Tori legte sanft ihre Hand auf die von Christine.

"Es ist vorbei," flüsterte sie mit einem Hauch von Erleichterung. "Endlich ... es ist vorbei." In diesem Augenblick, mitten in der schockierenden Stille, schien die Welt für einen Moment stillzustehen. Christine griff nach dem Telefon, als sie wieder zu sich kam, ihre Finger zitterten leicht, als sie Michaels Nummer wählte. Als er abhob, presste sie nur die Worte hervor: "Es ist vorbei. Er ist tot. Hol uns ab."

ENDE